Pour le meilleur et pour le pire

WENDY THÉVIN

Pour le meilleur et pour le pire

ito

Couverture : Books and moods

Je dédie ce livre à Audrey et Laura,
merci de m'avoir demandé d'être à vos côtés
pour le jour le plus important de votre vie.

Chapitre 1

Nous sommes assis à la table d'un grand restaurant, le Select. Pour avoir la chance de poser ses fesses sur l'un de ses merveilleux fauteuils, il faut soit avoir de bonnes connaissances soit s'y prendre plusieurs mois à l'avance. C'est confortable et très intimiste, ce n'est pas pour rien que ce restaurant est réputé. Pour l'occasion, je porte ma plus belle robe noire moulant mon corps à la perfection. J'ai pris la peine de passer chez le coiffeur et c'est bien l'une des rares fois où je laisse mes cheveux détachés. Des chandelles sont disposées au centre de la table, un bouquet de roses blanches décore la nappe ivoire, tandis que la musique d'ambiance donne un petit côté cocon au lieu. Tout est réuni pour rendre l'atmosphère romantique et passer une merveilleuse soirée. Je remarque que Jonathan est très tendu face à moi. Il ne cesse de jouer avec ses couverts et de fuir mon regard. Il est très beau comme à son habitude. Il porte un costume sombre et une chemise assortie qui contraste élégamment avec son teint nacré. Une peau aussi claire que de la porcelaine et un regard aussi sombre que l'ébène, je le trouve terriblement beau, comme lors de notre première rencontre.

— Alors comment s'est passée ta journée ? tenté-je pour alléger la conversation.

— Bien, bien.

Il ne répond que par des monosyllabes, n'engage pas de réelles discussions et son manque d'enthousiasme à ce repas me fait légèrement peur. C'est vrai que ces derniers temps nous avons dû essuyer pas mal de disputes, mais quel couple ne passe pas par là ? Après un an de relation, il est logique que de petits conflits viennent troubler le quotidien, et je sais que la question sur notre lieu de résidence n'y est pas pour rien. Je refuse d'emménager chez lui pour la simple et bonne raison que je dois rester à proximité de ma mère pour m'en occuper. Il ne le comprend pas mais, finalement comment le pourrait-il ? Je devrais commencer par lui expliquer les raisons de son état et je n'en suis toujours pas capable. J'ai bien essayé de lui demander de venir habiter avec moi, mais il est aussi borné qu'une mule et n'est pas décidé à céder.

— Jonathan, qu'est-ce qui cloche ?

Alors que je tente de percer le malaise qui persiste depuis le début du repas et d'attraper sa main pour le ramener à moi, un serveur se présente à nous et dispose nos desserts. Mais ? Je n'ai pas encore commandé…

— Emilie, aujourd'hui ça fait un an que nous sommes ensemble.

Oh merde ! Un an aujourd'hui ? Et voilà, je commence à zapper certains détails… Je note tout, programme des alertes, je colle des Post-it. Tout ça dans l'unique but de ne rien oublier. Tout est répertorié dans mon agenda, j'ai des rappels pour tout, du réveil le matin jusqu'à l'heure de ma pilule le soir, sans compter ceux qui concernent les nombreux coups de fil que je dois passer au cours de la journée. Et pourtant, là, j'ai oublié !

Il ne faut pas que je me focalise là-dessus, ces derniers temps au travail j'ai eu pas mal à faire.

C'est ça, c'est l'unique raison de mon oubli, tenté-je de me rassurer.

Se pourrait-il que Jonathan soit enfin prêt à faire sa demande ou bien qu'il ait pris la décision de s'installer chez moi ? Comme une gamine un matin de Noël, je trépigne d'impatience et je souris à m'en faire décrocher la mâchoire. Je le laisse parler, dans l'attente de sa déclaration.

Une fourchette à la main, je commence à piquer dans le dessert gourmand qui se trouve face à moi. Un moelleux au chocolat, mon préféré ! Précautionneusement, je plante mon couvert à la recherche d'une éventuelle bague.

— Durant cette année, on a traversé pas mal d'épreuves. Parfois des bons moments, mais aussi des étapes compliquées.

J'opine tout en continuant de torturer ce malheureux gâteau en soupçonnant le serveur d'avoir volé la bague à l'intérieur.

— Le problème, c'est que je ne suis pas réellement sûr de pouvoir continuer comme ça, m'avoue-t-il, gêné.

Ses mains s'entrelacent l'une à l'autre. Son regard me fuit de nouveau et ses joues se teintent d'une couleur rosée qui ne me dit rien qui vaille. Rien que le ton de sa voix m'interpelle et suffit à m'inquiéter.

— Oui, justement, je pense qu'on a fait le plus dur, hasardé-je pour le rassurer.

Je tends ma main dans sa direction et essaie de me saisir de la sienne mais il m'esquive. Je suis en alerte face à son comportement et sens mon cœur s'emballer dans ma cage thoracique. Pourtant, je reste confiante, il doit simplement être stressé, dans un sens je le comprends, ce genre de demande n'est jamais facile. Et si je disais non ? C'est sûrement ça, il a peur de ma réponse !

— C'est possible, mais ton besoin constant de tout contrôler m'horripile de plus en plus, Em'. C'est trop difficile de continuer, tu m'oppresses, avec toi j'ai l'impression de manquer d'air et de ne plus réussir à respirer. Je ne sais pas comment te dire ça…

Non… Ne me dites pas qu'il va me larguer… Ce n'est pas possible…

Mon sourire qui était aussi éclatant que dans une pub pour du dentifrice commence à se faire la malle. J'appréhende ce qu'il s'apprête à me dire et un sentiment d'angoisse s'empare peu à peu de mon être. Je n'attends qu'une chose : qu'il soit plus clair.

— Bah dis les choses tout simplement.

— J'ai rencontré quelqu'un, m'avoue-t-il, honteux.

À cette simple phrase, ma gorge s'obstrue. Je sens une énorme boule se former dans ma trachée et des larmes affluer à mes yeux. Je tente de les réprimer, ce qui accentue la douleur qui continue de se propager dans mon corps. Mes mains tremblent, ma vue se trouble, et je fais mon possible pour me contrôler et ne pas exploser. Ai-je rêvé ses paroles ? Peut-être que je comprends tout simplement mal ce qu'il essaie de m'expliquer ? C'est sûrement ça !

— Qu'entends-tu par « j'ai rencontré quelqu'un » ?

— Je suis amoureux Em', mais ce n'est plus de toi. Tu es trop prévisible, trop parfaitement organisée. Tu notes tout, tu définis ta vie selon ta petite liste sans laisser place à l'imprévu. Je n'en peux plus. J'avais besoin de fun dans cette vie trop bien rangée. Ça m'est tombé dessus, j'ai rien vu venir.

— Bah ouvre les yeux la prochaine fois ! Ça t'évitera de prendre des choses en pleine face !

— Écoute, Caroline m'apporte ce dont j'ai besoin, elle me rend heureux. Je te jure qu'on avait rien calculé, c'est venu naturellement et je ne peux plus nier les sentiments que je ressens pour elle. Rester avec toi serait hypocrite.

— Attends, tu parles de la Caroline que je connais ? Tu veux dire, LA Caroline qui est également ta nouvelle assistante, celle-là même qui a dix ans de plus que toi ?

— On s'en fout de l'âge tu sais. Maintenant la mode est aux femmes d'âge mûr, qui l'aurait cru ?! me dit-il avec un sourire.

Ne fais pas d'esclandre, ne fais pas d'esclandre, me répété-je.

C'est trop dur ! Je n'arrive pas à contenir tout ce flot de haine que je ressens à présent pour cet homme. Et le voir sourire ne fait qu'accentuer la colère qui se propage en moi. Il y a à peine quelques minutes, j'espérais qu'il me demande en mariage et me voilà face à lui avec une soudaine envie de lui foutre mon poing dans la face, ou même pire, de saisir ce joli couteau argenté qui se trouve près de ma main et qui me supplie de le lui planter en plein cœur. Car oui ! Là c'est exactement ce que je ressens ! Un énorme coup de poignard.

N'arrivant plus à me contrôler, je décide de ne pas laisser mon envie de meurtre prendre le dessus, pas sûr que la prison me convienne après tout ! J'éloigne donc ma main du couteau et me lève complètement furax pour me saisir du verre d'eau qui trônait sur la table devant moi et je lui jette en pleine face. Trempé, il se redresse aussitôt et analyse ses vêtements mouillés d'un mauvais œil.

— Mais t'es complètement malade !

— Tu voulais de l'imprévu ? En voilà ! Pauvre con ! Un an de ma vie que j'ai perdu avec toi.

Sa colère grandit, je le vois à la manière dont ses poings se contractent contre son corps et comment sa chemise se tend sous sa veste. Il fulmine et réfléchit aux paroles qu'il me crache quelques secondes plus tard, assez haut pour que tout le monde l'entende :

— Un an de perdu… Eh ouais, je t'ai fait perdre du temps sur ton précieux planning. Car avec Mlle Emilie Moreno, tout est programmé, jusqu'au soir où nous devons nous envoyer en l'air. Aucune place à l'imprévu, aucune place au fun ! On se fait chier !

Son ton acerbe me percute en plein dans l'estomac comme un coup qu'il m'aurait porté à l'aide de ses poings. La douleur que j'aurais ressentie s'il m'avait frappée n'aurait rien été comparée à ce que j'éprouve à cet instant. Tous les visages se sont tournés vers nous. Notre petite scène ne leur a pas échappé et les a même intrigués, et moi comme une gourde, debout face à lui, je suis complètement humiliée et n'arrive pas à répliquer à son attaque.

Je tourne les talons. Quitte la table sans demander mon reste et me précipite rapidement à l'extérieur. Une fois sortie du restaurant, je me laisse choir contre la façade et évacue tout le flot de sentiments que je contenais jusque-là. Les larmes inondent mes joues, et les sanglots que je réprimais me saisissent à la gorge et s'expriment de manière bruyante et désordonnée. Je suis pathétique, mais heureusement j'ai réussi à garder la face devant lui. Dans quelques semaines j'aurais trente ans et me voilà seule, célibataire et complètement déprimée.

Chapitre 2

Voilà presque une semaine que Jonathan et moi avons rompu, ou plutôt devrais-je dire qu'il m'a larguée de la même manière qu'on jette un plat dont la date de péremption vient d'être dépassée. J'ai été éprouvée depuis cette fameuse soirée, à pleurer seule dans ma chambre la nuit tout en donnant le change la journée au travail. Bien évidemment le plus difficile a été de gérer ma mère entre deux. Mais ce soir, à mon grand soulagement, je vais enfin pouvoir me lâcher. J'ai mon rendez-vous hebdomadaire avec ma meilleure amie, ce petit moment dans la semaine où je peux enfin être moi-même et oublier les dures épreuves que la vie a mises sur mon chemin. Si nos emplois ne nous permettent pas de nous voir aussi souvent que nous l'aimerions, nous tenons à entretenir nos habitudes du vendredi soir. Au programme : malbouffe, alcool, l'émission pourrie qui passe à la télé et surtout les nouvelles de la semaine, les scoop ! Et du potin, il va y en avoir, ce soir. Des semaines que je lui disais que j'attendais cette demande en mariage, que malgré nos disputes j'avais l'impression que Jonathan était de plus en plus amoureux.

Tu parles ! Il avait simplement le sourire car il s'envoyait en l'air avec sa secrétaire le midi et rentrait donc comblé le soir. Quel goujat !

Du coup, pour fêter mon retour au célibat et traiter mon ex de tous les noms d'oiseaux qui me viendraient en tête, j'ai apporté une bouteille de vin, mon préféré. Un côteaux-du-layon, un blanc légèrement sucré qui fera la joie de mes papilles au lieu de la rancœur qui me laisse un goût amer dans la bouche depuis plusieurs jours.

Je passe la porte de son immeuble et me précipite de justesse dans l'ascenseur. Après avoir sélectionné son étage, j'ai un hoquet de surprise quand je croise mon reflet dans le miroir de la cabine. J'ai une mine affreuse ! Des cernes marquent mes paupières inférieures, mes yeux sont bouffis et mon nez pourrait faire pâlir Bozo le clown. Mon teint habituel s'est transformé en un rouge vif cramoisi, irrité et malmené par mes nombreuses heures passées à pleurer et à me moucher. Je suis lamentable !

Va falloir te reprendre, ma petite !

Lara va péter un câble en voyant ma tête, surtout quand elle va savoir que je ne lui ai rien dit plus tôt. J'ai préféré attendre pour avoir son réconfort en lui en parlant de vive voix. Un câlin n'a jamais fait de mal lorsqu'on est en pleine déprime. *Mouais*… En réalité, j'étais juste pas assez courageuse pour composer son numéro et l'entendre me sermonner par un : « Je te l'avais bien dit ! » Elle n'a jamais aimé Jonathan et elle ne cessait de me répéter que son côté trop « propre sur lui » comme elle le disait si bien, cachait en réalité quelque chose. Lara n'avait pas tort, ce quelque chose a deux obus à la place des seins et doit se badigeonner le visage de crème anti-rides.

J'arrive au bon étage, sors de la cabine et me poste face à son appartement, puis je prends une grande inspiration avant de sonner à sa porte. La main tremblante, j'appuie sur le bouton. Je n'ai même pas le temps de souffler que la porte s'ouvre avec énergie sur ma meilleure amie. Un énorme sourire barre son visage et le bras tendu elle m'attire à elle vivement pour me faire entrer.

— Milou ! T'es enfin là ! J'ai bien cru que tu n'arriverais jamais ! J'ai une grande nouvelle à t'annoncer.

Ouais… Moi aussi…

Elle a l'air surexcité, complètement euphorique, et je n'ai pas le temps d'en placer une qu'elle exhibe fièrement devant mon nez sa main qu'elle agite avec frénésie devant moi. À son annulaire trône une pierre blanche gigantesque ! On ne voit que ça ! Elle est tellement grosse que je me demande comment elle fait pour lever sa main jusqu'à mon visage ; ça doit peser une tonne !

— Pierre m'a demandée en mariage !

Ce n'est pas vrai…

Je suis tellement choquée que je reste la bouche grande ouverte, les yeux fixés sur sa bague. Je n'arrive même pas à la féliciter tant je suis surprise. Faut dire que le mariage n'a jamais fait partie de ses plans. Si moi j'ai toujours bien planifié ma vie et mis un point d'honneur à vouloir cocher chaque point de ma liste les uns à la suite des autres, elle a toujours préféré vivre au jour le jour. Et quand, enfant, je rêvais du prince charmant, du mariage, elle s'évertuait à me répéter qu'il faut tester tous les produits du rayon avant de passer à la caisse. Et la voilà fiancée alors que je viens de me faire plaquer.

Elle m'attrape par la main et m'entraîne jusqu'à son canapé. Je me laisse tomber comme un phoque sur le divan et tends le bras pour lui montrer ma bouteille de vin.

— Oh t'es une cheffe, mais j'ai pris du champagne pour fêter la grande nouvelle.

Elle trépigne d'excitation, sautille jusqu'à la cuisine pour revenir quelques secondes plus tard avec deux flûtes et ses bulles. Elle fait sauter le bouchon, laissant par la même occasion un peu de mousse et de liquide dégouliner le long de la bouteille. J'ai tout d'un coup trop chaud, j'ôte ma doudoune et mon écharpe que je n'avais pas encore pris la peine de retirer. J'ai l'impression d'être passée dans la quatrième dimension. Ma meilleure amie, ma copine libérée qui enchaîne les conquêtes et change de mecs au fil des saisons va se marier tandis que moi, je vais finir vieille fille, avec un chat et des livres à l'eau de rose, c'est sûr !

— Alors je te raconte : Pierre m'a invitée dimanche soir au Select.

Au Select ? Non mais vraiment, là plus de doutes, on se moque de moi ! Remarque on est vendredi 13, où est planquée la caméra ? C'est sûr, il doit s'agir d'un canular.

— Il s'est levé de sa chaise, a posé un genou à terre et m'a avoué ses sentiments. Putain, tu aurais vu ma tronche ! rigole-t-elle. J'étais aussi choquée que s'il m'avait révélé être une femme. Ouais car clairement, vu son engin, c'était carrément impossible.

Si habituellement je ris de ses blagues, là je reconnais avoir du mal…

— J'ai d'ailleurs cru qu'il se payait ma tête, mais non ! Quand il a sorti la bague de son écrin de velours rouge, j'ai compris. Il m'aime réellement et est prêt à passer le restant de sa vie avec moi. Du coup, j'ai fait le grand saut et j'ai dit oui.

J'imagine, vu l'énorme diamant qui orne son doigt.

— Mais je pensais que tu étais contre le mariage ? Que ce n'était qu'un moyen pour les hommes de nous avoir à leur botte et de nous forcer à faire toutes leurs tâches ménagères en fermant la bouche ? Et puis d'ailleurs ça fait combien de temps que vous êtes ensemble ?

— Ouais c'est vrai, mais comme on dit, il n'y a que les cons qui ne changent pas d'avis, et puis je dois dire que tu m'as bien vendu la chose ces dernières semaines. En plus, ça fait quatre mois, t'imagine ? C'est bien la première fois que je reste aussi longtemps avec un homme et que je n'ai pas changé en voyant l'automne arriver, d'autant que j'ai généralement du mal à rester fidèle durant l'été ! Mais dis-moi pourquoi tu fais cette tronche ? T'as pas l'air contente pour moi.

Mon cœur se serre, je vois à sa manière de me poser sa question qu'elle est triste et déçue de me voir réagir de cette manière. Bien sûr que je suis heureuse pour elle, c'est ma meilleure amie, elle est comme ma sœur et je ne souhaite que son bonheur. D'autant que Pierre est vraiment un type charmant. D'ailleurs, pour supporter tous ses caprices, il faut l'être ! Je remplis nos deux coupes, lui en donne une et tends la mienne en signe de paix.

— Mais si, ma poule ! À tes fiançailles !!! m'écrié-je en trinquant.

— Assez parlé de moi, c'est quoi cette mine affreuse, ma chérie ? me demande-t-elle en empruntant la voix aigüe de Cristina Cordula.

— Rien, juste une allergie, j'ai croisé un chat.

— Ah bon ? T'es allergique aux chats, c'est nouveau ? doute-t-elle.

— Apparemment, réponds-je avec un haussement d'épaules. Bon sinon, c'est prévu pour quand ?

Je tente de détourner l'attention de moi. Hors de question que je lui confie que je viens de me faire plaquer dans le même restaurant que celui où elle a reçu sa demande. Non ! Lara mérite d'être heureuse et je n'ai aucunement envie de gâcher sa bonne humeur et sa joie. Je lui en parlerai d'ici quelques jours voire quelques semaines quand elle s'étonnera de ne plus entendre parler de Jonathan.

— C'est bien ça le problème… On aimerait faire ça le 9 novembre.

— Je ne vois pas où est le souci, ça vous laisse un peu plus d'un an, c'est super.

— Non, le 9 novembre prochain.

— Tu veux dire dans huit semaines ?

— Oui, dit-elle, confuse.

— Mais pourquoi se marier aussi vite ?

— Écoute, tu le sais aussi bien que moi, chaque minute compte. Pourquoi attendre ? En plus je tiens à ce que ta mère, que je considère comme ma propre mère, soit là et tu te doutes que plus on attend et plus…

— Oui je sais, la coupé-je

Parler de ma mère suffit à me faire monter les larmes aux yeux. J'ai encore du mal à gérer son état qui se dégrade chaque fois que nous nous voyons.

— Et puis avec une témoin comme toi, comment ne pourrais-je pas réussir ce challenge ?

— Tu veux dire… ? dis-je, émue, en pointant un doigt vers moi.

— Bien sûr, banane ! Qui veux-tu que ce soit ? Nous n'en prendrons qu'un chacun et moi je veux que tu sois ma témoin, toi et personne d'autre ! Alors tu acceptes le défi ?

Je n'arrive pas à contenir le flot de larmes qui coule le long de mes joues. J'opine vivement du chef. Elle m'attrape par les épaules et me colle contre sa poitrine pour exprimer sa joie à son tour. Une fois dans ses bras, je me laisse aller et l'euphorie communicative de mon amie est vite remplacée par le vide que je ressens et la tristesse d'avoir perdu l'homme de ma vie, il y a à peine quelques jours.

Chapitre 3

J'ouvre les yeux avec difficulté et m'aveugle presque en attrapant mon téléphone portable pour voir l'heure qu'il est : 13 h 10 ! Punaise, j'ai dormi comme une véritable marmotte. Je m'étire de tout mon long mais mon ventre se tord d'une façon très désagréable. Je tente de me redresser mais le moindre mouvement provoque une douleur persistante au niveau de mes tempes. Je porte mes mains à mon crâne, comme si ce simple geste allait réussir à faire diminuer ma peine. Pourtant, malheureusement, mis à part sentir la chaleur de mon front contre la paume de ma main froide, je n'obtiens rien.

Argh ! Pourquoi ai-je autant abusé des bulles hier soir ?

Me noyer dans l'alcool était le seul moyen pour ne pas perdre la face et fondre en larmes devant mon amie, même si ce n'est pas forcément dans mes habitudes. J'aime boire un coup de temps en temps mais ne pas être en capacité de maîtriser mes actes et mes paroles ne me plaît pas. Nous avons passé la soirée entière à parler de son futur mariage et j'ai pris soin d'éviter tous les sujets qui pouvaient me concerner. Elle était tellement excitée de tout programmer qu'elle n'a même pas pris la peine de me poser la moindre question personnelle. Si ça avait été un autre jour, je pense que j'aurais boudé d'être ignorée de cette manière, mais là, je l'en remercie.

Je décide de traînasser au lit, j'allume la télé et opte pour une chaîne de vidéo à la demande. Rien de mieux un samedi après-midi que de se mettre un film débile ou une série télé et rester à ne rien faire. En plus après je serai forcée de sortir de ma tanière pour aller faire des courses pour ma mère. Avec joie, ou plutôt avec désespoir, je tombe sur *Bridget Jones*. Ce film, je l'adore. Hugh Grant et Colin Firth sont carrément trop charmants. Malheureusement, le comique de la situation suffit à me faire monter les larmes aux yeux : moi aussi, à bientôt trente ans, je suis seule !

Je suis célibataire depuis à peine une semaine et me voilà déjà à faire ma larve devant la télé. *Je suis pathétique !* Mais affronter ce premier jour de week-end seule est au-dessus de mes forces, je n'ai pas le courage de me lever avec ce mal de crâne horrible et faire comme si de rien n'était. J'ai été larguée, et méchamment ! J'ai bien droit à une petite pause, rester en pyjama au chaud sous la couette et ne pas me confronter à la pluie battante qui tape contre les vitres de mon salon. Alors que je me goinfre de pop-corn en plein milieu de la scène où Hugh Grant alias Daniel Cleaver découvre la magnifique gaine que porte Bridget et que, bien évidemment, comme il s'agit d'un film, il en rigole et ne fuit pas, je sursaute en sentant mon téléphone sonner. Comme une détraquée en manque de son ex-petit ami qui vient de la plaquer, je saute dessus dans l'espoir qu'il ait finalement changé d'avis mais déchante vite en découvrant le nom de Lara s'afficher. J'ai à peine le temps de décrocher que la voix stridente de ma meilleure amie vient me casser les oreilles.

— Milou ! Ça va ? Dis-moi, tu pourrais me passer ton classeur spécial mariage ? J'en aurais bien besoin, je sais pas du tout par où commencer et vu que toi tu notes tout et programmes tout, j'ai bien besoin de ta bible rose.

Son débit est rapide et son volume sonore est plus qu'élevé. Je suis forcée d'éloigner l'appareil de mon oreille pour ne pas risquer de me faire exploser le tympan et finir sourde.

— Hé, tu m'écoutes ? lance-t-elle face à mon absence de réponse.

— Ouais, ouais, désolée, j'ai un peu la gueule de bois donc je te saurais gré d'arrêter de hurler.

— Roh, ça va, hein ! T'as l'air de super humeur, dis donc. Tu t'es levée du mauvais pied ou quoi ? Bon, ton classeur, tu me le files ou pas ?

— Passe en fin d'après-midi et je te le donnerai, laisse-moi juste le temps de le trouver, je ne sais plus où je l'ai fourré.

— T'es la meilleure, je passerai le prendre avant d'aller chez Pierre. Bisou ma poule.

À peine a-t-elle raccroché que je me laisse retomber contre mes coussins moelleux. Mon mal de crâne qui commençait à s'atténuer vient de réapparaître en trombe.

Je laisse quelques minutes passer puis sors enfin de mon lit. J'ouvre le placard de ma chambre et attrape sur la dernière étagère, tout en haut, mon fameux classeur rose. J'ai menti en lui disant que j'allais devoir le chercher car je savais exactement où il se trouvait. Je retourne m'asseoir et ouvre mon précieux, page après page. J'ai commencé ce dossier à l'adolescence et j'y ai toujours noté toutes mes idées, au cas où j'oublierais certaines choses avec le temps. Le type de fleurs, le genre de robe, le style de décoration, la musique d'ouverture du bal… Bref, tout y est répertorié. Je m'amusais même à découper dans les magazines de mariage les pages qui comportaient les modèles que je chérissais. Toute cette époque me paraît si lointaine et à présent c'est à ma meilleure amie que cette bible va servir. Je ne peux m'empêcher de ressentir un léger pincement au cœur. J'espérais tellement pouvoir l'ouvrir prochainement pour moi et pas pour quelqu'un d'autre. Mais Lara mérite d'avoir la plus belle cérémonie qui soit et je pense que tout le travail que j'ai mené durant plusieurs années va lui être utile, d'autant que les délais pour les préparatifs sont extrêmement courts.

Je décide d'aller me préparer avant son arrivée mais quand je sors de ma chambre et jette un œil sur mon salon, je manque de faire une crise cardiaque. Je réalise enfin devant tout ce désastre à quel point je me suis laissée aller ces derniers jours. On pourrait croire qu'une guerre a éclaté dans mon appartement. C'est le souk. J'ai laissé la vaisselle s'accumuler dans l'évier, le pot de glace que j'ai ouvert il y a deux jours est resté sur la table basse, et la crème glacée que contenait la cuillère a fondu contre le joli bois blanc du meuble.

Purée, tout ça ne me ressemble pas !

Pour couronner le tout, dans ma folie, j'ai jeté par terre tous les cadres de Jonathan et moi avec la même ferveur que dans les fêtes grecques, sauf que là clairement ça n'a rien d'une fête. Au final, je retrouve mon sol jonché de morceaux de verre qui risquent de m'entailler les pieds.

Punaise ! Si Lara trouve mon appartement dans cet état elle va très rapidement faire le lien, et ça, c'est juste hors de question.

Je n'ai qu'une solution, me retrousser les manches, attraper un balai et une serpillère et me munir de beaucoup d'huile de coude !

Après avoir passée plusieurs heures à briquer l'appartement de fond en comble, ramassé les bris de verre, jeté la glace à la poubelle et enfin nettoyé puis essuyé la vaisselle, ma maison ressemble enfin à quelque chose de viable. Les deux dames de *C'est du propre !* seraient fières de moi.

Je m'accorde une petite pause et m'affale sur mon canapé quand la sonnette retentit. Mince ! Je n'ai même pas le droit à cinq minutes de repos. Je me lève et vais ouvrir. À peine ai-je mis la main sur la poignée que la porte s'ouvre avec fracas et que ma tornade de meilleure amie débarque chez moi.

— Oh ça sent bon ici dis donc ! T'as fait le ménage toi ! Par contre, tu mériterais un petit ravalement de façade, car t'as une de ces têtes !

Bonjour la franchise de Lara ! Cette fille n'a aucun filtre, et si parfois j'apprécie son honnêteté, il serait également agréable par moment qu'elle prenne des pincettes.

— Ma chérie, va vraiment falloir que tu fasses un effort sinon Jonathan va fuir !

Ne pas craquer… Ne pas craquer ! Je m'éloigne d'elle et attrape le classeur que j'avais laissé sur le plan de travail. J'en profite pour essuyer les larmes qui menaçaient de couler du coin de mes yeux avant qu'elle ne les remarque.

— Tiens, lui dis-je en lui tendant mon précieux classeur un peu plus froidement que je ne l'aurais voulu.

— Qu'est-ce qui ne va pas, ma poule ? me sonde-t-elle.

— Rien, t'en fais pas, c'est juste dû au champagne d'hier. La migraine ne m'a pas lâchée.

— Mouais… Viens par-là.

Elle m'attrape par la main et m'incite à m'asseoir près d'elle sur mon canapé. Son regard inquisiteur commence à me mettre mal à l'aise ; elle attend que je lui balance toute la vérité. Mais il en est hors de question ! Il faut que je tienne bon ! Si je lui dis tout, elle va forcément, d'une, aller foutre son poing dans la tronche de mon ex – ce qui ne serait pas pour me déplaire, après tout – mais surtout elle va se focaliser sur ma situation et mettre ses préparatifs de côté. Car Lara est comme ça, malgré son excentricité et sa folie, elle a un cœur énorme et fait passer le bien-être des autres, et surtout le mien, avant tout le reste.

— Écoute Milou, j'ai très bien vu ce qui clochait, tu peux tout me dire, je ne t'en voudrais pas.

— Mais…

— Il n'y a pas de mais, me coupe-t-elle. T'as simplement un peu les boules car Pierre m'a fait sa demande avant Jonathan, et je suis sûre qu'au fond de toi, inconsciemment, tu penses que je vais t'oublier une fois la bague au doigt. Mais rassure-toi. Rien ne changera entre nous, toi et moi c'est pour la vie, et ce n'est certainement pas une bite qui va changer cela.

Je ne peux m'empêcher de rire et de sauter sur son prétexte pour ne pas lui avouer toute la vérité. Je souffle un bon coup en la prenant dans mes bras. Il est vrai que j'ai eu légèrement peur quand elle a commencé sa tirade en empruntant une voix solennelle et en me regardant, pleine de compassion. Je sais qu'elle a un instinct infaillible même si, pour le coup, elle fait complètement fausse route.

— Oui, tu as raison. J'avoue que j'ai un peu peur que les choses changent.

— N'aie aucune crainte, j'enverrai Pierre le vendredi soir voir son pote Nate, et nous, on continuera à se faire nos soirées télé. Rien ne changera !

— Ouais, sauf que nos soirées alcool à gogo, chips guacamole et programme débile va vite se transformer en coca, concombre et marmot qui court à tout va dans le salon avec *La Reine des neiges* en fond sonore.

— Beurk ! Parle pas de malheur ! Ce n'est pas parce que je me marie que je suis prête à me faire engrosser ! On va attendre encore un peu pour ces conneries !

Nous rigolons pendant plusieurs minutes et elle en profite pour m'aider à descendre une bouteille de vin avant de rejoindre son futur mari et de me laisser seule avec l'alcool et la télé comme unique compagnie.

Chapitre 4

J'ai passé mon week-end à pleurer et à manger. Tout ! Tout ce qui me passait sous la main a fini dans ma bouche, que ce soit sucré ou salé, des cornichons aux crêpes au chocolat, sans transition. Tout ce que je souhaitais, c'était combler ce vide que je ressentais. Du coup, j'ai rempli mon estomac à défaut de combler mon cœur. Après une légère crise de foie, j'ai enfin décidé d'arrêter de me lamenter sur mon sort ! Si si, c'est possible !

Fini d'être six pieds sous terre, fini de me morfondre tandis que lui s'envoie en l'air. Car ouais ! J'ai été pathétique au point d'aller espionner Jonathan sur son Facebook et devinez quoi ? Le goujat m'a bloquée pour que je n'accède à aucune de ses photos ! Mais même si mes cheveux sont aussi clairs que les blés, faut pas me prendre trop longtemps pour une blonde. Ayant les codes de Lara, je me suis connectée sur son compte et j'ai pu voir les nouvelles photos postées par dizaines. À chacune d'elles mon cœur s'est brisé un petit peu plus. Mais alors que je pensais avoir touché le fond, j'ai carrément creusé ma tombe en trouvant une photo de lui embrassant SA Caroline ! Ils avaient l'air tellement amoureux sur ce selfie. Je pense qu'à partir de ce moment-là mon cerveau a vrillé. Adieu Jonathan, adieu les nombreux mois passés ensemble à imaginer un possible avenir entre nous, adieu mes espoirs de mariage et d'enfants.

Après m'être fait une raison, je me suis empressée de le bloquer du compte de Lara pour qu'elle ne tombe pas elle aussi sur ces photos. *Manquerait plus que ça !* Heureusement d'ailleurs qu'elle n'est pas accro aux réseaux sociaux, sinon je l'aurais déjà sur le dos à l'heure qu'il est.

Motivée pour passer à autre chose, je suis arrivée aux aurores au travail ce mercredi matin. Un café pour chacun de mes collègues et des viennoiseries pour tout le monde, je suis prête pour tourner enfin la page et quoi de mieux que de me concentrer sur mon travail ? Ce qui m'éclate le plus dans mon boulot ce sont les gens qui n'ont aucune idée de leurs choix d'intérieur, ou bien ceux qui souhaitent faire du home staging. Vous voyez un peu la dame qui accompagne Stéphane Plaza et qui donne une nouvelle vie aux meubles ou qui réemploie la décoration existante pour impulser un renouveau dans les habitations défraîchies ? Eh bien, c'est moi ! Je vagabonde auprès de divers agents immobiliers pour les aider à vendre les demeures les plus critiques en rénovant leurs intérieurs à moindre coût, et parfois j'ai la chance de recevoir des clients qui viennent me voir pour que je décore leur intérieur avec une idée bien précise en tête. J'avise le mur de mon bureau sur lequel trône mon objet préféré : mon planning. Un code couleur pour chaque thème : bleu pour les chambres d'enfant, rouge pour les chambres adultes et rose pour les nurseries. Pour bien réussir à tenir les délais qu'on m'impose et réussir à accomplir toutes les tâches qui me sont confiées, je n'ai qu'un seul mot d'ordre : l'organisation !

Je me plonge dans les différents dossiers qu'il me reste à traiter, ceux que j'avais involontairement mis de côté la semaine dernière suite à ma déprime. Punaise, je suis pathétique, tout ça pour un mec. J'ai plutôt intérêt à me speeder si j'en crois mon planning, j'ai aujourd'hui rendez-vous avec un nouveau client et malheureusement je n'ai aucune idée de la raison pour laquelle il vient.

En attendant, il me reste encore à terminer la chambre d'enfant des Martin, la cuisine des Peignon et le salon de la vieille Martha. Mon Dieu ! Et dire qu'elle m'a même demandé de lui trouver un tapis en peau de bête véritable ! Je mets un point d'honneur à respecter de façon très méticuleuse le choix de mes clients, mais parfois leur excentricité ne m'aide pas du tout. Et là, pour le coup, il est hors de question que je soutienne ce genre de commerce !

Alors que je planche sur mes derniers croquis, j'entends ma collègue à l'entrée parler à une voix qui ne m'est pas familière et avise au loin un homme s'avancer vers mon bureau : très certainement mon rendez-vous. Instinctivement je me lève et tends ma main dans sa direction, prête à l'accueillir.

— Emilie Moreno, me présenté-je.

— Xavier Dupré.

— Installez-vous, dis-je en désignant le siège libre.

Je me rassois tandis que lui prend place face à moi. Cet homme est séduisant, le style beau brun ténébreux et mystérieux. Exactement le genre de mecs qui me plaît mais qu'il est préférable de fuir ! Mince ! Il aurait été parfait pour me faire oublier

Jonathan… Mais je ne mélange jamais vie privée et vie professionnelle. C'est bien ma veine !

— Je vous écoute.

— Je viens d'emménager dans mon nouvel appartement et je n'ai pas le temps de m'occuper de la décoration. J'aimerais quelque chose d'assez épuré mais qui reste classe, vous voyez ?

— Hum… Hum… opiné-je.

Cet homme me met mal à l'aise, quelque chose chez lui m'intimide. Je ne saurais dire s'il s'agit de son regard ou de sa stature impressionnante.

— Je voudrais que l'appartement me corresponde et ce, même si ce n'est pas moi qui me suis chargé de la décoration.

— Très bien, c'est tout à fait dans mes cordes. Je vais vous demander de remplir ce petit formulaire pour me permettre d'en connaître un peu plus sur vous et ainsi cerner au mieux votre personnalité. Où vivez-vous ?

— Avenue Foch à Paris.

Ce genre de clients n'arrive qu'une seule fois dans une vie. Même une simple chambre de bonne est hors de prix dans ce quartier. Être payée pour décorer ce type de logement est juste une occasion unique, presque un rêve. Vous ai-je dit que j'étais payée à la commission ?

— Vous avez un budget à ne pas dépasser ?

J'adopte une posture professionnelle, remplis le dossier client en posant les questions habituelles et manque de m'étouffer quand j'entends sa réponse.

— Je n'ai pas de budget, faites au mieux, vous avez carte blanche. Tout ce que je désire, c'est que le mobilier choisi soit unique, qu'il ne corresponde en rien à ce qu'on peut voir chez les autres. Surprenez-moi !

Mon souffle se bloque dans ma gorge, j'ai du mal à respirer tout d'un coup. *De l'air, de l'air !* Il a bien dit « illimité » ou j'ai rêvé ? Punaise, jamais je n'aurais imaginé un jour entendre ce genre de phrases !

Je lui tends le questionnaire accompagné de ma carte d'une main fébrile. Je tangue légèrement sur mes jambes quand je tente de me lever de ma chaise à la fin de notre entretien.

— Voici ma carte, renvoyez-moi vos souhaits et éventuelles remarques et je reviendrai vers vous d'ici quelques jours pour vous soumettre un premier projet. Vous avez une date butoir à laquelle vous souhaiteriez que tout soit prêt ?

— Ah oui, vous faites bien d'en parler. J'organise une grande réception pour le 30 novembre. C'est mon anniversaire, donc si tout pouvait être prêt pour cette date ça serait parfait.

Soit trois semaines après le mariage.

— Ça le sera, monsieur Dupré, vous pouvez compter sur moi.

Alors que je tends la main dans sa direction, la sonnerie de la ligne fixe de mon bureau retentit dans la pièce. Je l'ignore volontairement pour ne pas paraître impolie face à cet homme. Il reste perplexe quelques instants, à fixer patiemment le combiné qui sonne, en pensant très certainement que j'allais répondre puis me serre la main pour me saluer quand il voit que je ne bouge pas. Je me sens toute drôle face à lui, il a tellement de prestance et de charisme que ça en est déstabilisant. Son regard bleu azur plonge dans le mien, et j'aurais pu m'y perdre durant des heures si nous n'avions pas été interrompus par ma collègue.

— Oh mince, désolée Emilie, mais c'est pour toi, c'est vraiment… très urgent, s'excuse-t-elle.

Je vois à sa mine qu'elle n'a pas l'air très à l'aise et qu'il y a effectivement un problème. Serait-ce ma mère ? À cette simple idée je me crispe et me force à congédier ce client séduisant.

— Je suis désolée, monsieur Dupré.

— Ne vous excusez pas, nous en avions terminé de toute manière. J'attends votre appel.

À peine a-t-il quitté mon bureau que j'attrape le téléphone, les mains tremblantes.

— Allô ?

— À quoi ça sert d'avoir un téléphone si ce n'est pas pour répondre ?

Lara…

— Franchement tu abuses, j'étais en rendez-vous avec un client ! Et un client important ! crois-je bon de préciser. Qu'est-ce qu'il y a de si urgent qui ne pouvait pas attendre quelques minutes ?

— Pierre et moi avons eu un accident de voiture, m'annonce-t-elle.

Ses mots me percutent de plein fouet ! Je tente de me rassurer comme je peux en me disant que si elle m'appelle et qu'elle arrive à me disputer au téléphone c'est qu'elle ne va pas si mal que ça.

— Qu'est-ce qu'il s'est passé ? Est-ce que vous allez bien ? demandé-je, inquiète.

— Ouais, j'ai connu des jours meilleurs. On a été percutés par une voiture samedi soir. Pierre a juste une légère commotion et est prié de rester au lit, et moi j'ai la jambe cassée. Rien de grave, ne t'en fais pas, on sort aujourd'hui de l'hôpital. Tu penses que tu pourrais venir nous chercher ? Le pote de Pierre ne répond pas et je n'ai qu'une envie, quitter cet endroit le plus vite possible.

— Bien sûr, je mets mes affaires en ordre et j'arrive.

— Merci Milou, t'es la meilleure.

Chapitre 5

Après avoir posé mon après-midi, recherché sur Google Maps toutes les infos pour me rendre à l'hosto, noté scrupuleusement sur mon téléphone le nom du service et le numéro de sa chambre, je pars chercher mon amie et son mec.

Assise dans la voiture, je chante en yaourt sur les musiques de ma playlist préférée sur Deezer, vive les années 1990 ! Tous ces titres n'ont aucun secret pour moi. Si j'ai souvent peur d'oublier tous mes rendez-vous ou ce qu'on me dit, je dois dire que ma mémoire ne me fait jamais défaut quand il s'agit de retenir les paroles de chansons. Même si c'est un peu dépassé, je ne me lasse pas d'écouter tous ces tubes qui deviennent rétro, me ramenant à mes années Spice Girls et *boys band.*

— *If you wanna be my lover, you have got to give ! Taking is too easy, but that's the way it is*… chanté-je à tue-tête.

Je n'arrive pas à me retenir de me trémousser, le cul collé au siège, et offre un véritable spectacle au motard qui s'arrête à côté de moi à un feu rouge. Quand je tourne ma tête vers la gauche, je le vois qui m'observe et quand il relève sa visière pour m'offrir un clin d'œil, je sens le rouge me monter aux joues.

Punaise, la honte !

Le mec est carrément pas mal, une mâchoire carrée recouverte d'une légère barbe de deux ou trois jours, un blouson de cuir noir qui lui donne un petit côté sexy et sa moto dont le moteur puissant vibre près de l'habitacle du véhicule suffit à attirer mon attention plus qu'elle ne le devrait. D'un signe de tête, il me salue et file à toute allure alors que le feu passe au vert. Comme une gourde, je reste sur place et me fais réprimander par un coup de klaxon d'un automobiliste impatient.

— Ça va, deux minutes, il n'y a pas le feu ! crié-je.

Il m'a fallu plus d'une heure après son appel pour y arriver. Vive les bouchons sur le périph et la circulation dense de Paris !

Je trouve rapidement une place dans le parking payant de l'hôpital, gare ma voiture au second sous-sol et prends soin de noter derrière le ticket de stationnement l'emplacement de ma voiture pour ne pas l'oublier ni passer des heures à la chercher.

Note à moi-même : ne pas perdre ce fichu ticket !

J'extrais mon portable de ma poche et lis le mémo que j'ai rédigé avec toutes les informations nécessaires pour retrouver la chambre de mon amie. Grâce à mes précieuses notes et aux panneaux d'affichage du hall, je sais tout de suite où je dois me rendre. Neuvième étage ! Eh bien, les marches vont me paraître longues. J'avise au loin un ascenseur de service. Généralement, il est très mal vu de les emprunter dans les hôpitaux et ils sont seulement autorisés pour le personnel hospitalier, les brancards ou les personnes à mobilité réduite.

Je vois au loin un tas de muscles entrer dans la cabine et se retourner en appuyant sur le bouton. Je cours comme une dératée pour profiter de cette chance inespérée et ne pas à avoir à grimper tous ces étages.

— Retenez l'ascenseur, s'il vous plaît ! crié-je dans le hall comme une folle.

J'arrive de justesse devant les portes qui se referment sur moi. La seule chose que je distingue avant qu'elles ne se rabattent devant mon caquet, ce sont ces deux billes sombres qui m'électrisent sur place et m'empêchent d'émettre le moindre mouvement. J'aurais très bien pu appuyer sur le bouton d'appel pour que les portes s'ouvrent de nouveau, mais je suis incapable de faire ne serait-ce qu'un geste. Je reste statufiée. Seul le ding de l'ascenseur me sort de mes pensées, et je réalise brusquement que je viens de laisser passer ma chance.

Je grimpe donc les neuf étages à pied et arrive à bout de souffle devant la chambre de mon amie. Je frappe et ouvre la porte quelque peu stressée de voir l'état dans lequel je vais la trouver. *Et si jamais c'était plus grave que ce qu'elle a bien voulu me dire ?* Mais alors que je m'imaginais la voir, elle ou Pierre, je tombe nez à nez avec un inconnu. Le même que je viens de croiser il y a à peine cinq minutes et qui m'a scruté d'un air fier en me refusant l'accès à la cabine, ou du moins, qui n'a rien fait pour me le faciliter. J'arrive comme Kirikou face à l'affreuse sorcière, peut-être petite de taille mais nullement impressionnée – bon un petit peu quand même ! Rien à fiche qu'il fasse bien une tête de plus que moi et que, soit dit en passant, il soit horriblement magnifique ! Mince ça existe pour de vrai des mecs comme ça ? Pas seulement dans les films et les pubs pour les parfums ?

— Vous !

La colère doit se lire dans mon regard. Je me suis tapé les neuf étages à pied par sa faute. Je souffle aussi fort qu'un buffle alors que lui est frais comme un gardon !

— Oui, moi ? Enchanté, je m'appelle Nathanaël.

Cet idiot m'offre un large sourire et se saisit du doigt que je pointe sur lui en le secouant vigoureusement.

Pourquoi est-ce que mes jambes flageolent, au fait ?

Ce mec est complètement atteint ! Énervée, je retire mon doigt avec hâte et le regarde d'un œil mauvais.

— Qu'est-ce que vous fichez là ?

— Je viens voir mes amis, et vous ?

Ce mec se paie ma tête ou bien je rêve ?

— Vous auriez pu au moins m'attendre et appuyer sur le bouton pour retenir les portes ! l'agressé-je.

— Ouais, j'aurais pu, mais vous savez, c'est interdit de prendre les ascenseurs.

— Eh bien dites-moi donc pourquoi VOUS, vous l'avez emprunté.

— Car moi j'ai couru assez vite pour le prendre, répond-il avec un clin d'œil.

Argh ! Je suis à deux doigts de lui coller ma main en pleine tête. Les poings serrés de chaque côté de mes hanches, de la vapeur sortant très probablement de mes narines, je le regarde avec une animosité non dissimulée quand Pierre, que je n'avais pas remarqué jusqu'à présent, arrive vers nous.

— Eh bien, je vois que les présentations ont été faites ! se réjouit-il en posant une main sur l'épaule de l'homme qui me fait face. Emilie, je te présente Nate, mon meilleur ami et accessoirement mon témoin.

— Tu veux dire que c'est à son bras à lui que je vais devoir avancer jusqu'à l'autel ? répliqué-je avec une mine de dégoût.

— Oh arrête, poupée, tu vas adorer pouvoir te pavaner à mon bras, se vante l'autre idiot.

Non mais je rêve ! Comment Pierre peut-il être ami avec un mec pareil ? Il doit forcément y avoir quelque chose, ce n'est pas possible autrement.

— Lara m'a appelée car apparemment vous n'aviez personne pour vous ramener ? m'agacé-je à l'intention de Pierre.

Je tape du pied en signe d'impatience et ignore royalement son abruti de copain quand je vois débarquer ma meilleure amie une béquille dans chaque main. Une énorme attèle entoure sa jambe et sa démarche peu assurée et son visage crispé montrent à quel point elle doit souffrir.

— Je suis désolée, ma poule, comme Nate ne répondait pas, je pensais qu'il n'allait pas venir et j'ai légèrement paniqué à l'idée de rester ici.

Je me retourne, furieuse, et croise les bras sur ma poitrine. Si je la regarde dans cet état je vais m'attendrir et là tout de suite je n'ai aucune envie d'être gentille. Non, je suis en colère et j'ai bien l'intention de le montrer. J'ai lâché mon travail que j'avais programmé pour cet après-midi uniquement pour venir la chercher. Je tiens à respecter l'organisation que je me suis fixée et si j'ai tout annulé pour elle ce n'était pas pour me retrouver en plan une fois ici. D'autant que j'ai traversé tout Paris, passé plus d'une heure dans ma voiture et grimpé les neuf étages de ce fichu bâtiment pour qu'au final elle m'annonce qu'elle n'a plus besoin de moi ! Là c'est la goutte d'eau. Je tente de me contenir pour ne pas exploser et surtout pour éviter de ressembler de nouveau à une cocotte qui déborde, mais j'avoue que c'est compliqué, notamment quand je sens les larmes me monter aux yeux et ma gorge se comprimer.

Une main se pose sur mon épaule, celle de Pierre je suppose en l'entendant parler près de moi.

— Écoutez, les filles, je vous propose de rentrer ensemble, et moi je rentre avec mon pote. Nate, tu pourras me déposer ensuite chez Lara ? Je vais en profiter pour prendre quelques affaires chez moi avant. Le médecin m'a déconseillé de conduire durant les prochains jours.

Je me retourne et découvre le visage peiné de mon amie. Elle comprend que je suis blessée. Elle est comme ça, je la connais. Mais là, je dois dire que ça fait beaucoup à encaisser en peu de jours. Je lui offre un sourire pour la rassurer et faire la paix en quelque sorte, et elle me saute presque au cou en retour. Je dis bien *presque* car avec sa jambe immobilisée, ce n'est pas du tout évident !

J'embrasse Pierre sur la joue et ignore volontairement son ami avant de quitter la chambre d'hôpital. Mais alors que je referme la porte derrière Lara et que nous avançons dans le couloir, je l'entends s'ouvrir derrière nous et je me retourne en prenant soin de ne pas faire tomber mon amie.

— Hé, poupée ! N'oublie pas de me donner le code couleur de ta robe pour que je sois assorti ! me hèle-t-il en accompagnant sa phrase d'un clin d'œil.

— Non mais sérieux, Lara, c'est quoi ce mec ?

Pour unique réponse, je n'ai que l'hilarité de mon amie qui s'amplifie jusqu'à se transformer en véritable fou rire.

Chapitre 6

On arrive enfin chez Lara, non sans mal. Je l'aide à s'installer sur son canapé, en profite pour lui sortir tout le nécessaire dont elle pourrait avoir besoin en attendant Pierre et le mets près d'elle. Téléphone, télécommande, bouteille d'eau et les médicaments qu'on est passées prendre avant d'arriver.

Épuisée d'avoir couru partout durant tout l'après-midi, je me laisse aller contre elle sur le canapé. Ma tête vient se poser sur son épaule et je profite de la chaleur de mon amie pour me détendre quelques instants. Ça fait du bien d'être près d'elle.

— Dis-moi, Lara…

Je marche sur des œufs. Je ne sais pas trop comment aborder le sujet, mais ma curiosité l'emporte sur ma gêne.

— Hum ?

— C'est qui ce mec ?

Je la sens se redresser pour me regarder. Le visage de mon amie se tourne vers moi, tout d'un coup très intéressée par la discussion. Je vois ses yeux pétiller de malice. Ah la revoilà ma reine des potins !

— De qui tu parles ?

J'ai l'impression que sa question est uniquement là pour la forme et qu'elle se doute très bien de qui je fais mention.

— Nathanaël, le témoin de Pierre, précisé-je.

— Il est canon, hein !

— Mouais, c'est pas trop mon genre.

OK, je ne suis pas du tout crédible, j'en ai conscience.

— Ah bon ? Et c'est quoi ton genre au juste ? Moche, ringard, coincé du cul ? Ouais, rien d'étonnant vu celui qui partage ton pieu. Tu ne peux pas nier que Nate est carrément à tomber.

Elle a raison, je ne peux pas mentir, il est canon. Un très très beau mec. Ses cheveux bruns coiffés à la va-vite lui donnent une petite touche sexy, ses épaules larges et carrées m'ont donné envie d'y poser mes mains, mais ce qui m'a le plus attiré chez lui ce sont ses yeux. Deux billes sombres hypnotiques qui m'ont captivée au premier regard. Si seulement il n'avait pas agi comme un abruti, ça aurait pu le faire. Et quand il s'est mis à parler, malgré sa voix rauque très sensuelle, le débit de conneries qui en est sorti était trop impressionnant pour me faire tomber dans ses filets. Si cet homme a un physique plus qu'appréciable, son air hautain et sûr de lui m'ont mis les nerfs à rude épreuve en très peu de temps.

— Ouais, il est pas mal, mais je parlais plutôt du style imbu de lui-même qui se la pète.

— Ah ouais, c'est vrai qu'il est loin d'avoir sa langue dans la poche, mais faut apprendre à le connaître. Tu verras, il est vraiment adorable comme mec, il a un bon fond. Si je n'avais pas été avec Pierre, j'avoue que…

Des images salaces s'immiscent malgré moi dans mon esprit. Mon amie collée à cet homme en train de l'embrasser, leurs mains baladeuses en option. J'imagine tout d'un coup Nathanaël nu. Je suis sûre qu'il doit avoir un corps à tomber par terre vu la manière dont son T-shirt blanc lui moulait le torse. Un sentiment étrange s'empare de moi et me gêne. Je ne saurais définir ce que c'est exactement, mais imaginer Lara tromper Pierre avec lui m'agace. Peut-être est-ce le simple fait de savoir pertinemment qu'elle en serait capable et qu'en tant que témoin je dois faire mon possible pour bannir ses mauvaises habitudes.

— Oui, mais tu as Pierre… la réprimande-je.

— T'as raison ! Et il est tellement exceptionnel au pieu que personne d'autre ne pourra l'égaler.

— Punaise, Lara, passe-moi les détails, s'il te plaît.

— Bordel, avec ma jambe cassée je vais faire comment pour m'envoyer en l'air ? Je vais être obligée de me contenter du missionnaire je crois bien, ou peut-être que je pourrais tenter…

Elle n'a pas le temps de terminer sa phrase que son portable posé près d'elle se met à sonner. Elle le regarde d'un œil mauvais et hésite avant de répondre.

— Merde ! gueule-t-elle.

— Qu'est-ce qu'il se passe ?

— C'est la nana du traiteur, j'ai complètement zappé, j'ai rendez-vous jeudi soir avec Pierre pour une dégustation.

La sonnerie s'arrête. Lara fond en larmes et son corps est pris de secousse.

— Mais ne pleure pas, qu'est-ce qu'il y a ?

— À cause de ce putain d'accident, je ne vais pas pouvoir me marier ! Fini les petits rêves qui avaient germé dans mon esprit, ce joli mariage en automne. Je vais devoir me contenter de me marier en juin ou en septembre comme beaucoup de personnes.

— Toi et ton besoin de te démarquer ! En plus c'est nul l'automne, il ne fait pas beau, les feuilles tombent et c'est la période la plus déprimante qui soit…

— Ça n'a rien à voir, Milou. J'avais vraiment envie que ce soit ce jour-là. Je ne te l'ai pas dit, mais mes parents se sont mariés le 9 novembre et c'était en quelque sorte pour moi un moyen de les avoir auprès de moi.

Immédiatement, je revois le visage des parents de Lara. J'ai peu de souvenir et malheureusement je ne peux pas compter sur ma mère pour m'en parler. Lara les a perdus très jeune et je sais que c'est aussi l'une des raisons pour lesquelles elle a toujours eu du mal à s'attacher, la crainte de perdre ceux qu'elle aime.

— Tu peux décaler à l'année prochaine.

— Le problème, c'est que le prochain samedi 9 novembre ne tombe pas avant plusieurs années et puis tu sais ce qu'on dit, on reporte, puis entretemps il y a un imprévu et au final on ne se marie jamais et on reste fiancés pour toujours !

Ses pleurs ne tarissent pas. La voir si peinée brise mon cœur, pourtant déjà bien piétiné à cause de l'autre salaud. Je ne supporte pas de ressentir ce pincement de nouveau, surtout vis-à-vis de mon amie. Elle est la sœur que je n'ai jamais eue, nous nous sommes toujours épaulées durant toute notre enfance qui n'a pas forcément toujours été rose. Même si la vie a fait que nous ne nous parlons plus forcément tous les jours et que nous nous éloignons un peu, elle est et restera toujours la personne qui compte le plus pour moi sur cette terre.

— Dis-moi, Lara, est-ce que le médecin t'a dit combien de temps tu devrais garder ton attelle ?

— Un mois tout au plus, si tout se remet comme il faut.

— Et Pierre ? Est-ce qu'il pourra reprendre les préparatifs du mariage à ce moment-là ?

— J'imagine oui. Pourquoi cette question ?

Elle me regarde avec attention. Elle doit supposer énormément de choses, je le vois à sa manière de me scruter, et elle vise juste !

— Écoute, je vais gérer, me rendre à tes rendez-vous, on s'appellera en visio. Je serai tes jambes le temps que tu te rétablisses. Tu t'occupes de rien, je me charge de tout. La seule chose dont tu dois t'inquiéter c'est ta santé, et accessoirement dire « oui » le jour J et embrasser Pierre quand le maire te le demandera, ça je ne le ferai pas à ta place !

— Tu ferais ça ?

— L'embrasser ? Non !

— Non, je parle des préparatifs.

Ses yeux sont écarquillés.

— Je suis ton témoin oui ou non ?

Elle me serre fort contre elle, et je sens de nouveaux spasmes secouer son corps. Elle pleure, encore. Du coup je m'éloigne et la saisis par les épaules, mais je suis heureuse de constater qu'il ne s'agit que de larmes de joie et qu'elles ne ressemblent en rien à celles qu'elle versait précédemment.

— T'es vraiment la meilleure Emilie. Je ne sais pas ce que je ferais sans toi.

— Sans moi ? Tu serais encore en train d'écumer les bars et les boîtes de nuit à la recherche d'un mec pour l'hiver.

— T'as pas tort, rigole-t-elle.

— Bon allez, rappelle le traiteur et dis-lui que je viendrai à ta place. Je t'appellerai jeudi pour te montrer les plats et je goûterai pour toi.

— Tu peux me donner ton classeur ?

J'attrape l'objet qui était rangé sur l'une des petites étagères de sa table basse et le lui tends. Elle l'ouvre à la rubrique repas et je la vois sortir la petite fiche que j'avais moi-même renseignée il y a de ça quelques années. J'y retrouve mes idées, mais je découvre qu'elle y a ajouté les siennes.

— C'est quoi ?

— J'ai été sur leur site, car tu vois les buffets c'est pas trop mon truc, je préfèrerais un repas à table.

Qu'est-ce qu'elle a contre les buffets ? J'ai toujours préféré ce genre de repas, c'est plus convivial et chacun mange à son rythme. Et vu mes goûts culinaires, du moins, vu tout ce que je n'aime pas, là au moins j'arrive à ressortir avec le ventre plein. Quand on a un repas à table, on doit se dépêcher pour ne pas dépasser l'horaire, on a des serveurs qui viennent s'incruster à la fête et en plus on a une chance sur deux de ne pas aimer.

— C'est pourtant plus pratique, le buffet, et surtout plus économique.

— Ouais, mais ça oblige aussi tout le monde à se lever, à aller se servir, à faire la queue. Et même si j'adore les queues, celle-ci ne sont pas trop mon genre, me dit-elle avec un clin d'œil.

— T'es pas possible !

— J'aime qu'on vienne déposer mon assiette sous mon nez. Et puis Pierre m'a dit qu'on avait pas de limite de budget ! J'ai carte blanche.

Bah dis donc !

— Pas de souci, par contre si ça ne t'embête pas, tu pourrais me faire une petite liste des différents prestataires que tu as dans le collimateur et les rendez-vous, afin que je prépare le planning ?

— Rah, toi et tes listes ! rigole-t-elle. Je t'enverrai ça dès demain, t'en fais pas.

Je note toute ses recommandations et nous appelons donc ensemble le traiteur pour confirmer le rendez-vous de jeudi.

Chapitre 7

Je pars plus tôt du travail pour aller au fameux rendez-vous. J'ai mangé plus qu'à mon habitude ce midi pour être repue. Aller goûter une prestation de traiteur, c'est comme aller faire ses courses : si on y va le ventre vide on a envie de tout acheter. Eh bien là, c'est pareil. Si j'y avais été avec une faim de loup, à coup sûr j'aurais aimé tous les plats sans réel esprit critique. Bien évidemment, Lara a oublié de me transmettre sa fameuse liste et du coup bêtement j'angoisse. Dès la fin de la dégustation, je ne manquerai pas de lui rappeler pour être plus sereine.

J'arrive devant la devanture du Petit Gourmet. C'est charmant, tel que dans mes souvenirs. Ce petit restaurant situé en lisière de la forêt de Saint-Germain-en-Laye offre un cadre verdoyant et un style très champêtre. La façade en pierre donne une petite touche très rustique au lieu. Il n'y a pas grand-chose autour, juste un immense parking entouré d'arbres et des chemins en gravier qui mènent à la forêt.

J'entre et me retrouve immédiatement happée par l'atmosphère chaleureuse qui y règne. Une énorme cheminée fait office de cuisinière derrière le comptoir à l'entrée. Un tournebroche fait rôtir de la volaille et l'odeur de poulet flotte dans la pièce. C'est très agréable et ça me donne immédiatement l'eau à la bouche. Je m'approche de l'accueil pour me présenter à l'hôtesse.

— Bonsoir madame, j'ai rendez-vous pour la séance de dégustation pour le mariage des Romary prévu le 9 novembre.

— Ah oui, on m'a prévenue de votre arrivée. Votre futur mari vous attend.

Mon quoi ?

Je manque de m'étrangler. Je n'ai pas le temps de réagir que je tourne la tête en suivant sa main vers la salle du restaurant et distingue un homme. Un hoquet de surprise s'empare de moi, je prends une profonde inspiration quand je reconnais celui qu'elle me désigne à l'instant même où nos yeux se rencontrent.

Nathanaël…

Mais qu'est-ce qu'il fiche ici, celui-là ? Je m'excuse auprès de l'hôtesse et ressors aussitôt du restaurant. Mon cœur s'emballe étrangement, ma respiration s'accélère de façon démesurée et mes jambes flageolent légèrement. Téléphone en main, je contacte ma traîtresse de meilleure amie, la colère prenant possession de tout mon être.

— Allô ?

— Qu'est-ce qu'il fout là ?! aboyé-je sans préambule.

— Qui ?

— Nathanaël ! Il est dans le restaurant où je devais me rendre pour TOI !

Je m'emporte, peut-être plus que je ne le devrais, mais tomber sur ce type qui m'a agacée dès l'instant où mon regard a croisé le sien suffit à mettre de nouveau mes nerfs en pelote.

— Ah… oui…

La garce ! Je savais qu'elle était au courant. Pourquoi ne m'a-t-elle rien dit ?

— Pierre a… bégaie-t-elle, a exigé que son témoin soit là également pour les préparatifs, ajoute-t-elle presque trop rapidement pour paraître sincère.

— Et quand avais-tu l'intention de m'en parler ? Ça aurait été préférable plutôt que je le découvre par moi-même, tu ne penses pas ?

— Si, je suis désolée, Milou, mais vu la tronche que tu tirais hier quand tu l'as rencontré j'avais peur que finalement tu te désistes.

— Sérieusement, Lara, tu me connais je n'aurais pas fait machine arrière. Mais j'aurais aimé que tu m'en parles. Et qu'entends-tu par « les préparatifs » ?

— Pierre avait peur qu'avec toi seule aux commandes, notre mariage ressemble à quelque chose de super meringué. Le truc trop girly, tu vois ? Du coup il a souhaité que son témoin soit là pour apporter une touche masculine.

— Tu veux dire qu'il sera là pour tous les préparatifs ? Tous ? répété-je excédée.

— Ouais…

Je ne tiens plus et lui raccroche carrément au nez. Cet homme avec qui je n'ai échangé que quelques paroles, qui m'a insupportée plus que n'importe qui au cours de ma triste vie, va devoir m'aider à organiser le mariage de ma meilleure amie. Si je fumais, je pense que je serais capable de les allumer les unes à la suite des autres. Mais non, tout comme le reste, je tente de garder une vie saine et bien rangée. Le comble dans tout ça, c'est qu'il va avoir le droit de donner son avis. Non ! C'est hors de question, j'étais censée être là juste pour représenter Lara et non pas pour jouer les baby-sitters avec cet homme dont le cerveau doit avoir la taille d'un grain de maïs et des chevilles aussi grosses qu'un tronc d'arbre.

Je tape du pied devant l'entrée du restaurant. Si je n'y vais pas, cet imbécile serait capable de commander des hamburgers en entrée, des pâtes en plat principal et ne pas trouver d'utilité à la pièce montée. Alors que je suis en train de réfléchir, l'hôtesse d'accueil ne me laisse pas trop le choix en venant écourter mon moment de réflexion :

— Excusez-moi, mademoiselle, les pièces cocktails vont être disposées, vous souhaitez attendre encore quelques minutes ou je vous accompagne ?

Prenant mon courage à deux mains, je la suis. Je souffle un bon coup avant de me lancer dans l'arène. Je sens que cette séance de dégustation va être aussi éprouvante qu'un combat de gladiateurs.

Elle me montre la table où Nathanaël est assis. Je m'avance vers lui. Mes pas sont lourds, je n'ai aucune envie de passer ce moment avec lui. Mais plus je m'approche de lui et plus je sens mes jambes trembler. Ma détermination et mon courage s'amenuisent en même temps que la distance qui nous sépare. Plus je suis proche et moins mon envie de crier se fait ressentir. Quelque chose dans sa manière de me regarder me dérange. C'est comme si je ne voyais que ses yeux et que tout le reste autour de nous n'existait plus. Son regard est rieur, limite insolent, son sourire éclatant dévoile une rangée de dents blanches parfaitement alignées et creuse une petite fossette sur chacune de ses joues. C'est carrément craquant. *Non, punaise, il ne faut pas que je le trouve craquant !* Pourtant, il est vraiment terriblement séduisant. Mais aussi super con, il ne faut pas que je l'oublie !

— Alors poupée, tu te joins à moi ?

D'un signe de tête, il me montre les petits feuilletés à la saucisse. Et voilà, qu'est-ce que je disais ?

C'est dommage d'avoir une si jolie bouche pour dire autant de conneries. J'ai bien capté la double signification de sa phrase et ce surnom débile dont il m'a affublée suffit une nouvelle fois à m'énerver, mais je ne relève pas. Si j'entre dans son jeu, il aura gagné, et comme je l'ai si souvent répété à Lara qui part au quart de tour pour un rien, l'ignorance est la meilleure des armes. Aussi, je prends place face à lui et me saisis d'un feuilleté que je mange avec entrain sans le quitter des yeux.

— Alors comme ça, vous allez suivre tous les préparatifs ?

J'essaie de paraître agréable même si ça me demande un effort surhumain. Il faut que je reste zen.

— On devrait se tutoyer, tu ne penses pas ? On va passer tout notre temps libre ensemble.

— Ouais, enfin tout notre temps libre, il ne faut pas abuser non plus. Deux ou trois rendez-vous tout au plus.

— D'après tout ce joli programme, je crois bien que si !

Il me montre un papier avec le planning pour les prochains jours et je constate qu'il dit vrai. Mince ! Moi qui pensais ne devoir aller qu'à un ou deux rendez-vous à la place de Lara, je me rends compte que je faisais erreur et je remarque que nous devons d'ailleurs passer dès demain chez le fleuriste. Une petite pointe de jalousie s'empare de moi en constatant que lui a un planning, alors que moi non.

— Bah alors, poupée, tu n'as pas eu le programme ? Je me ferai un plaisir de le partager avec toi.

— Alors déjà vous allez arrêter de m'appeler « poupée », car je suis loin d'être votre poupée ! Et ensuite je n'ai pas revu Lara depuis lundi, je suppose qu'elle me le remettra dès notre prochain tête-à-tête.

— Si tu le dis... Tu te rassures comme tu peux, ça te regarde.

Alors que nous sommes en pleine confrontation visuelle – et par là j'entends lui qui me fixe comme si j'étais un morceau de viande prêt à être dévoré et moi à deux doigts de lui arracher ses deux billes sombres qui déclenchent en moi des sensations totalement opposés à ce que j'aimerais lui faire –, un serveur arrive devant nous pour déposer une seconde assiette contenant de nombreuses entrées. Des crudités pour la plupart, mais aussi des crustacés, du saumon. Tous ces plats me paraissent délicieux et pourtant, là tout de suite, j'ai l'appétit plus que coupé. J'ai tellement les nerfs que mon estomac se tord de façon désagréable et que la douleur remonte jusque dans ma gorge.

— Alors poupée, tu es célibataire ?

— Je viens de vous dire d'arrêter de m'appeler « poupée » ! En plus d'être idiot vous êtes sourd ? Et non, même si cela ne vous regarde pas, je ne suis pas célibataire, j'ai un homme dans ma vie.

— Dommage, tu sais ce qu'on dit des mariages ? Les demoiselles d'honneur s'envoient toujours en l'air avec les témoins, dit-il en accompagnant sa phrase d'un clin d'œil.

Plus il parle et plus son débit de conneries s'intensifie. Le fait de parler de Jonathan ne fait qu'accentuer le malaise que je ressens en la présence de cet homme séduisant.

— Et dans le cas où je l'aurais été, qui vous dit que vous m'auriez intéressé ?

— Peut-être simplement les poils de tes bras, qui se hérissent alors que je te frôle tout juste. Ne le nie pas, tu me trouves terriblement séduisant, dit-il avec un haussement d'épaule, l'air détaché.

Je regarde par réflexe mes bras et constate qu'il dit vrai – mon corps, ce traître.

— Pas du tout, j'ai juste froid ! me défends-je.

— Oh poupée, j'ai un bon moyen de te réchauffer.

Sa voix est douce, maîtrisée, comme si sa phrase était tout à fait anodine. Son regard est intense, électrisant. Il suffit à déclencher une myriade de sensations qui se logent tout droit entre mes cuisses.

Punaise, je deviens vraiment pas nette, moi !

Avant que je ne réplique, la serveuse arrive pour nous présenter de nouvelles entrées, un peu plus élaborées. Pour ravir nos papilles, nous avons au choix du foie gras, des gambas à la coriandre et une terrine de poisson. J'observe avec attention l'homme qui me fait face. Étrangement, il ne parle pas et regarde avec soin les plats devant nous. Je le vois se pencher, analyser avec soin le pain servi avec le foie gras, décortiquer la crevette à la recherche de je-ne-sais-quoi. Bref, j'ai l'impression qu'il est en pleine inspection, du genre Top Chef !

— Qu'est-ce que vous faites ?

— Eh bien, je note les plats ! Pourquoi ? Tu comptes faire quoi, toi, te contenter de goûter ?

— Euh… Non, bien entendu. En réalité, je compte prendre des photos des plats pour Lara, je m'occupe que du point de vue gustatif.

— Ah ouais, génial, t'es vachement calée comme fille, heureusement que je suis venu !

Non mais pour qui il se prend ? ! Heureusement qu'il m'attendrit légèrement en prenant son rôle à cœur et que ça m'empêche de répliquer, sinon j'aurais bien été capable de lui tartiner la tête de la terrine qui ne me donne pas du tout envie.

Le reste du repas se déroule sur le même ton. Nathanaël analyse chaque plat, goûte avec attention et note tout scrupuleusement sur un bloc-notes. C'est mignon de le voir si investi. Si seulement il pouvait se taire au lieu de débiter des âneries à chacune de ses phrases, je pense que le repas pourrait presque être agréable. J'ai bien dit *presque*…

Ce mec est plus que séduisant. Sa peau hâlée laisse penser qu'il passe le plus clair de son temps au soleil, et sa bouche est un appel à la luxure. Elle est pulpeuse, légèrement charnue et ses lèvres pleines me donnent envie de les toucher pour connaître leur texture. Mais ce qui me dérange le plus, c'est de ressentir l'envie d'avoir ses mains sur mon corps. D'ailleurs, depuis le début des dégustations, j'ai du mal à les quitter des yeux. Elles sont grandes, puissantes, et malgré leur tailles elles ont l'air très douces. Je les imagine aisément se poser délicatement autour de mon cou et descendre plus bas pour empoigner mes seins, qui sont malheureusement trop petits.

— Arrête de les regarder, tu vas finir par baver.

Prise en flag, je vire au rouge pivoine. Le sang afflue au niveau de mes joues à une vitesse fulgurante et j'ai soudain très chaud.

— Je ne vois pas du tout de quoi tu parles.

— Ah bah, ça y est, on est passé au tutoiement ! C'est beaucoup mieux comme ça, poupée.

Chapitre 8

Je sors du restaurant, téléphone en main, pour débriefer avec Lara du fameux repas. Je ne réponds à aucune de ses questions concernant le meilleur ami de son futur mari et reste brève et sèche en commentant le dîner. J'ai pris soin de saluer à peine le mec en question et de filer aussi vite que la lumière en accompagnant mon « salut, à demain » d'un vague signe de la main. Malheureusement pour moi, ledit mec me suit et se retrouve à côté de moi sur le trottoir alors que j'écourte ma conversation avec Lara. Mains dans les poches, je le vois tourner le visage vers moi et se balancer légèrement d'avant en arrière, comme s'il réfléchissait à la prochaine ânerie qu'il allait pouvoir dire.

— Alors demain, le fleuriste ?

— Apparemment…

Il va vraiment falloir que je m'organise autrement avec ma mère. Heureusement sa voisine, que je considère comme une seconde mère, s'est toujours montrée disponible pour m'aider quand j'en avais besoin.

— Tu pars dans quelle direction ? me demande-t-il. Ce n'est pas très sûr cet endroit la nuit.

Tiens, tiens, monsieur fait mine de s'intéresser à ma sécurité. Mais bien-sûr… À toutes sauf à moi !

Si son baratin de dragueur à deux balles doit fonctionner avec la plupart des femmes, ce n'est certainement pas le cas avec moi. Je n'ai aucune sympathie pour ce mec même s'il a tenté à plusieurs reprises durant le repas de se rattraper de ses frasques, à chaque fois, je ne saurais dire pourquoi il conclut sa phrase par une bêtise de plus. C'est comme s'il était incapable de rester sérieux plus de cinq minutes, un véritable gamin.

Alors que je repense aux instants que nous venons de passer ensemble à goûter de nombreux plats, je le vois qui attend que je réponde à sa question en me regardant avec insistance. Que vient-il de me dire déjà ? Ah oui, où est ma voiture… Mince… Bonne question. Où est-elle ?

Je ne lui réponds pas et commence à avancer machinalement vers le parking à la recherche de ma Mini rouge. J'ai pris cette couleur pour une seule et unique raison, sa facilité à attirer l'œil. Pour moi hein, pas pour les autres. S'il m'arrive souvent d'égarer mes clés, d'oublier ma carte bancaire sur la table de mon salon et de me présenter en caisse sans un sou en poche ou encore d'oublier de mettre mon manteau et de m'en apercevoir une fois que la pluie m'a trempée, il m'arrive aussi bien souvent de ne plus me rappeler où j'ai garé ma voiture. Du coup, la couleur rouge me sert pour effectuer un tour d'horizon, sa couleur se distingue facilement parmi les autres sur les parkings. Mais là je n'ai même pas besoin de me mettre sur la pointe des pieds que le constat tombe. Le parking est quasi vide, seules trois berlines sombres y sont stationnées, mais aucune Mini citadine colorée.

Mince, je n'ai aucune idée de l'endroit où je l'ai garée et ça commence à m'angoisser. Mon rythme cardiaque s'accélère et mes mains sont soudain moites. J'ai fait tellement vite en arrivant que je n'ai pas pris soin de visionner les alentours. Me connaissant, je vais mettre des plombes à la retrouver. Je me rappelle qu'une fois j'avais cherché pendant une bonne heure, allant jusqu'à imaginer qu'elle avait été volée, pour qu'au final on m'informe qu'elle se trouvait à la fourrière. Mais là je suis persuadée de m'être garée correctement, le seul problème c'est que je ne sais plus où !

Je m'avance dans les rues adjacentes, mais rien n'attire mon regard. Je m'éloigne donc un peu plus vers le parking de la forêt. Après tout, quand je suis arrivée il faisait encore jour et cet endroit sans aucun éclairage peut bien cacher ma petite voiture.

Mes pas se font prudents, je marche en regardant le sol en terre plein de petits cailloux qui ne me facilitent pas la tâche avec mes talons de sept centimètres et m'éloigne de plus en plus des lumières du restaurant. Un bruit de chouette au loin dans la forêt n'aide pas à calmer mon angoisse, un vent glacial vient me fouetter le visage et, malgré mes efforts pour m'habituer à l'obscurité, je n'arrive à rien distinguer aux alentours. Mon rythme cardiaque s'accélère, je sens mon cœur pulser dans ma poitrine et je respire de plus en plus fort, pourtant je continue de progresser dans la noirceur de la forêt. Je décide de sortir mon portable de ma poche pour m'en servir comme lampe torche. J'appuie sur le bouton, entends une sorte de grincement derrière moi et me retourne à vive allure, le téléphone en main, comme s'il s'agissait d'une arme. Je bascule, crie à gorge déployée face à la vision d'horreur, lâche l'appareil qui tombe dans un bruit sourd contre le sol. La lampe vient d'éclairer un visage. Je n'ai pas eu le temps de le voir en détail. Je n'ai pu distinguer qu'une forme blanche et effrayante.

Mon pied bute contre une branche derrière moi, je bascule en arrière, manque de me retrouver les fesses à terre mais je suis rattrapée de justesse et me retrouve collée contre une masse. Je ressens comme une décharge électrique se répandre dans mon corps.

Ses mains quant à elles sont toujours dans mon dos, je sens sa prise se raffermir et j'ai l'impression qu'il me colle un peu plus contre lui. Mon cœur bat à tout rompre et j'essaie de me débattre.

Dans cette obscurité totale, je suis forcée de faire confiance à mes autres sens, et petit à petit, sans aucune logique, je me détends. La respiration de mon assaillant est saccadée et son souffle m'effleure. Un instant, je me perds dans cet effluve de vanille qui vient me titiller les narines. C'est insensé, j'en ai conscience.

Je connais cet homme, j'en suis sûre. Je ne peux m'empêcher de remonter mes mains plus haut vers son visage pour me rassurer et tenter de le reconnaître, et elles viennent se confronter à une peau légèrement rugueuse pourvue d'une barbe de quelques jours. Je m'approche de plus en plus de lui, inconsciente du danger de la situation, complètement à la merci de mes sens. C'est alors que l'homme en question prend la parole :

— Bah alors, poupée, t'as décidé de te faire enlever par Robin des Bois ?

Ces mots me percutent de plein fouet et me ramènent à la réalité. Je remonte légèrement mon genou pour venir cogner l'entre-jambe de celui qui me maintient contre lui. Le choc est tel que j'ai l'impression qu'une nouvelle décharge vient de me frapper, malheureusement beaucoup moins agréable que la précédente.

— Putain, Emilie, mais t'es complètement malade !

— Nathanaël ?

— Ouais, tu croyais que c'était qui ?

Je m'éloigne de lui, cherche à tâtons au sol mon téléphone portable et rallume le flash. Je trouve Nathanaël plié en deux les mains protégeant son entrejambe. J'ai à la fois envie de rire et de pleurer. Cet homme n'était autre que ce petit con de Nathanaël.

— Avoue que tu avais envie de m'embrasser ?

Un sourire insolent vient de nouveau fendre son visage, et je suis sur le point de le frapper de nouveau juste pour le faire disparaître. Il m'agace tellement !

— C'est du grand n'importe quoi, j'étais juste complètement désorientée.

— Ouais c'est ça, à d'autres, hein !

Grâce au flash du téléphone, j'aperçois enfin juste derrière lui la couleur carmin de mon véhicule. Je le contourne et pars en direction de ma voiture, le visage aussi rouge qu'elle. J'ai honte, mais honte ! Nom de Dieu ! Alors que je passe à côté de lui pour rejoindre ma voiture, Nathanaël me retient et s'empare de ma main. À l'instant même où ses doigts rencontrent les miens, je perçois de nouveau la même décharge que quand mon corps s'est blotti contre le sien. Quelle horreur !

— C'était très agréable, Emilie, on remet ça quand tu veux.

Il a l'air sincère, encore faudrait-il que ça soit réciproque. Cet homme m'insupporte, il est hors de question qu'on remette ça ou que je lui laisse espérer quoi que ce soit. D'autant que je viens de lui dire il n'y a pas plus d'une heure que j'étais en couple, pour qui vais-je passer ?

— Arrêtez de prendre vos rêves pour des réalités, *vous* avez tenté de m'embrasser et je vous ai repoussé, c'était pourtant limpide.

— Quoi ? Moi ? Non mais c'est une blague, je t'ai simplement évité une bonne commotion cérébrale. Ce n'est pas moi qui ai laissé mes mains se balader.

— C'est du grand n'importe quoi ! Je n'ai fait que tenter de rester debout et me maintenir à ce que j'avais sous la main, ça n'a rien à voir avec toi.

— Et voilà, on repasse encore au tutoiement, t'as vraiment un problème, ma parole.

— Oubliez ce qui vient de se passer, c'était une erreur, rien de plus, dis-je en essayant de reprendre contenance.

Je retire ma main de la sienne avec hâte. Je suis de mauvaise foi je l'avoue, mais je ne peux supporter le fait qu'il me fasse de l'effet. Une de plus, doit-il penser, voilà tout. Sans un autre regard pour lui, j'entre dans la voiture, claque la portière et allume le contact. Je prends une profonde inspiration avant d'enclencher la marche arrière et de sortir du petit parking attenant au restaurant.

À peine ai-je parcouru quelques rues que je suis forcée de m'arrêter pour reprendre mon souffle. Que vient-il de se passer ?

Chapitre 9

Perdue dans mes pensées, je travaille sur le projet de M. Dupré. Il m'a envoyé ce matin son questionnaire, grâce auquel j'ai réussi à cerner un peu mieux mon client. Il a l'air d'avoir des goûts assez raffinés pour un homme et je pense que nous sommes sur la même longueur d'onde. Il cherche un mélange d'ancien et de moderne, il souhaite mêler l'actuel au rustique. J'ai la nette impression que je vais prendre un réel plaisir à décorer son appartement, si seulement j'avais plus de temps pour m'y consacrer… Je vais devoir partir plus tôt encore aujourd'hui car nous avons rendez-vous, Géant Vert et moi, chez le fleuriste. Géant Vert ? Oui, il s'agit de Nathanaël, rappelez-vous le grain de maïs et les chevilles tronc d'arbre, je trouve que ce petit surnom lui va comme un gant. Lui qui s'amuse à m'appeler poupée, on verra si son surnom lui plaira tout autant. Rien que d'y penser j'esquisse un léger sourire, Belle Gueule va tirer une tronche de dix mètres de long à coup sûr.

Je pars et vais en direction du fleuriste. Comme à son habitude Nathanaël est déjà là et m'attend devant l'entrée. Étrangement, il n'arbore pas son fidèle sourire insolent et a même l'air de mauvaise humeur. Génial, on va s'éclater une fois de plus.

Remarque, ne pas le voir avec sa mimique habituelle va me faire un peu de vacances !

Je ne peux m'empêcher de le détailler, assise là sur mon siège dans mon véhicule. Son pied tape sur le sol en signe d'impatience et il regarde à plusieurs reprises son téléphone comme s'il attendait un appel ou autre chose. Ses sourcils se froncent et créent de petites rides entre ses deux yeux, ce qui ne gâche rien à son charme, bien au contraire.

Je sors de ma voiture, regarde bien où je suis garée cette fois-ci et me dirige vers Géant Vert. À peine m'a-t-il vue qu'il prend une mine sévère. Mince, qu'est-ce que j'ai fait ? Lui qui généralement ne peut s'empêcher de sourire et de plaisanter au moindre truc, il y a quelque chose qui cloche.

— Bonjour.

— C'est pas trop tôt, tu as trente minutes de retard, s'agace-t-il.

— Comment ça, trente minute ? Lara m'avait dit 18 heures et il est…

Comme pour accompagner mes paroles je regarde ma montre et constate qu'il est… 18 h 25…

— Oh mince, je suis vraiment désolée, excusez-moi ce n'est vraiment pas mon genre vous savez.

Alors que je suis en train de lui présenter mes excuses, qui en plus sont sincères, je vois ses traits se détendre. Ses lèvres s'ourlent en un rictus très charmant.

— C'est bon, c'est pas grave, allons-y.

Je souffle en constatant que ça a été facile. Je l'imaginais déjà s'inventer mille et une doléances auxquelles j'aurais été obligée de me soumettre pour me faire pardonner. On pourrait croire, en m'entendant, que j'ai fait une énorme bêtise, mais je suis comme ça, j'ai horreur d'être en faute. J'aime que tout soit impeccable et que je ne sois pas le sujet de discorde.

Il se pousse galamment pour me laisser entrer dans la boutique et m'accompagne en posant une main sur le creux de mes reins. Je me sens légèrement pantelante et désorientée en avançant.

— Alors, qu'est-ce qu'on prend ? me demande-t-il en regardant autour de lui, un peu perdu.

Machinalement, je m'avance vers les pivoines mais en voyant les prix, je frôle l'attaque.

— La vache ! Elles sont en quoi, les tiges de ces fleurs ? ironise Nathanaël.

Pour une fois il n'a pas tort, mais il faut dire que ce n'est pas du tout la saison de ces fleurs-là et pour en avoir, il faut les importer d'autres pays, d'où les tarifs exorbitants. Mince ! Qu'est-ce qui pourrait convenir et qui ne soit pas des chrysanthèmes ? Même si cette fleur est très jolie et que par miracle on les trouve de toutes les couleurs possibles, ça fait très enterrement, donc hors de question de la choisir pour le bouquet de la marié ni même pour les centres de tables.

— Excusez-moi, mademoiselle ? demandé-je à la caissière.

Elle s'approche de nous, un sourire bienveillant sur le visage. Elle est très jolie, ses cheveux blonds coupés dans un carré structuré lui donne un air de femme fatale, elle porte une belle robe rouge vif qui fait ressortir sa peau blanche.

— Oui, en quoi puis-je vous être utile ?

— Je souhaiterais savoir si vous disposez de renoncules pastel, dans des nuances de rose, ou de blanc.

— Oh, je vois que vous êtes une connaisseuse, me gratifie-t-elle d'un clin d'œil. Venez.

Elle nous conduit au fond de la boutique où je découvre un panel de fleurs toutes aussi belles les unes que les autres. L'avantage de celles-ci, c'est qu'elles ressemblent énormément aux pivoines, bien que légèrement plus petites, mais les tarifs sont beaucoup plus abordables et elles ne fanent pas en une journée.

— Pour se substituer aux pivoines, je peux également vous proposer des hortensias ou des roses anglaises qui font parfaitement l'illusion et qui sont de saison. Votre mariage est prévu pour quand ?

Alors qu'elle nous pose la question, je tourne la tête en direction de Nathanaël en comprenant qu'elle parle de lui et moi.

— Ah non, rigolons-nous en chœur.

— Nous sommes les témoins, croit bon de préciser Géant Vert.

— Excusez-moi pour la méprise, suivez-moi, je vais vous montrer d'autres types de fleurs.

Alors que nous nous baladons dans la boutique, je remarque que Nathanaël est plus intéressé par la vendeuse que par les fleurs, ce qui n'a d'ailleurs pas l'air de déplaire à cette dernière qui a complètement occulté ma présence. Un petit plan machiavélique germe dans mon esprit. Et si je lui faisais une mauvaise blague ? Je profite que Nathanaël réponde à un appel et s'éloigne de nous pour parler seule avec la vendeuse :

— C'est du gâchis, vous ne trouvez pas ? dis-je tout en lorgnant en direction de Géant Vert.

— Comment ça ? demande la vendeuse gênée.

— Être aussi beau et ne pas s'intéresser aux femmes.

— Vous voulez dire ?

— Ouais, gay à cent pour cent ! Pfff…

— Je ne devrais pas, dit-elle confuse, mais vous avez raison, quel gâchis.

Au même moment, Nathanaël revient et étrangement la vendeuse paraît beaucoup plus distante, elle l'ignore, reportant son attention sur moi et allant même jusqu'à s'éloigner pour nous laisser faire notre propre choix. Géant Vert, qui n'a rien suivi de notre échange, paraît presque déçu.

— Bah qu'est-ce qui lui prend ? s'enquiert-il.

— Rien, rien, rigolé-je à moitié.

— Emilie, qu'est-ce qui s'est passé durant mon appel ? Je vois bien que la vendeuse est différente.

Face à son air sévère et l'hilarité de la situation, je pars dans un fou rire que je ne contrôle plus. Morte de rire au point de manquer de faire pipi dans ma culotte, Géant Vert s'agace.

— Emilie…

— Elle… Elle…

— Elle, quoi, au juste ?

— Elle croit que vous êtes gay ! réussis-je à dire.

— Pourquoi penserait-elle une chose pareille au juste, c'est n'importe quoi ? Emilie… est-ce que tu lui as dit que j'étais gay ?

Je mens… Je ne peux pas lui avouer que j'ai menti sur son orientation sexuelle uniquement pour l'embêter alors qu'il avait l'air d'être intéressé par la vendeuse et qu'étrangement, je dois l'avouer, ça me gênait.

— Pas du tout.

— J'étais en train de la draguer et, crois-moi, elle était très réceptive.

— Eh bien il faudrait peut-être revoir vos techniques de drague.

Il a l'air piqué dans son ego ce qui m'amuse d'autant plus. Je manque de m'étouffer tant je ris. Mes abdominaux se contractent et me font mal tandis que des larmes coulent sur mes joues quand je vois la mine contrariée de Nathanaël.

— On verra si ma technique est à chier ! Si je reviens avec son numéro, tu me paies un coup.

— Ça ne fonctionnera jamais !

Alors qu'il s'avance vers la fleuriste, mon hilarité s'envole soudainement, laissant place à quelque chose qui me dérange. Ce n'est pas de la jalousie bien évidemment, juste une sorte d'agacement. Aussi, pour ne pas voir son petit manège, j'envoie un message à la voisine de ma mère, Mama Sabourin, pour lui préciser que je passerai chez elle avant d'aller voir Lara. Je n'attends pas sa réponse et fixe malgré moi mon regard vers Nathanaël. Le torse bombé, il a tout du coq dans une basse-cour. Bras appuyé sur le comptoir, je le vois arborer son fameux sourire et glisser quelques mots à la fille. Celle-ci rigole, couine presque face à sa tirade. Je n'arrive pas à entendre ce qu'il lui dit tant il parle doucement mais, à ce que je vois de là où je suis, ça doit lui plaire. La femme minaude, bat des cils et note quelque chose sur un bout de papier. Malgré la distance, je remarque ses joues se teinter de rouge de nouveau, mais pas pour les mêmes raisons que tout à l'heure, si j'en crois sa manière de le regarder. Elle est carrément tombée sous son charme. Je me retourne rapidement quand il revient vers moi. Téléphone en main, je prends en photos différentes fleurs, avec les prix.

— Alors ? Pour moi, ça sera une pression, fanfaronne-t-il.

Il me tend sous le nez un bout de papier avec un numéro de téléphone écrit à la main. À la simple idée qu'il puisse terminer la soirée avec elle, je ressens comme une pointe de jalousie. Tel est pris qui croyait prendre, comme on dit.

— Cassie ? Non mais ce n'est pas un prénom ça, dis-je avec dédain.

— On s'en fout de son prénom, ce qui compte c'est que j'ai son numéro et qu'elle compte bien que je l'appelle.

— Tu parles, elle s'est laissé baratiner, c'est tout.

— Mais quelle mauvaise perdante, c'est pas croyable ! Et tu devineras jamais ? Selon elle, elle croyait que j'étais gay uniquement parce qu'on le lui a dit !

Je pique un phare ! Je ne peux pas me voir et pourtant j'en suis certaine tant mes joues me brûlent. Je ne sais plus où me mettre et fuis son regard.

— Enfin bref, j'ai gagné, tu me dois un verre ! reprend-il

— Ouais, ouais…

— Bon alors on prend quoi ?

— Je n'en sais rien, j'ai photographié des fleurs, plus les tarifs. Je vois avec Lara ce soir et on repassera.

La vendeuse, qui remarque qu'on est prêts à repartir, s'approche de nouveau de nous. Son comportement est radicalement différent. Elle bat des cils à l'attention de Nathanaël, ne regarde que lui, sans s'adresser une seule fois à moi.

— Vous partez déjà ? Vous n'avez pas trouvé votre bonheur ?

— Vous avez des fleurs magnifiques, Cassie, même si la plus belle reste en face de moi, mais mon amie préfère réfléchir et revenir plus tard.

— C'est dommage, j'aurais pu vous faire une très belle remise. Des clients aussi agréables que vous.

Prise entre les deux, j'ai l'impression d'être celle qui tient la chandelle. C'est limite gênant comme situation et je n'ai qu'une envie, fuir !

— On y va ? m'impatienté-je à côté de Nathanaël.

Il s'approche de moi, me parle discrètement dans le creux de l'oreille sans prêter attention à la femme qui nous fait face, déclenchant par la même occasion un long frisson me parcourant l'échine dorsale.

— Quoi, t'es pressée de me payer un verre ? me demande-t-il tout bas.

— Non, j'ai juste hâte de retrouver Lara, bougonné-je.

J'ai l'impression de ressembler à une petite gamine qui fait un caprice. Bras croisés contre la poitrine, je ne souhaite qu'une chose, quitter cette boutique et ne plus être entre les deux tourtereaux. Toutes ces hormones en ébullition autour de moi m'insupportent plus que la normale.

— Merci beaucoup, Cassie, pour votre aide précieuse, dit-il d'un ton suave en accompagnant sa phrase d'un clin d'œil.

— Vous souhaitez que je vous note les références ou que je vous fasse un devis ? ajoute-t-elle.

Non mais elle va nous lâcher la grappe, celle-là ? Plus insistante, tu meurs !

Excédée, je ne tiens plus et parle avec plus de véhémence que je l'aurais souhaité.

— C'est bon, on a tout ce qu'il nous faut, les photos, les prix et même votre numéro. Géant Vert ne manquera pas de vous rappeler pour vous indiquer notre choix ou pour vous sauter.

Je quitte la boutique, agacée et frustrée, Nathanaël sur les talons.

— Géant Vert ? répète le bougre en se marrant.

— Ouais, une petite tête et d'énormes chevilles ! rigolé-je à mon tour en me détendant légèrement.

Alors que je pensais l'énerver avec ma vanne, il s'approche de moi, plaque ses mains sur mes épaules et me fixe avec une intensité déconcertante. Je plonge mes yeux dans les siens et j'ai du mal à déglutir tant je suis perturbée. Il est terriblement troublant, terriblement beau et surtout... terriblement excitant. À sa simple manière de me scruter, la sensation de ses mains sur moi, je suis fébrile et je perds en quelques secondes toute l'assurance que j'avais. Alors qu'il me regarde avec attention, sa voix mielleuse m'ensorcellerait presque si elle n'allait pas dire une ânerie de plus.

— Heureusement pour moi, je n'ai pas que les chevilles de grosses !

Je lève les yeux au ciel, rompt cette douce alchimie qui commençait à s'installer de nouveau entre nous et me détache de son emprise. Ce mec est une véritable calamité !

Chapitre 10

Alors que je suis prête à le quitter, Géant Vert ne lâche pas l'affaire et revient à la charge. Avant qu'il ne s'adresse à moi, son téléphone qu'il tient dans sa main se met à sonner. *Partenaire Particulier* s'élève entre nous et j'ai comme une envie frénétique de taper du pied en rythme avec la musique. Du coup, intriguée par son choix musical, je regarde du coin de l'œil son portable et voit apparaître la photo d'une brune à forte poitrine légèrement vêtue. Qu'est-ce que je disais… un mec à femmes. Mais alors que je pensais qu'il allait décrocher, il appuie sur le bouton du téléphone pour envoyer Miss Gros Nibards sur messagerie.

— Bon alors, on va le boire, ce coup ? me demande-t-il.

— Désolée, j'ai rendez-vous avec Lara ce soir.

D'autant qu'il faut absolument que je passe chez ma mère ne serait-ce que cinq minutes, elle a besoin de structure dans son emploi du temps sous peine de déstabiliser son équilibre psychique.

— Donc tu viens de me ruiner mon plan de la soirée pour aller retrouver ta copine ? Moi qui pensais avoir l'occasion d'apprendre à te connaître.

— Quel intérêt ? rétorqué-je.

— Eh bien, nous allons passer beaucoup de temps ensemble, ça serait plus sympa de faire plus ample connaissance, tu ne penses pas ?

Sa voix est suave, un véritable appel à la luxure. Sa simple manière de s'adresser à moi me donnerait presque envie d'annuler le rituel du vendredi pour me laisser tenter par son invitation. Pourtant, sa manière de coq en rut et sa tendance à croire que toutes les filles tombent forcément dans ses filets m'insupporte. Pourquoi ne se comporte-t-il pas naturellement, normalement, sans en faire des caisses ? J'en sais rien. Si j'acceptais sa proposition, je le découvrirais peut-être, après tout, mais je dois retrouver Lara et faire le point avec elle. De toute manière, avec la liste de choses que nous devons faire la semaine prochaine si j'en crois le planning qu'il m'a montré, j'aurai largement l'occasion de le découvrir le moment venu.

— Je suis navrée, je ne peux pas. Mais allez retrouver Cassie, je suis certaine qu'elle se fera une joie de voir que vous avez changé d'avis.

— Mouais, dit-il, déçu.

Je vois à sa mine qu'il a l'air perturbé et quelque part ça me touche, je suis même heureuse que pour une fois il n'obtiendra pas ce qu'il attend. Aussi, je décide de déposer un baiser sur sa joue en guise d'au revoir. Après tout, il était prêt à refuser une nuit de folie pour aller boire un coup avec moi.

— On se voit la semaine prochaine.

— Ouais, et tu me dois toujours un verre !

Je le quitte, monte dans ma Mini et pars en direction de l'appartement de ma meilleure amie. Je lance ma playlist habituelle que j'écoute d'une oreille distraite, pourtant je ne peux m'empêcher de sourire en pensant à Géant Vert. « Partenaire particulier, cherche partenaire particulière, débloquée pas trop timide et une bonne dose de savoir-faire ». Lui pour être particulier, c'est sûr qu'il l'est !

Je suis perdue dans mes pensées, fixe droit devant moi sans réellement faire attention à la route. Ce mec me plaît, je dois le reconnaître. Même s'il m'exaspère chaque fois qu'il parle, son charme est indéniable et son physique redoutable, et ce que je ressens en sa présence est d'autant plus perturbant. Chaque fois qu'il me touche, c'est comme si je n'étais que du sucre et lui de l'eau. Je fonds sous sa paume, me liquéfie presque près de lui. Si seulement il n'était pas certain de son charme, il serait parfait. Mais son assurance gâche tout cet amas de beauté.

Je sais qu'il ne faut pas se fier aux apparences et j'avoue que j'ai la nette impression qu'il cache son jeu derrière ses phrases plus que limites et ses vannes à deux balles. Comme si son besoin constant de dire une connerie était plus fort que lui et servait à se forger sa petite carapace contre le monde. J'en sais trop rien mais je vais avoir le temps de le découvrir.

J'arrive vers 20 heures chez Lara et l'entends me hurler d'entrer depuis son canapé. Ma pauvre amie est allongée sur son sofa, son attelle toujours bien fermement attachée autour de sa jambe, elle porte un pyjama affreux et son visage n'a aucune trace de maquillage. Elle qui est toujours apprêtée est presque méconnaissable.

— Ça va ? lui demandé-je sans préambule.

— J'en ai marre de ne pas pouvoir bouger, et puis j'ai mal. Regarde la tronche que je me paie ! Cette année, je suis déjà prête pour Halloween !

— T'es bête ! Même comme ça tu restes magnifique, dis-je avec tendresse.

Et c'est vrai. Lara est le genre de filles superbes au naturel. Le fait qu'elle ne porte pas de maquillage n'enlève rien à sa beauté, bien au contraire. Elle devrait le faire plus souvent ! La seule chose qui me peine sont les nombreux cernes qui creusent ses yeux, elle a l'air vraiment épuisée. Pas son pot de peinture habituel sur le visage.

— Tu veux que je te fasse quelque chose ? Des lessives ? Des courses ? Du ménage ?

— T'es un ange, mais Pierre s'occupe de tout et t'as déjà largement à faire entre le mariage et ta mère.

— Il est où d'ailleurs ? Il n'a pas emménagé pratiquement chez toi depuis l'accident ?

— Si, mais il est sorti rejoindre Nathanaël pour la soirée pour nous laisser seules.

Tiens, tiens, Géant Vert n'est pas parti retrouver la jonquille sur pattes ou n'a pas rappelé sa brune à forte poitrine ? Étonnant…

— D'ailleurs, comment ça se passe avec lui ?

— Dans l'ensemble ça va, il prend son rôle à cœur.

Je ne sais pas réellement quoi répondre. C'est ma meilleure amie, et j'avoue que je n'ai qu'une envie, tout lui révéler. Mais lui parler de ce que je ressens quand je me trouve près de Nathanaël reviendrait à lui dire la vérité sur ma séparation avec Jonathan et aussi lui avouer que je lui ai menti quand elle m'a demandé comment s'était passée ma soirée avec lui au Select. J'ai arrangé la vérité en prétextant un changement de plan de dernière minute. Comment aurais-je pu lui dire que je m'étais fait larguer la veille de sa demande en mariage, au même endroit ? C'était au-dessus de mes forces. Mais ne pas pouvoir parler maintenant de Nathanaël me gêne tout autant.

— Il a dit beaucoup de bien de toi à Pierre.

— Ah bon ? Qu'est-ce qu'il a été dire comme bêtises encore ?

— Pourquoi tu vois tout en noir ? Nathanaël est vraiment quelqu'un de bien, Em', et il a réellement été gentil en parlant de toi.

— Mouais... dis-je sans grande conviction.

— Et avec Jonathan, comment ça va ?

— Bien, bien, tu sais, la routine. Au fait pourquoi cet idiot avait un planning que je n'ai pas eu ? m'énervé-je en changeant de sujet.

Elle a l'air gêné, je le vois immédiatement. Ses joues se teintent de rose et son regard me fuit.

— Désolée Em', je comptais t'en faire un aussi et puis Pierre est arrivé et il a voulu tester la baise tranquille avec attelle. Mais tiens, je t'en ai fait un aussi, regarde !

Elle me pointe du doigt une feuille blanche posée sur la table basse. Je l'attrape et constate qu'elle est beaucoup moins jolie et beaucoup moins claire que celle de Nathanaël. Jalouse, je fronce les sourcils et tente de cacher ma déception. Qu'est-ce qu'il a ce mec de plus que moi pour être privilégié de la sorte ? Ça fait plus de vingt ans qu'on est amies, elle et moi, je mérite mieux qu'un simple bout de papier écrit au crayon noir quand lui a une super feuille de couleur avec des codes, des numéros de téléphone, et même des plans !

— Bon, si j'en crois ton papier, j'ai rendez-vous avec lui mercredi prochain dans un autre restaurant et attends...

Mes yeux sont sur le point de s'écarquiller quand je vois que nous avons rendez-vous samedi matin au domaine de Baudoin. Ce domaine, je le connais bien pour y avoir célébré un mariage durant mon enfance, mais ce qui me choque est la distance ! Il est situé en Vendée, soit plus de quatre cents kilomètres d'ici. Comment allons-nous nous organiser pour nous rendre là-bas en une seule journée ?

— Lara, tu ne penses pas qu'il serait préférable que tu y ailles avec Pierre ? lui dis-je en désignant le samedi du doigt.

— Pierre ne sera pas là, il a une convention pour son travail et avec ma jambe je ne peux pas t'accompagner. J'aime vraiment ce lieu, il représente exactement ce que je recherche, enfin… ce que nous recherchons. Et vu les délais super courts, c'est une chance qu'ils leur restent une date de disponible pour le 9 novembre. Ne pas y aller serait carrément un suicide pour mon mariage, me dit-elle, peinée.

— Tu ne trouves pas que tu en fais un peu trop ? Si tu es certaine de vouloir ce domaine, pourquoi ne pas réserver directement et on se passe de la visite ?

— Car il ne veut pas de chèque, ni de virement, il veut des espèces, remises en main propre. S'il te plaît, Emilie, dis oui, fais ça pour moi ! En plus, ça vous permettra par la même occasion de visiter les caves de la région et de choisir le vin blanc, c'est exactement la même route et c'est dans cette région qu'est produit notre vin préféré.

Le côteaux-du-layon… Comment résister à une séance de dégustation pour ce vin qui me ravit les papilles ? Rien que d'y penser, je n'ai qu'une envie : en boire un verre.

— OK, mais Nathanaël est vraiment obligé de venir ?

— Ouais, et puis en plus vous pourrez faire du covoiturage comme ça et moins vous fatiguer pour la route si vous voulez faire ça en une seule journée. Et tu as horreur du vin rouge, faut bien qu'il vienne pour t'aider.

— Ah oui, mais hors de question que je dorme là-bas et que je passe plus de vingt-quatre heures avec lui, sinon je te préviens, je le tue et Pierre sera obligé de choisir un autre témoin.

— OK, marché conclu !

Chapitre 11

Je rentre de chez Lara légèrement pompette. Je ne bois jamais plus que de raison, j'aime garder le contrôle de mes actions même si ces derniers jours j'avoue que je me serais bien sifflé plusieurs bouteilles juste pour arrêter de penser. Quand j'arrive chez moi et que je retrouve mon appartement vide, sans rien de prévu pour les deux prochains jours, je n'ai qu'une envie : pleurer. Voilà maintenant quinze jours que je suis seule et que je broie du noir. Se faire jeter comme une malpropre après une année passée ensemble ne fait que renforcer mon sentiment de mal-être. J'ai l'impression que tout ce que nous avons bâti pendant tout ce temps n'a servi à rien. Je vais avoir trente ans et ma liste stagne. Instinctivement j'ouvre le tiroir de ma table de chevet et ressors ce petit bout de papier que j'avais rédigé à mon adolescence.

Embrasser Armand Wagner – check !
Avoir mon bac – check !
Entrer à l'école d'art de Paris – check !
Devenir décoratrice d'intérieur – check !
Rencontrer un homme beau et intelligent – check !
Me marier avant mes trente ans – pas check…
Faire un saut en parachute – pas check

Avoir deux enfants – pas check et même loin d'être check !

Je ne prends même pas la peine de lire le reste de ma liste que mes yeux s'emplissent de larmes et que je déchire avec énervement cette feuille. Jonathan a raison, j'ai toujours programmé toute ma vie sans laisser de place à l'imprévu et je me rends compte aujourd'hui que je vivais dans un monde illusoire. Pourtant, je ne peux m'empêcher d'espérer que cet idiot se rende compte de tout ce qu'il a perdu et qu'il fasse machine arrière. Malgré mon espoir, les jours passent et toujours aucun signe de Jonathan. Il lui faut encore un peu de temps, c'est tout…

Mes larmes se confondent avec mes bâillements et je me laisse tomber mollement sur mon lit sans prendre la peine de me changer. Je suis épuisée. Cette semaine a été forte en émotions et jusqu'ici je n'avais même pas réellement réfléchi à ma rupture. Mais seule dans ce grand appartement je n'ai pas d'autre choix que d'y penser.

Malgré la fatigue, j'ai du mal à trouver le sommeil. La tête me tourne et j'ai beau changer de sens, sur le dos, sur le ventre, sur les côtés, je n'arrive pas à m'endormir. Mes paupières sont de plus en plus lourdes et même si je les garde closes je ne parviens pas à trouver les bras de Morphée à défaut de m'endormir dans ceux de Jonathan.

Ce traître de Morphée me laisse cogiter dans mon lit, mes idées se bousculent et contre toute attente se tournent vers Nathanaël. Étrangement, dès que je ferme les yeux, ce sont aux siens que je pense. J'ai l'impression de capter dans son regard une fêlure, mais je suis incapable d'en comprendre la raison.

Lui qui paraît si heureux, si joueur, laisse toutefois paraître des blessures et beaucoup de souffrances. Est-ce pour cette raison qu'il se comporte de manière si… conne ? Je n'en sais rien. J'ai du mal à le cerner. Un coup il m'a l'air d'un gosse en pleine crise d'ado racontant une connerie à chaque phrase et puis parfois il me touche par sa manière de se préoccuper des autres. J'ai remarqué à de nombreuses reprises qu'il s'inquiétait de ce que je pouvais bien penser, il m'a d'ailleurs questionné plusieurs fois et malgré le fait que je tente de le garder à distance, il insiste toujours, même si c'est de manière maladroite. Je ne sais plus quoi en penser.

Finalement, je réussis à trouver le sommeil en laissant mon esprit vagabonder sur les derniers jours. Les larmes ont laissé place à un sourire sur mes lèvres en pensant uniquement à lui.

*

Le week-end a été chaotique.

Samedi, je suis passé chez ma mère comme à mon habitude pour lui apporter ses courses et elle n'était pas là. J'ai fait Paris en long en large et en travers à sa recherche mais impossible de mettre la main sur elle. Ma mère a une fâcheuse tendance d'aller se promener et de ne plus retrouver son chemin ensuite. Par miracle, elle a eu la bonne idée d'interpeller une femme dans la rue qui a remarqué le bracelet que je lui ai acheté. Sur ce bijou apparaissent mes nom, prénom et numéro de téléphone. Je réalise que plus le temps passe, plus je vais être forcée de prendre une décision rapidement : la prendre avec moi ou la placer.

Puis dimanche la déprime a fait de nouveau son apparition. Malgré ma bonne volonté, je suis retombée dans mes travers de la semaine passée. Glaces, séries télé, livres romantiques et j'en passe. On dit « un homme de perdu, dix de retrouvés », mais dans mon cas ça va plutôt concerner la taille de mes hanches. J'ai même été jusqu'à regretter que la visite du domaine en Vendée n'ait pas été avancée. Finalement je me suis vite reprise en imaginant ce que pouvait donner une journée entière avec cet imbécile. Je ne sais pas comment on va réussir à rester ensemble dans la même voiture sans s'entretuer durant quatre heures pour l'aller et quatre heures pour le retour. Il faudrait d'ailleurs que je lui en touche deux mots, à celui-là ! Si possible j'aimerais conduire, hors de question que je monte côté passager, sinon à coup sûr j'y laisserai ma vie. S'il pilote une voiture comme il traite les femmes, c'est dans le mur qu'on va finir, lui et moi. En plus, j'ai horreur de me laisser porter, surtout sur de la longue distance. Quand j'étais avec Jonathan, je prenais toujours le volant, de peur que quelque chose nous arrive. En tant que conductrice, je maîtrise mieux les choses et ainsi je calme mes angoisses. Dès que je suis passager, j'imagine mille et un scénarios – un camion trop près, une voiture qui freine trop brusquement –, bref je hurle, crie, m'accroche à tout ce qui me passe sous la main et insupporte le conducteur. Aussi, il est préférable que JE conduise.

Mercredi, j'ai rendez-vous chez M. Dupré et je suis autant excitée que terrifiée. Je dois lui présenter un premier projet sur lequel je travaille actuellement d'arrache-pied. Mes plans terminés, j'attaque la phase de personnalisation. J'appelle mes différents contacts pour avoir des propositions de mobiliers intéressants et qui sortent de l'ordinaire. Concentrée, j'enroule autour de mon doigt l'une de mes mèches libres qui s'est échappée de mon chignon et mordille le bout de mon stylo. Je suis tellement absorbée par ma tâche que je n'entends pas la sonnette d'entrée de la boutique et sursaute en voyant l'une de mes collègues se poster face à moi.

— Bordel ! Tu m'as fait une peur bleue ! lui dis-je, la main sur le cœur.

— Désolée, Emilie, il y a quelqu'un qui te demande à l'accueil.

— Ah bon ?

J'avise la pendule au mur, 17 heures, je ne prends jamais de rendez-vous aussi tard donc impossible que je l'ai oublié. Je tourne la tête machinalement vers mon ordinateur qui garde en fond d'écran mon planning de la semaine pour vérifier mais il est vide, il n'y a rien de noté. Étrange…

— C'est qui ?

— Je n'en sais rien, il ne s'est pas présenté mais ce mec est un avion de chasse.

Mince, se pourrait-il que M. Dupré se soit impatienté et qu'il soit déjà là ? Mon projet n'est pas terminé et j'ai encore beaucoup de modifications à apporter. J'angoisse aussitôt. Mon souffle s'accélère et je tente de mettre mon bureau en ordre pour me calmer. Punaise, que vais-je pouvoir lui montrer ? Je ne dois pas me louper sur ce projet, c'est la chance de ma vie. Avec un client aussi *spécial* – et par spécial j'entends un homme qui a de nombreux contacts –, c'est toute ma carrière qui en pâtirait si je ne réussissais pas ce contrat.

— Vas-y, fais-le entrer, dis-je à ma collègue.

Elle repart avec le sourire aux lèvres, l'air guillerette. Je me lève, lisse le bas de ma robe et tente de paraître professionnelle et complètement détendue. Pourtant à l'intérieur c'est la crise, je suis plus que paniquée. J'affiche un sourire de façade, prête à accueillir mon client, mais quand la porte s'ouvre je me fige, carrément décontenancée.

— Nathanaël ? Qu'est-ce que vous faites là ?

— Salut poupée, t'as pas eu le message de Lara ? On doit aller chez le photographe.

— Euh non, je ne suis pas au courant.

— Regarde ton téléphone.

Je m'exécute et constate en effet que j'ai deux appels manqués de mon amie et un SMS.

> Em' peux-tu aller avec Nathanaël chez Marco,
il refuse de faire la prestation si tu n'y vas pas.

Merde, Marco… Ce mec qui m'a fait du rentre-dedans à de nombreuses reprises est aussi un très bon ami de Jonathan, il est responsable dans une boîte d'événementiel et s'occupe essentiellement des photos de mariages et des reportages vidéo. S'il me voit avec Nathanaël il risquerait de faire une remarque sur ma soudaine séparation car mon ex n'a pas dû manquer de lui présenter sa nouvelle petite amie. En plus Marco a toujours eu un petit faible pour moi. Ce mec est un véritable requin, malgré ma relation avec Jonathan, il ne s'est pas gêné pour me draguer ouvertement et je suis certaine que s'il exige ma présence c'est avec une idée derrière la tête. Rien qu'à cette pensée, je m'effondre. Mon cul se pose machinalement sur ma chaise et je suis forcée de me concentrer sur ma respiration pour ne pas craquer.

— Emilie, est-ce que ça va ?

Nathanaël, dont j'avais soudainement oublié l'existence, s'approche de moi. Je n'arrive pas à lui répondre, ma gorge s'obstrue soudainement alors que je tente de contenir les larmes qui menacent d'inonder mon visage. La tête prise entre mes mains je le vois s'abaisser à mon niveau pour venir plonger ses yeux dans les miens. Il se saisit de mes mains pour venir les prendre dans les siennes et me force à relever le menton vers lui à l'aide de ses doigts.

— Qu'est-ce qu'il se passe ? Tu veux que j'y aille seul ? Je peux si tu veux, enfin si tu ne te sens pas bien.

Sa prévenance me touche et face à tout ce flot de sentiments qui m'assaille je me jette contre lui. Tout d'abord surpris, les bras ballants, légèrement tendu, il se laisse finalement aller et m'enlace. Ma tête contre son torse, je laisse mes larmes se déverser sans aucune honte.

J'en ai marre !

J'ai l'impression que ce mensonge ne fait que se refermer sur moi, comme des fils de barbelés qui se resserrent de plus en plus jusqu'à entailler ma peau. Je pourrais lui dire toute la vérité, ça serait d'ailleurs plus simple, mais puis-je lui faire confiance ? Je ne le connais pas assez et je tiens à ce que Lara ne soit pas au courant.

— Emilie, dis-moi ce qui ne va pas ? T'en fais pas, j'irai seul chez le photographe et je n'en parlerai pas à Lara.

Je ne réponds pas, reste quelques instants contre lui et savoure la proximité entre nous. C'est tellement agréable que le peu de minutes où nous restons ainsi suffisent à faire cesser mes larmes. Il faut que j'y aille, il faut que j'assume. Si je n'y vais pas, Marco sentira le coup fourré et risquerait de ne pas accepter le contrat de Lara. Faut dire qu'ils ne se sont jamais appréciés plus que ça tous les deux, d'autant que c'était un de ses mecs d'été qui s'était vu écourter la saison à cause des vacances. Si ça ne pose pas de problèmes à Lara d'engager un ex, je suis sûre que cet ex en question pourrait foutre le bazar juste par esprit de vengeance… Ma simple présence pourrait calmer les choses.

J'ai du mal à comprendre pourquoi elle l'a choisi alors qu'elle ne l'aime pas, mais j'imagine que le fait qu'il soit le meilleur dans son domaine fait pencher la balance en sa faveur. Je m'éloigne de Nathanaël une fois mon visage sec et lui offre un sourire en remerciement.

— J'espère que tu n'as pas laissé plein de morve sur mon cuir, rigole-t-il.

Si cette remarque aurait pu m'énerver hier encore, aujourd'hui elle me touche. Je comprends à cet instant que Nathanaël se sert de l'humour, même s'il est plus que limite, pour camoufler ses sentiments et peut-être qu'après tout c'est ce qui commence à me plaire de plus en plus.

— Tu veux que j'y aille seul du coup ?

— Non, je vous accompagne mais si ça ne vous embête pas on peut prendre votre voiture ?

— Pas de soucis. Mais Emilie ?

— Oui ?

— Tu vas finir par arrêter entre ton vouvoiement et ton tutoiement, moi je suis perdu avec tes conneries.

Je rigole, il n'a pas tort après tout, je change de disque comme de culotte.

— T'as raison, et puis après avoir laissé de la morve et des larmes sur ta veste je pense qu'on peut passer au tutoiement !

— Enfin !

Chapitre 12

Je m'assois sur le siège passager de sa voiture hors de prix. Rien qu'à l'idée de poser mes fesses sur les sièges en cuir, j'ai peur de l'abîmer. Nathanaël s'installe sur le sien et je ne peux m'empêcher de le détailler. Il ouvre son blouson de cuir noir, dévoilant une chemise blanche. Les premiers boutons sont ouverts, révélant sur le haut de son torse de l'encre noire. Je me laisse aller à imaginer ce que ce tatouage peut représenter et pense malgré moi également à la forme de ses muscles sous sa chemise, et forcément je me remémore la sensation sous mes doigts le soir où je me suis tenue contre lui dans l'obscurité la plus totale.

Le moteur vrombit dès qu'il démarre et il s'engage très rapidement sur la route. Instinctivement, comme à mon habitude, je m'agrippe à la poignée de la portière et pose ma main sur l'accoudoir. Ma respiration se bloque dès qu'il passe les vitesses et mon dos se colle contre le siège par la force exercée par l'allure du véhicule. Je ne dis rien, me concentre sur la route en priant intérieurement de finir en vie et ne pas vomir. Mon estomac se tord et la nausée me gagne en très peu de temps.

Malgré ma crainte, je ne peux pas dire que Nathanaël conduit mal, juste un peu trop vite à mon goût. Il zigzague entre les voitures et se faufile d'une voie à une autre.

— T'inquiète, poupée, ça va bien se passer, me dit-il en accompagnant sa phrase d'un clin d'œil.

— T'es un véritable danger public ! Ce week-end, il est hors de question qu'on prenne ta voiture.

— Oh, arrête de faire ta mijaurée, ma voiture est beaucoup plus confortable pour faire autant de bornes.

— Ouais, peut-être plus confortable pour mon cul mais pas pour mon cœur. Si tu continues à cette allure, je vais faire un arrêt cardiaque ! m'emporté-je.

Cet idiot se marre, et je n'arrive pas à me retenir de l'imiter en prenant conscience de ma tirade. Ce genre de langage ne me ressemble pas, mais il faut dire qu'en sa présence, j'arrête de réfléchir et j'oublie de tourner ma langue plusieurs fois dans ma bouche avant de parler. Je dois l'avouer, je m'emballe beaucoup trop rapidement.

À un feu rouge, je tourne les yeux discrètement dans sa direction. Il est très beau, sa mâchoire carrée est couverte d'une barbe de quelques jours, ses yeux d'un bleu saphir fixent la route avec concentration. Je reste quelques instants à le contempler et suis surprise quand il accélère de nouveau. Il va si vite que je me cramponne à l'accoudoir, mais quand je sens sa main se poser sur la mienne, je me tends pour une toute autre raison. La chaleur qui émane de lui me fait immédiatement oublier où je suis, mon cœur s'emballe non pas à cause de la peur mais de ce que je ressens. Je savoure cette délicieuse caresse et, comme je l'avais imaginé, malgré la taille imposante de ses mains, elles sont aussi douces qu'une peau de bébé.

— Tu fais quoi comme métier ?

La question m'échappe des lèvres. Encore une fois, je ne réfléchis pas et ose parler sans filtre.

— Je suis ébéniste.

Sa réponse me surprend, d'autant que ses mains sont extrêmement douces, ce qui casse complètement l'image que j'aurais pu me faire de ce métier. Je ne sais pas pourquoi ça m'étonne tant. Peut-être car j'imaginais plutôt un travail commun ou du moins, le genre de boulot d'un monsieur tout le monde.

— J'aime travailler le bois, réaliser du mobilier qui sort de l'ordinaire.

Je tourne mon visage vers le sien, intriguée. Et alors que monsieur devrait se concentrer sur la route, il me regarde lui aussi. L'espace d'un instant, tout se fige, c'est comme s'il me laissait percevoir une part de lui dont je n'avais pas connaissance jusqu'ici. Le mec je-m'en-foutiste qui prend la vie comme elle vient et qui s'amuse d'un rien renferme peut-être une part artistique, après tout. Je romps le contact visuel un instant et tourne la tête quand je vois un camion devant nous se rapprocher de plus en plus.

— Fais attention ! crié-je.

Nathanaël retire sa main de la mienne à la hâte et agrippe le volant et le pommeau de vitesse fermement tout en rétrogradant pour ralentir. Une main sur le cœur, j'ai l'impression durant quelques secondes qu'il s'est arrêté de battre. J'ai eu la peur de ma vie, j'ai bien cru que la voiture de Géant Vert allait s'encastrer dans le camion devant nous. Au vu de la tête qu'il tire, je pense qu'il a eu tout autant peur que moi. Son souffle commence à se réguler, et les klaxons derrière nous trahissant le mécontentement des conducteurs ne font que renforcer la frousse que nous venons d'avoir.

— Ça va, Emilie ? Tu n'as rien ?

Devrais-je lui dire que le simple fait que sa main ne soit plus sur la mienne me perturbe plus que le fait que nous ayons failli avoir un accident ? Non, hors de question que je lui fasse cette faveur.

— Ne t'inquiète pas, je n'ai rien, mais une chose est sûre, ce week-end on prend ma voiture, t'es vraiment un mauvais conducteur.

— Oh ça va hein, au final on a rien, relativise-t-il en retrouvant son sourire espiègle.

— Peut-être mais j'ai bien failli avoir une crise cardiaque !

*

On arrive quelques minutes plus tard au studio photo. Je prends une grande inspiration avant de sortir du véhicule. Je ne saurais expliquer le stress que je ressens, j'appréhende énormément de me retrouver face à l'ami de mon ex. Une phrase de travers et il risquerait de faire capoter mon plan. Du coup, je préfère biaiser auprès de Nathanaël avant de me confronter à lui.

— Écoute, tu sais, tout à l'heure à mon bureau, si j'ai réagi de cette manière, c'est parce que je connais Marco.

— Et ?

— Et il m'a fait du rentre-dedans à plusieurs reprises, je n'apprécie pas cet homme. Il est un peu lourd, et malgré le fait que je sois en couple il ne se gêne pas pour me draguer ouvertement comme si j'étais libre.

— Hum… je vois.

— Du coup, ne sois pas surpris s'il se comporte comme ça.

— Pas de souci, s'il est trop lourd, n'hésite pas, je te protégerai, se moque-t-il.

Un soupir de soulagement s'échappe de mes lèvres. Pourtant quand je sens sa main se poser sur mes épaules en accolade, mon rythme cardiaque s'accélère de nouveau de manière démesurée. Pourquoi faut-il qu'il soit si tactile ? S'il gardait une certaine distance ça serait beaucoup plus facile pour moi de gérer tout ce flot de sensations qui m'assaille dès qu'il me touche. Mais non ! Monsieur ne peut s'empêcher de poser ses mains sur les miennes, de se coller à moi dès que l'occasion se présente ou bien de me rattraper et de me prendre contre lui quand je suis sur le point de me casser la figure. Il est vraiment agaçant.

Je me détache de son emprise et entre dans le studio. Je tente de me maîtriser, de paraître sûre de moi et d'afficher un sourire hypocrite sur mon visage qui était encore quelques minutes plus tôt complètement déconfit. À l'instant même où je pénètre dans les lieux, je remarque Marco en plein shooting photo. Un couple est en train de poser, les yeux dans les yeux, les mains entrelacées, débordant d'amour. Un enfant assez jeune, aux alentours de cinq ou six ans est en pleurs, et je vois l'assistante du photographe batailler avec lui pour qu'il rejoigne ceux que j'imagine être ses parents devant l'objectif.

— Non, je veux pas y aller, il est moche, le monsieur ! J'ai peur ! Je veux ma maman !

— Arrête de pleurer, tu veux ? Tu vas aller retrouver tes parents et faire les photos !

— C'est pas elle ma maman ! Je veux ma maman !

L'enfant lui tient tête, bras croisés, fronce les sourcils et pleure bruyamment. L'assistante debout face à lui ne se montre pas du tout conciliante. Le visage fermé et dur, elle ne fait que renforcer son malaise. Au final, elle le brusque et ne l'aide pas à voir les choses autrement.

Alors que, légèrement choquée, je reste concentrée sur la scène qui se déroule sous mes yeux, Nathanaël s'avance vers le petit garçon. Il se baisse à son niveau et lui parle d'une voix douce et rassurante.

— Écoute, mon bonhomme, pourquoi tu ne veux pas faire la photo ?

— Car c'est pas ma maman ! Moi je veux ma maman !

— Tes parents ne vivent plus ensemble ?

— Non, dit-il, peiné. Avant papa aimait maman mais maintenant il l'aime plus et il l'aime elle et en plus ils vont avoir un bébé et moi j'existerai même plus. Moi je veux pas faire les photos avec elle, juste avec maman.

— Tu sais, moi aussi mes parents se sont séparés quand j'étais aussi grand que toi. Mais toi tu m'as l'air d'être vachement plus courageux et fort que moi.

Quand l'enfant l'entend le flatter de cette manière, ses larmes se tarissent et il se calme petit à petit. Savoir que ses parents ont divorcé quand il était jeune et qu'il a probablement un jour été dans le même cas que cet enfant me chagrine légèrement.

— Mais tu sais, ce n'est pas parce que ton papa est avec cette dame qu'il n'aime plus ta maman. Et surtout sache qu'il t'aime très fort sinon il ne voudrait pas que tu sois là. S'il a souhaité que tu viennes c'est parce qu'il veut que vous vous souveniez tous les deux de ces moments, quand tu seras grand et fort comme lui.

L'enfant se calme, reconsidère la situation en se tournant vers son père et sa belle-mère. Il reporte ensuite son attention vers Nathanaël et lui sourit.

— Tu jures que papa il m'aime ?

Le père qui n'a rien loupé de leur échange s'approche d'eux et se met au niveau de son fils.

— Bien sûr que je t'aime, mon bonhomme, et même si Erika fait maintenant partie de notre vie et qu'on attend avec impatience ta petite sœur, tu restes notre garçon. En plus ta petite sœur va avoir besoin de toi.

— Oh, tu vas être grand frère ! reprend Nathanaël. Mais tu sais que c'est l'un des rôles les plus importants de ta vie ? Il va falloir que tu protèges ta petite sœur, que tu lui apprennes tout et surtout, les bêtises ! lui dit-il sur le ton de la confidence.

L'enfant se jette au cou de son papa et accepte finalement de faire la séance photo. Ma gorge se serre face à ce spectacle. Mes parents se sont également séparés quand j'étais enfant, mais je n'ai pas eu la chance de ce petit garçon. Mon père nous a laissées, ma mère et moi, du jour au lendemain sans donner aucune nouvelle. J'ai dû gérer seule l'état de ma mère qui se dégradait au fil des années et j'ai mûri bien plus tôt que la majorité des gens de mon âge.

Nathanaël, fier de lui, se relève pour venir me rejoindre mais s'immobilise face à moi. Subjuguée par sa performance, je reste tétanisée devant lui, je n'ose pas bouger d'un millimètre, trop attendrie par ce que je viens de voir. Il porte sa main vers mon visage et essuie une larme qui s'était fait la malle sans que je m'en aperçoive. Je plonge mes yeux dans les siens et je serais presque tentée de venir coller mes lèvres contre les siennes si Marco ne venait pas interrompre cette douce plénitude entre nous.

— Emilie, quel plaisir de te voir ! Tu es toujours aussi ravissante.

— Marco, dis-je avec détachement. Ça fait longtemps.

— Si seulement tu répondais favorablement à mes propositions, ça ne serait peut-être pas le cas, me reproche-t-il.

— Je te présente Nathanaël, le témoin du futur marié. On va parler du mariage de Lara ?

Je tente de détourner l'attention de moi et de la reporter sur celui qui m'accompagne. Avec un peu de chance, Marco va changer de sujet et se concentrer sur ce qui nous amène aujourd'hui, à savoir les photos du mariage de ma meilleure amie.

Chapitre 13

Malgré les avances évidentes que Marco n'a pas cessé de me faire, le secret reste bien gardé. Il n'a parlé à aucun moment de Jonathan et s'est contenté de m'inviter à dîner ou de me faire de lourds sous-entendus sur la possibilité d'un « nous ». Beurk ! Rien que d'y penser, j'en ai la gerbe. Nous sortons du studio et je me retrouve devant la voiture de Nathanaël, et voilà un nouveau haut-le-cœur, j'ai peur de monter là-dedans, la dernière fois j'ai bien failli y laisser la vie.

— On va boire un coup ? Tu me dois toujours un verre ! me propose-t-il.

— J'en sais trop rien, il est déjà tard.

J'hésite, je dois encore passer rapidement chez ma mère et j'ai peur que mon retard l'angoisse.

— Allez poupée, tu m'as déjà laissé en plan la dernière fois et tu me dois ce verre ! Promis, on en boit juste un et après je te ramène.

— Bon OK, abdiqué-je.

Après tout, ça ne me fera pas de mal et ça m'évitera de broyer du noir en rentrant. J'envoie un rapide message à Mama Sabourin pour l'informer que j'aurais un peu de retard et m'installe de nouveau sur le siège de sa voiture. J'ai l'impression de me retrouver sur la chaise électrique. J'angoisse comme pas possible et mon cœur bondit de ma poitrine à l'instant même où le moteur démarre. Mon Dieu, faites que je rentre en vie !

Alors que Nathanaël est sur le point de quitter son stationnement, *Partenaire particulier* résonne dans l'habitacle. Je tape du pied et me détend légèrement en fredonnant les paroles de la chanson alors qu'il cherche son mobile pour voir de qui il s'agit.

— *Je suis un être à la recherche, non pas de la vérité, mais simplement d'une aventure, qui sorte un peu de la banalité.*

La curiosité est un vilain défaut mais je ne peux m'empêcher de scruter son mobile quand il arrive enfin à l'extraire de sa poche. Après la belle brune de vendredi, cette fois-ci c'est une jolie rousse à la crinière flamboyante qui apparaît. Christale cherche à le joindre, et à mon avis c'est certainement pas pour faire une partie de Monopoly. Nathanaël a l'air gêné et je le vois la mettre sur messagerie.

— Tu aurais pu répondre, ne te gêne surtout pas pour moi, rigolé-je.

Mon rire sonne faux, j'en ai conscience. J'aimerais ne pas ressentir cette pointe de jalousie que je sens naître au creux de mon ventre.

— Je t'ai dit qu'on allait boire un coup ensemble et quand je suis avec quelqu'un je m'y consacre totalement, me dit-il, le plus sérieux du monde.

— T'as l'air d'être un homme à femmes, conclus-je.

— Pourquoi ai-je l'impression que tu me juges en disant ça ? Je profite de la vie c'est tout.

Étrangement, il a l'air vexé de ma remarque, pourtant ce n'est qu'un constat. Un coup une brune, puis ensuite une rousse, et la blonde elle arrive quand ? Ah oui j'oubliais Cassie, la fleuriste ! Ce mec est irrécupérable !

— Arrête de bouder, je vois juste que tu changes de filles comme tu pourrais changer de slip, voilà tout.

— Peut-être, mais quand je suis en couple je suis un homme fidèle et stable, figure-toi. Je n'ai simplement pas trouvé une fille assez sérieuse pour me poser. Et pour ta gouverne, je porte des boxers et non des slips !

Je ne peux m'empêcher de rire. Ma remarque n'était qu'une formule et ne visait pas son style de sous-vêtements. En plus, je l'imagine maintenant aisément presque nu avec juste un boxer, repensant forcément à l'encre noire que j'ai aperçue un peu plus tôt dans la soirée et cette simple idée ravive un crépitement étrange entre mes cuisses.

— Quoi ? Qu'est-ce qui te fait encore marrer ?

Alors que je me tords de rire en me moquant ouvertement de lui et que le téléphone s'arrête de sonner, Nathanaël me saisit le menton et accroche son regard au mien. Il a l'air soudain très sérieux et je l'imite. L'hilarité que je n'arrivais pas à contenir jusqu'à présent s'est brusquement évaporée et étrangement j'ai du mal à déglutir face à lui. Alors que nous sommes assis sur les sièges en cuir, le visage tourné l'un vers l'autre, avec pour seule lumière les phares de sa voiture qui éclairent le mur d'en face, je n'arrive pas à faire le moindre mouvement, trop absorbée par cet homme. Ses deux billes bleu nuit sont tellement envoûtantes que je m'y perds. Le klaxon d'un automobiliste rompt le contact visuel qui nous liait. Une fois encore, sauvés avant de faire une connerie !

*

Nous arrivons très rapidement dans un bar du quartier. De nombreuses personnes fument sur le trottoir et de la musique résonne jusque dehors. Tendue et fébrile, je sors du véhicule. Je suis légèrement mal à l'aise de me retrouver en tête à tête avec lui pour autre chose que l'organisation du mariage. Nathanaël, toujours aussi tactile, s'approche de moi et pose une main sur le creux de mes reins pour me laisser entrer. À peine ai-je franchi le seuil du pub que la musique tambourine à mes oreilles et que la ferveur des lieux me frappe de plein fouet. Pourtant malgré la chaleur ambiante, je sens un léger frisson me parcourir à l'endroit même où Nathanaël me touche.

Nous nous installons directement au comptoir sur deux tabourets hauts et commandons nos consommations. Il y a énormément de monde, l'euphorie est communicative et pourtant je n'arrive pas à me détendre. Une fois que nos verres sont déposés devant nous, j'avale presque d'une traite l'intégralité de mon cocktail.

— Eh bien dis donc, tu avais soif ! se moque-t-il.

En réalité, je suis tellement stressée que je me dis qu'en buvant je réussirai peut-être à me détendre. L'alcool me monte très rapidement à la tête et j'arrive enfin à respirer normalement. Je lève le bras à l'attention du serveur pour lui en commander un second. L'alcool me permet de me sentir plus à l'aise en sa présence.

Mauvaise idée, me souffle ma conscience. Pourtant je décide de ne pas l'écouter.

Nathanaël se tourne vers moi et je vois sa main s'approcher de mon chignon. Il tente de me retirer l'élastique qui maintient mes cheveux. Je me retourne avec hâte et le regarde d'un œil mauvais.

— Tu fais quoi, là ? l'agressé-je.

J'ai horreur qu'on touche à ma coiffure. De quel droit se permet-il de vouloir me décoiffer ?

— Franchement Emilie, pourquoi tu attaches toujours tes cheveux ? Ils ont l'air super jolis, faut laisser s'exprimer cette tignasse.

— Et me retrouver avec des mèches dans le visage qui vont m'embêter toute la journée ? Non merci. Je préfère les nouer dans un chignon et être tranquille.

— Alors pourquoi ne pas les couper pour les laisser libres ? J'ai dû mal à évaluer la longueur exacte mais j'ai l'impression que si tu enlèves ces pinces tu ressemblerais à princesse Raiponce !

Bah voilà, après avoir passé son temps à m'appeler poupée, il risque maintenant de m'appeler princesse, manquerait plus que ça !

— Car j'aime bien les cheveux longs, mais je n'aime pas être embêtée. Pour les femmes comme pour les hommes, je trouve ça beaucoup plus joli, voire sexy.

— Non ? ! me dit-il avec des yeux ahuris. Ne me dis pas que t'es le genre de filles à kiffer sur les mecs aux queues-de-cheval ? Enfin queue… Je veux dire… mime-t-il en tirant ses cheveux en arrière et en tentant de se coiffer. Ce n'est pas très sexy, tu ne trouves pas ?

— Mais si ! rigolé-je en voyant son embarras face à la tournure de sa phrase. Mais j'aime bien qu'un homme ait un peu de cheveux, que je puisse y glisser mes doigts éventuellement. Toi par exemple, tu as des cheveux ni trop longs ni trop courts, c'est très bien.

— Ah donc en fait tu fantasmes sur mes cheveux et tu me trouves trop sexy. J'ai compris ! se vante-t-il avec un sourire lubrique.

— Purée, mais t'es impossible, toi !

— Moi je trouve que les mecs sans cheveux c'est grave viril ! Quand j'aurais un début de calvitie je raserai tout. Tu vois, les mecs comme Barthez ou Zidane, bah eux, c'est la classe.

J'explose de rire et je n'arrive pas à contenir mon hilarité devant son enthousiasme pour ces deux joueurs de foot.

— Non, mais t'es sérieux ? Encore tu m'aurais sorti Jason Statham ou Bruce Willis ! Mais là, Zizou… Franchement, il n'a rien de sexy, ce mec ! pouffé-je.

Il s'approche de moi de plus en plus près. Ses yeux viennent se perdre dans les miens. Je déglutis péniblement face à sa soudaine proximité. Sa main vient attraper une mèche rebelle qui s'est défaite de ma coiffure et il l'enroule autour de ses doigts.

— Tu vois, poupée, même en attachant tes cheveux, il y en a toujours qui arrivent à se faire la malle.

Sa voix n'est que murmure, son souffle vient s'écraser contre mon visage, attirant mes lèvres malgré elles vers lui. Il glisse la mèche derrière mon oreille, provoquant par la même occasion tout un tas de frissons le long de mes bras. Près de lui, je suis complètement désorientée, ou peut-être est-ce le cocktail qui me monte peu à peu au cerveau.

Près de lui, dans cet état, je prends de plus en plus de risques et la soirée pourrait tourner de bien des manières.

Par exemple :

1) Je pourrais finir dans son lit et feindre d'avoir agi sous l'effet de l'alcool, ce qui serait au passage un gros mensonge.

2) Je pourrais également l'embrasser et je me laisserais prendre dans ses filets, devenant ainsi un numéro de plus sur sa liste, qui doit être aussi longue que mon bras.

3) Je pourrais commander un autre verre, attendant qu'un des deux premiers cas se réalise, et profiter enfin de la vie. Comme me le faisait remarquer Jonathan, il est grand temps que j'arrête de tout programmer.

4) Je me rends compte qu'une fois de plus je suis en train de programmer et de faire une liste dans ma tête sur ce que je suis incapable de faire alors que j'en ai réellement envie.

Il faut vraiment que j'arrête avec mes listes qui ne servent à rien et que je vive enfin. Alors que je suis sur le point de m'approcher vers Nathanaël, prête à laisser libre cours à mes envies, un groupe de filles rigolant bruyamment attire soudainement notre attention. L'une d'entre elles porte une écharpe du type Miss France mais où il est marqué « Je fête mes trente ans ». Elles ont l'air complètement ivres et dansent de manière peu assurée sur la piste. Je n'arrive pas à détacher mon regard d'elles. D'ici quelques semaines je fêterai également mes trente ans, et moi qui pensais être fiancée et presque mariée me voilà dans un bar avec un homme séduisant et incapable de prendre la moindre décision.

Mais alors que j'étais prête à me lancer et à peut-être faire une bêtise, l'une des filles s'avance vers Nathanaël, un sourire aguicheur sur le visage.

— Salut toi, dis-moi, ma copine fête son anniversaire et elle aurait beaucoup aimé que tu viennes boire un coup avec nous. Tu peux faire ça pour elle ? C'est pas tous les jours qu'on fête ses trente ans !

Bah vas-y, surtout fait comme si je n'étais pas là ! Je suis tellement énervée que mes yeux doivent la fusiller, mais considérant le fait qu'elle ne daigne pas porter une once d'intérêt à ma présence, elle ne s'en rend probablement pas compte. Nathanaël qui, lui, n'a pas oublié ma compagnie, se tourne vers moi, un sourire contrit sur le visage. Non mais je rêve, il a vraiment l'intention d'y aller ?

— Désolé, je suis accompagné, répond-il à la jeune fille.

Un soupir de soulagement s'échappe de mes lèvres mais je me reprends aussitôt. Qui suis-je pour lui interdire de passer un bon moment et peut-être une nuit de folie avec cette fille ravissante ? Après tout, je suis censée être en couple et agir de cette manière est tout sauf naturel. À contrecœur, je l'encourage à y aller.

— T'en fais pas, je vais rentrer, il est déjà tard. Amuse-toi.

— Mais je devais te ramener.

— T'inquiète, je vais prendre un Uber.

Je me lève de mon tabouret et dépose un billet sur la table pour régler nos consommations. Juste avant de partir, je dépose un doux baiser sur sa joue et je m'y attarde un petit peu plus que nécessaire, humant par la même occasion son parfum qui m'envoûte de plus en plus.

— Passe une bonne soirée, on se voit mercredi.

— Merci pour le verre, poupée, la prochaine fois c'est pour moi !

Chapitre 14

Je considère d'un œil évasif la robe que je viens de poser sur mon lit. Cette magnifique robe fourreau noire qui tombe juste en dessous des genoux est vraiment sexy tout en étant classe. Elle est parfaite pour mon rendez-vous d'aujourd'hui.

J'ai enfin mon entrevue avec M. Dupré et j'ai bien l'intention de mettre toutes les chances de mon côté pour que mon projet le séduise.

Aussi, debout face à mon miroir, je commence à me tresser les cheveux, puis défais tout pour entamer la confection d'un chignon qui après de nombreux essais ne me convient toujours pas. Et si je laissais mes cheveux détachés ? Cette idée me traverse furtivement l'esprit et je laisse ma crinière qui pèse une tonne retomber en cascade dans mon dos. Après tout, Nathanaël n'a pas tort, même si ça va m'incommoder toute la journée, c'est nettement plus joli. Au moment même où je pense à lui, mon téléphone se met à sonner et j'observe d'un rapide coup d'œil le mémo s'afficher sur l'appareil « Dégustation 19 heures ».

Mince, j'avais complètement oublié que j'avais rendez-vous ce soir avec lui. Rien qu'à l'idée de le revoir je me sens de nouveau fébrile. Il est hors de question que je stresse encore plus que je ne le fais déjà. Aujourd'hui c'est un rendez-vous important pour ma carrière, et Nathanaël ou pas, je ne changerai rien dans mes plans !

Aussi, après avoir passé la robe noire, j'enfile une paire d'escarpins assortis et me détaille une dernière fois devant le miroir. J'ai un léger mouvement de recul en me contemplant, c'est bien l'une des rares fois où je me trouve plus que jolie. J'ai l'impression d'être face à une nouvelle femme, plus sûre d'elle, plus belle, tout ce que je ne suis pas en réalité.

*

Face à la porte d'entrée, j'appuie d'une main incertaine sur la sonnette, lisse ma robe sur mes cuisses et prends une profonde inspiration avant de me retrouver face à cet homme. Ma sacoche sous le bras, j'ai l'intégralité des propositions en termes de mobilier et les plans que j'ai terminés à la dernière minute tout à l'heure pour lui donner un aperçu du rendu.

— Bonjour, mademoiselle Moreno, j'avais hâte de vous revoir.

Son affirmation me laisse pantelante, moi aussi j'étais en quelque sorte pressée de venir tout en étant stressée que mon projet ne lui plaise pas. J'entre dans son appartement, situé dans l'un des quartiers les plus prisés de Paris et reste sans voix face à tant de luxe. Même sans meubles ni décoration, l'espace de mon client envoie du lourd. J'avais vu quelques photos pour me faire une idée des lieux et proposer mes premiers croquis, mais elles ne lui rendent pas justice. Quand les lieux paraissent fades sur papier, dans la réalité on est vite émerveillé devant tant de beauté. Il y a énormément de plantes, le sol est recouvert de marbre couleur ivoire, et une immense fontaine trône dans le vaste hall d'accueil. Mais bon sang, qui a une fontaine dans un appartement ? Et surtout, pourquoi n'a-t-il pas complété la case : « autre information importante » ? Clairement, là, c'est important ! Le plafond n'est autre qu'une verrière et les rayons du soleil viennent illuminer le visage de l'homme qui me fait face.

— Vous désirez que je vous débarrasse ?

Je n'ose pas parler, regarde d'un œil émerveillé autour de moi. C'est tellement spacieux. L'entrée doit être aussi grande que mon appartement tout entier, toilettes et buanderie comprises. Dans ces lieux je me sens minuscule, je suis complètement intimidée et ce n'est que lorsque je sens les mains de M. Dupré se poser sur mes épaules pour m'aider à retirer mon manteau que je réalise que j'étais comme statufiée, la bouche ouverte. Mon imagination s'emballe, je vois des milliers de possibilités en termes de décoration, je pourrais disposer à droite de l'entrée une jolie console dans des tons sombres pour mettre en valeur le marbre sur lequel nous marchons, puis un peu plus loin un porte manteau dans le style baroque pour donner une touche plus rococo à l'endroit. Bref, j'adore cet appartement ! En même temps, il faudrait être difficile pour ne pas aimer.

Après avoir retiré ma veste, je le suis jusque dans le salon. Là aussi, c'est dépourvu de meubles, la pièce me paraît immense et elle est entourée de baies vitrées avec une vue spectaculaire sur Paris. On voit même la tour Eiffel. Les murs sont peints en blanc et le sol est identique à celui de l'entrée.

— Monsieur Dupré, vous disposez de beaux volumes.

— Tout à fait, c'est pour cette raison que j'ai besoin de vous. Avoir autant d'espace sans aucune idée pour le combler me terrifie, me dit-il sur le ton de la confidence.

Je m'avance vers l'immense îlot de la cuisine américaine attenante au salon d'un pas confiant, bien que légèrement tendue à l'idée de lui montrer mes croquis. J'ouvre ma sacoche et commence à sortir mes projets.

— Vous désirez boire quelque chose ? Du vin ?

— Avec plaisir, du blanc si vous avez.

Boire est une mauvaise idée ; j'en ai conscience mais j'ai l'impression qu'il est impossible de refuser quoi que ce soit à cet homme tant il est charismatique. Tout en lui impose le respect et l'obéissance, s'en est presque déroutant.

M. Dupré dispose un verre de vin blanc face à moi que je prends d'une main légèrement tremblante. Je le vois à la manière dont le liquide vacille à l'intérieur.

— Alors voici une idée pour le salon. Comme je ne visualisais pas bien la pièce sur les photos, j'ai indiqué plusieurs suggestions. Lors de notre prochaine rencontre, je les affinerai en fonction de vos remarques.

— Je vois…

— Pour ma part, j'opterais pour celui-ci, dis-je en lui désignant l'un des croquis. Recouvrir le mur principal dans un esprit brique sombre fera ressortir les volumes et mettra en valeur votre sol. Des canapés en daim dans les nuances de marron foncé donneront une touche un peu plus « loft » à cet appartement. Le mélange des genres, des tendances est ce qui se fait le mieux, qu'en pensez-vous ?

Après ma longue tirade, je tourne le visage vers mon client et sa mine renfermée ne me dit rien qui vaille. Silencieux, il reste dubitatif et porte la main au niveau de ses lèvres en signe de réflexion. Mince, ça ne sent pas bon du tout.

— Quelque chose ne convient pas ?

M. Dupré ne parle toujours pas, je le vois écarter mes différents projets, porter attention à chacun de mes croquis, feuilleter les brochures et les échéanciers de teints et de textures, tout ça sans dire un mot. Le silence se fait pesant, il est tellement lourd que je perçois les battements de mon cœur qui s'emballe de manière démesurée. Je suis tellement stressée que j'ai bien l'impression qu'il va rompre sous la mesure complètement anarchique qu'il s'inflige à lui-même.

— S'il vous plaît, dites quelque chose… le supplié-je.

J'ai besoin de savoir, espérant pouvoir arranger les choses, mais en même temps je suis terrifiée par sa réponse. Et si finalement il détestait, et s'il me décommandait et faisait appel à quelqu'un d'autre ? À coup sûr, ma boss qui était aux anges quand je lui ai parlé de lui me le fera payer et je serai bonne pour aller travailler dans un magasin de décoration et m'occuper des vitrines.

— Écoutez, mademoiselle Moreno, vous dire que je suis ravi serait un mensonge.

Mince ! Les larmes me montent aussitôt aux yeux, je respire profondément pour tenter de me calmer et éviter de craquer devant lui. Il faut que je reste professionnelle, que j'encaisse sans broncher et que j'assume. Après tout, on ne peut pas toujours plaire à tout le monde.

— Allez-y, parlez en toute franchise.

— J'adore vos volumes, vos dessins, ils sont la représentation même de ce que je pouvais imaginer.

Mon sourire refait tout d'un coup son apparition. Pourtant j'ai du mal à comprendre. Il y a encore quelque chose qui cloche.

— Quel est le problème, dans ce cas ?

— Vos meubles. Tous les dessins sont parfaits sur le papier, mais je crains que vous réussissiez pas à trouver des distributeurs capables de réaliser de tels volumes. Vos propositions sont intéressantes, elles sont uniques, mais je doute qu'elles soient réalisables et j'ai peur de m'engager sur votre projet et d'être déçu du résultat. Vous comprenez ?

Mon client n'a pas confiance, et en un sens il a raison. Je me suis laissé emporter dans ma folie du dessin, me basant sur les photos transmises avec son questionnaire sans réellement penser à ce qui était disponible et faisable dans les faits. Mais je n'ai pas l'intention de le décevoir ni de laisser passer cette chance unique. S'il faut que je fasse le tour de la France et que je dégotte un petit artisan pour la confection de ce mobilier, je le ferai !

— Faites-moi confiance, monsieur Dupré, je saurai vous satisfaire. J'ai de nombreux contacts dans le milieu de l'art du mobilier intérieur et je ferai mon possible pour concrétiser ces projets, s'ils vous séduisent.

— Eh bien, mademoiselle Moreno, vous m'impressionnez. Je vous laisse jusqu'au lundi 11 novembre pour me faire votre proposition finale.

Mince… Juste après le mariage de Lara…

D'une poignée de main nous scellons notre accord et terminons notre verre de vin en discutant des divers projets que j'ai soumis.

Chapitre 15

Mes doigts tapotent nerveusement mon volant en cuir noir, des tubes des années 1990 résonnent dans l'habitacle et je m'impatiente dans la longue file de véhicules devant moi. Avec tous ces bouchons je vais finir par arriver en retard. Quand le feu passe au vert, j'appuie sur l'accélérateur et manque d'encastrer ma voiture dans celle qui vient de piler devant moi. D'un mouvement sec, je frappe sur le volant et fais retentir le klaxon en signe d'agacement. Mince ! Il est déjà 19 heures et il me reste dix bons kilomètres à parcourir. Impossible pour moi de me téléporter, je dois me résoudre à prévenir mon partenaire, c'est la moindre des choses…

J'attrape mon téléphone et envoie un SMS à Nathanaël, j'ai horreur d'être en retard et j'ai l'impression que, chaque fois que nous avons rendez-vous, la terre entière se ligue contre moi pour que je ne sois pas à l'heure. Sa réponse ne se fait pas attendre et il m'envoie un simple smiley en guise de réponse. Un clin d'œil, ça ne devrait pas être mauvais signe.

Pour me détendre, j'augmente le volume de l'autoradio et tente de me concentrer sur les paroles des musiques. Pourtant, malgré ma passion évidente pour le chant, je n'arrive pas à laisser libre cours à ma voix. Je suis un brin nerveuse à l'idée de revoir

Nathanaël. Plus nous passons du temps ensemble et plus je l'apprécie. Bien qu'il sorte une bêtise à la minute, sa sympathie m'est agréable et ses âneries finissent par me faire rire. Néanmoins, je ne peux m'empêcher de repenser à la manière dont notre dernière soirée s'est terminée. Il ne lui aura pas fallu beaucoup d'arguments ni beaucoup de temps pour que je sois remplacée par la fille qui fêtait son anniversaire. Lui qui commençait à me plaire de plus en plus m'a légèrement déçue, je dois l'avouer, mais après tout dois-je le blâmer pour autant ? Je suis censée être en couple et j'ai la ferme intention de continuer sur cette pente. Faut dire qu'à force de mentir j'ai presque l'impression de me convaincre moi-même et d'attendre patiemment que Jonathan revienne. Je suis certaine qu'il va revenir, il ne peut pas en être autrement. Nous sommes faits l'un pour l'autre, et je suis sûre qu'il a juste eu peur de l'engagement et que notre relation devenait beaucoup trop sérieuse pour lui.

Après quinze bonnes minutes de retard, j'arrive enfin à destination. Le restaurant a l'air beaucoup moins sympathique que le précédent, et je ne dis pas ça parce qu'il ne fait pas partie de ma liste attitrée. Quelque chose dans la devanture me dérange. C'est sombre, il y peu de lumières, aucune baie vitrée, rien ! J'ai plus l'impression de me retrouver face à un ancien entrepôt plutôt qu'un restaurant. Les rues alentours sont donc plongées dans la pénombre et il n'y a pas âme qui vive aux alentours, juste quelques véhicules stationnés sur le parking. La simple perspective de me retrouver dehors me donne déjà froid dans le dos, mais je ne peux pas perdre davantage de temps, il faut que je me lance.

J'inspire un bon coup et sors de ma Mini. Au moment même où je claque ma portière, j'entends à quelques mètres une seconde portière claquer. J'accélère le pas jusqu'à l'entrée sans me retourner, sentant une présence derrière moi. À l'instant où je vais appuyer sur la poignée de la porte, une main se pose sur mon épaule. Je hurle, sursaute et me retourne en retenant mon souffle, mais suis vite soulagée en reconnaissant le visage de Nathanaël.

— Punaise, tu m'as fait une peur bleue !

— Désolé, c'était pas voulu, j'ai préféré t'attendre dans la voiture comme les lieux n'avaient pas l'air très sûrs.

— C'est gentil de ta part.

Sa prévenance me touche et je m'approche de lui naturellement pour lui claquer la bise.

Comme les fois précédentes, Nathanaël pose une main délicate au creux de mes reins pour m'inviter à entrer. J'adore sa manière de faire et cette fois ne fait pas exception, je ressens de nouveau des frémissements qui partent de sa paume. Cette chaleur se propage dans mon corps et provoque un petit crépitement dans mon estomac. C'est à la fois agréable et surprenant. Je ne m'y ferai jamais, je le sens !

Lorsque nous passons la porte d'entrée, nous sommes subjugués par les lieux. Nous nous retrouvons dans un immense entrepôt retapé en restaurant. La salle est haute sous plafond, d'énormes poutres en bois et en acier décorent les lieux. De nombreuses tables de style bistrot sont dispersées, il y en a beaucoup, mais assez espacées pour laisser de l'intimité aux convives. Je suis vite happée par l'originalité de l'endroit et j'espère secrètement que la cuisine sera au niveau de la décoration sublime.

Je vois que mon éblouissement est partagé quand je tourne la tête vers lui, mais quelque chose dans sa manière de me regarder me laisse penser qu'il ne s'agit peut-être pas uniquement du cadre, mais peut-être que je me fais simplement des idées. Pourtant, il me scrute étrangement, comme s'il cherchait quelque chose qui aurait changé chez moi, je n'en sais trop rien.

— Bonsoir, nous venons pour la dégustation des Romary, veuillez nous excusez, nous sommes un peu en retard, dis-je à l'attention du serveur qui vient à notre rencontre.

— Il n'y a aucun problème, suivez-moi. Votre mariage est prévu pour cet automne ? demande-t-il en regardant un dossier au nom de Pierre.

Cette méprise dont nous faisons souvent l'objet m'amuse et me fait sourire. Pour une fois, c'est Nathanaël qui croit bon de faire la remarque.

— Mademoiselle est le témoin de la mariée, et moi celui du marié.

— Original ! Les futurs mariés ont de la chance d'avoir des amis sur qui compter, c'est rare de nos jours de voir les témoins si investis.

Nous slalomons entre les tables pour nous installer dans un espace à l'écart. Nathanaël n'a pas retiré sa main de mon dos et ce n'est pas pour me déplaire. Cette fois, pas de petites tables bistrots, une immense table en bois massif brut entourée de bancs du même matériau s'offre à nous.

Nathanaël, toujours aussi galant, pose ses mains sur mes épaules pour m'aider à retirer ma veste. Je laisse glisser le vêtement le long de mes bras et me retourne pour lui offrir. Il reste bloqué sur ma tenue, je le vois à sa manière de me contempler.

— Qu'est-ce qu'il y a ? dis-je, légèrement gênée.

— Tes cheveux ? Tu as enfin décidé de les détacher ?

— J'ai suivi les conseils de mon chieur de copilote sur cette opération mariage, dis-je en rigolant.

— Tu as bien fait, tu es vraiment magnifique et cette robe… elle est juste sublime.

Mes joues doivent très probablement se teinter d'une nuance cramoisie, j'ai l'impression de me consumer sur place tant j'ai tout d'un coup chaud, très chaud ! Pour détourner son attention, je m'installe sur le banc et l'invite à en faire autant.

— C'est vraiment top comme endroit, qu'en dis-tu ?

Nathanaël prend place face à moi, ses deux mains sous le menton avec les coudes posés sur la table, sans me lâcher des yeux. Il m'intimide tout d'un coup et je suis forcée d'observer autour de moi pour me soustraire à son regard ténébreux. Pourtant, sa voix suave me ramène à la réalité en un claquement de doigts.

— Tout est beau ici, vraiment tout…

Que dois-je comprendre ? Non… Il ne faut pas que je me fasse des films, il me sort simplement ses phrases à deux balles qu'il doit utiliser pour mettre toutes les filles dans son lit. Je ne suis pas ce style de nana ! Malgré la solitude qui me pèse de plus en plus et la froideur des draps dans lesquels je me couche, je n'ai pas l'intention de céder aux charmes du premier bellâtre qui se présente à moi. Car Nathanaël est sans aucun doute le genre d'hommes qui change de femmes comme de chemises. Les serveurs viennent nous déposer quelques amuse-bouche et nous proposent du vin pour accompagner le tout. Une gorgée, puis une seconde, et tout devient plus simple.

— Alors quoi de neuf ? tenté-je pour alléger l'atmosphère.

— Pas grand-chose, j'ai vu Lara et Pierre hier.

— Comment vont-ils ? Pierre ne devait pas partir en déplacement ?

— Si, il part demain.

Nous dégustons les entrées, toutes aussi bonnes que l'apéritif. La qualité est plus haut de gamme que la fois précédente avec du foie gras poêlé, des huîtres gratinées et de la langouste. Je n'aime pas particulièrement ce genre de mets trop sophistiqués, mais je goûte et, à ma grande surprise, trouve cela bon, et même très bon.

Pour le plat, nous avons droit à du gibier, cerf, chevreuil et sanglier avec un gratin dauphinois et des fagots de haricots verts en accompagnement. C'est tout autant excellent, même si la viande reste assez forte en bouche. Nous avons tous deux aucun mal à communiquer. On déguste, parle de nos impressions, qui sont assez similaires, étrangement.

— Excusez-moi ? dis-je à l'intention du serveur.

L'homme en question s'approche de nous, un sourire lui barre le visage et son regard est un brin séducteur.

— Oui, mademoiselle ?

— Peut-on remplacer les haricots ou le gratin par un autre type de légumes ?

— Bien évidemment, vous avez une idée en tête ?

— Pas en particulier, mais peut-être quelque chose qui sorte plus de l'ordinaire et qui se marierait mieux avec la viande.

— Très bien, je vois, je vais aller en parler au chef, nous ferons tout pour vous satisfaire.

La manière dont il prononce cette phrase paraît lourde de sous-entendus, c'en est presque troublant.

— T'as un ticket, me nargue Nathanaël quand le serveur s'éloigne.

— N'importe quoi.

— Alors comme ça, tu veux d'autres légumes ? Tu n'as pas peur que les invités ne soient pas satisfaits ? Faut dire que les pommes de terre sont très souvent appréciées.

— C'est important de manger des fruits et des légumes, et les haricots, ce n'est pas assez. On nous répète assez souvent « cinq fruits et légumes par jour », autant en incorporer le plus possible dans le repas, tu ne penses pas ? dis-je sur le ton de l'humour.

— Ouais, un bon concombre, ça ne fait de mal à personne, répond-il sur le même ton.

— Personnellement, je préfère la courgette.

Vu la manière dont ses lèvres s'étirent et dont il réprime un rire, je sais que j'ai marqué un point. Pourtant c'est vrai, j'adore la courgette ! Et je parle bien du légume !

Chapitre 16

Ce restaurant fut une très bonne surprise. La qualité gustative des différents mets était au-delà de mes attentes. La cuisine était raffinée et le vin servi pour accompagner notre repas était étourdissant. Ma tête me tourne assez pour me sentir euphorique, mais pas assez pour que je ne puisse pas conduire. Nous sortons à deux en rigolant. Le serveur a pris le soin de me noter son numéro de téléphone sur un petit bout de papier, donné discrètement avant notre départ et Nathanaël ne cesse de me charrier depuis.

— Alors, je n'avais pas raison ? Tu comptes le rappeler ?

— Nan ! rigolé-je. Pourquoi je le ferais ? En plus, je suis sûre qu'il me l'a donné juste comme ça.

— Qui fait ça de nos jours ? N'importe quoi. Tu lui plaisais, ça se voyait comme le front au milieu de la figure ! Faut dire qu'il faudrait être aveugle pour ne pas tomber sous le charme d'une beauté comme toi.

Je ne manque pas de piquer un phare, mais je ne relève pas.

— Pour ta gouverne, on dit le nez au milieu de la figure, mais bref, je n'ai pas l'intention de le rappeler. En plus, j'ai un mec, je te l'ai déjà dit.

— Ah oui, c'est vrai, je l'oublie toujours celui-là. Il est où ce mec dont tu ne parles jamais ? Pour une fille amoureuse, tu te fais plutôt discrète.

— Euh… Je n'aime pas m'étaler sur ma vie privée, voilà tout, inventé-je.

— Ouais, dis plutôt qu'il n'existe pas et que tu dis ça juste pour me tenir à distance. D'ailleurs, ton pseudo mec a de la chance, si j'avais activé mon mode séduction, il serait déjà aux oubliettes.

— Ça va les chevilles, Géant Vert ?

— Elles se portent comme un charme. Regarde la dernière fois en forêt : à peine deux minutes dans mes bras que tu étais sur le point de m'embrasser.

— Oh, arrête avec ça ! Tu ne vas pas remettre cette histoire sur le tapis. C'est n'importe quoi, je t'ai déjà dit que j'étais désorientée.

— À d'autres ! Je sais qu'en réalité tu es folle de moi.

Il agite un doigt juste au-dessus de mon visage, ce qui m'agace et me fait rire tout à la fois. C'est dingue, en présence de ce mec j'ai l'impression de perdre un neurone par minute. Si ça continue comme ça, je vais vraiment finir écervelée, en plus d'être blonde.

— Bon bah du coup, on se voit samedi matin ? On dit 8 heures pour éviter de tomber dans les bouchons ? reprend-il.

Je le vois regarder autour de lui tandis que je cherche mes clés de voiture dans mon sac.

— Oui, on fait comme ça. Mais je te préviens, on prend ma voiture.

— T'es chiante, tu sais !

— Hors de question que je remonte dans la tienne. T'es garé où ?

Nathanaël cherche autour de lui, le peu de luminosité ne nous aide pas à y voir très clair. Heureusement, cette fois-ci j'ai pris la peine de me garer pas trop loin de l'entrée pour pouvoir repérer facilement la Mini. Mais mon copilote d'organisation n'a pas l'air très serein tout d'un coup et je le vois arpenter en long en large et en travers les différentes allées du parking. Pourtant, malgré la superficie du lieu, il est difficile de louper une voiture stationnée, c'est pratiquement vide.

— Fait chier ! gueule-t-il.

— Un problème ?

— Ma voiture. Elle n'est plus là !

— T'es sérieux ?

— Ouais, je suis certain de m'être garé ici.

— Mince…

Après avoir appelé différents commissariats, le constat tombe. Nathanaël s'est probablement fait voler sa voiture car elle n'est dans aucune fourrière. Du coup, il est bon pour aller dès demain porter plainte, je le vois s'agiter, perdu dans ses pensées, aussi, je propose de le raccompagner ce soir. J'aurais aimé pouvoir l'emmener demain au commissariat pour qu'il dépose plainte, malheureusement j'ai déjà pris énormément de retard sur le dossier Dupré et ça commence sévèrement à m'angoisser. Si je ne réussis pas cette mission, c'est tout mon avenir professionnel qui va en pâtir.

— Tu veux venir boire un dernier verre ? J'ai besoin de me calmer…

J'hésite. Il est déjà tard. Mais l'invitation est plus que tentante et je dois avouer que mon côté curieux rêve de découvrir où il vit.

Et ton dossier Dupré alors ? se moque ma conscience.

D'un signe de tête accompagné d'un sourire, j'accepte. Je le suis et monte les quelques marches qui mènent à son appartement. L'entrée se fait par une petite porte en bois qui ne paie pas de mine, mais quand je pénètre dans les lieux je suis surprise. Il vit dans un duplex assez spacieux surplombé par une mezzanine avec une balustrade en bois. J'avance machinalement, précédée par Nathanaël. Je tourne sur moi-même pour observer les lieux. C'est propre, soigné et ça sent bon. Pas de chaussettes sales ni de cadavres de bouteilles.

— Super sympa chez toi.

— Merci, c'est gentil.

Je le suis sans broncher jusque dans la cuisine et m'installe sur l'un des tabourets hauts qui entourent l'îlot central où une immense hotte est suspendue au-dessus de la plaque de cuisson.

— Tu cuisines ?

— Je me débrouille. Je te ferai goûter un jour si tu veux, me dit-il en accompagnant sa phrase d'un clin d'œil.

Il s'éloigne derrière moi et je l'entends ouvrir un placard. Je regarde autour de moi à la recherche d'un quelconque indice me permettant de mieux le comprendre. De nombreux meubles en bois sont disposés dans la pièce. Je ne sais pas si ce sont ses créations, mais ils sont vraiment magnifiques. À la fois rustique tout en étant moderne, c'est original et beau, et quelque part, ça lui correspond totalement.

Un verre dans chaque main, Nathanaël s'approche, son torse frôle mon dos tandis qu'il dépose les verres devant moi. Je l'entends respirer fortement. Ses mains viennent délicatement dégager ma nuque en faisant glisser mes cheveux sur mes épaules. Je me tends sous ses doigts et sa caresse déclenche tout un tas de frissons agréables. Je n'ose pas bouger, profite de son contact contre mon dos et pourtant je n'ai qu'une envie, me retourner et lui faire face.

— T'es plutôt blanc ou rouge ? me susurre-t-il au creux de l'oreille.

— Hein ? dis-je, troublée.

— Le vin, tu le préfères comment ?

— Blanc.

Ma bouche est sèche et mes lèvres ne demandent qu'une chose, rencontrer les siennes. C'est trop tentant, je me tourne sur mon tabouret. Ses prunelles sombres me sondent un instant mais il s'éloigne aussitôt, un sourire espiègle sur le visage.

Mince ! Il me teste, j'en suis certaine !

Il revient vers moi, une bouteille de blanc dans la main. Je ne bouge pas d'un millimètre alors qu'il se colle presque à moi, le bras tendu, pour attraper un verre derrière moi. Il le remplit et me l'offre. D'un mouvement de poignet, j'incline le verre pour noter la couleur puis je fais tournoyer le liquide dans le calice en humant les effluves. Je le porte ensuite à mes lèvres sans quitter du regard le beau brun en face de moi. Les différentes fragrances viennent chatouiller mes papilles et le liquide coule le long de ma gorge. Le goût est délicieux, pourtant je déglutis péniblement, très certainement à cause de l'agitation qui règne en moi par sa faute.

Nathanaël ne me lâche pas du regard et me fixe avec une attention déconcertante alors qu'il goûte à son tour le vin. J'ai l'impression qu'un combat se joue dans notre manière de nous scruter. Aucun de nous ne pipe mot et pourtant nos regards parlent pour nous. J'ai terriblement envie de lui, le feu me monte aux joues à cette simple pensée car je suis certaine qu'il arrive à lire le trouble qui m'anime. Aussi, quand il se saisit de mon verre pour le reposer derrière moi, se rapprochant de ce fait de mon corps, je me tends un peu plus Je perçois son parfum, son souffle caresse mon visage et je ne tiens plus. Nos bouches ne sont qu'à quelques centimètres, si je redressais le nez, nos bouches se toucheraient.

— Oh et puis merde !

Nathanaël se saisit de mon visage et rompt l'espace qui nous sépare. Nos bouches entrent en collision et je sens rapidement ses lèvres prendre possession des miennes. Ses doigts encadrent mon visage, son pouce caresse ma joue et pour l'inviter à continuer je pose mes mains autour de sa taille. Nathanaël se colle à moi et porte une main derrière mes reins pour me rapprocher de lui. Sa langue vient chatouiller le bord de mes lèvres comme pour leur en demander l'accès. J'entrouvre la bouche et viens cajoler sa langue avec la mienne, déclenchant une vague de sensations à m'en donner le tournis. Je ne réfléchis plus, me laisse porter par la douceur de sa caresse. J'en perds mon souffle tant la sensation est divine. J'en veux plus, j'ai besoin de plus. Mes mains se font pressantes, je fais glisser sa veste le long de ses bras tandis qu'il me facilite la tâche. Peu importe les conséquences, je ne suis que sensations. Un à un, je commence à ouvrir les boutons de sa chemise, les doigts tremblants, mal assurés, dévoilant par la même occasion le haut de son tatouage, alors que sa bouche ne quitte pas la mienne.

Jamais on ne m'avait embrassée de cette manière. Sensuellement, érotiquement. Tout dans son baiser me donne envie de plus. Le simple fait de sentir ses lèvres contre les miennes me pousse à les vouloir ailleurs, sur moi, sur ma peau brûlante de désir pour lui. Il a l'air de partager mon envie car d'un mouvement brusque il me saisit sous les cuisses pour me porter jusqu'à son canapé. Son corps recouvre le mien et je vois l'espace de quelques secondes son sourire espiègle sur son visage, ce qui me fait fondre encore un peu plus.

— Emilie, qu'est-ce que t'es belle.

Son compliment lui vaut un sourire gêné et pour ne pas lui montrer le trouble qui m'anime, je le saisis à l'arrière de la tête pour le rapprocher de nouveau de ma bouche. Ses mains caressent ma jambe, la remonte à hauteur de ses hanches, me rapprochant encore plus de son corps, je sens toute l'excitation qu'il ressent en cet instant. Elle s'enroule tout naturellement contre lui alors que sa main glisse un peu plus vers le haut de ma cuisse. Punaise, qu'est-ce que j'ai envie de lui !

Sa bouche quitte la mienne. Il dépose délicatement des baisers le long de ma mâchoire et dévie vers mon cou. À chacune de ses caresses humides, mon corps est pris de légers spasmes et, non sans honte, je gémis de plaisir quand sa bouche s'approche du haut de ma poitrine. Je me tends sous lui, me cambre sous sa bouche. Je veux qu'il me retire cette fichue robe qui commence à me comprimer de plus en plus. Sa bouche descend encore, allant jusqu'à dévoiler ma poitrine à sa vue et à ses caresses si agréables. Haletante, je n'attends qu'une chose, qu'il prenne possession de mon corps.

— Fais-moi l'amour, lui dis-je dans un râle.

Je perds la tête, sors des phrases dont je ne me serais jamais cru capable. Moi demander… que dis-je, quémander qu'on me fasse l'amour ? Ça ne me ressemble tellement pas ! Pourtant j'ai tellement envie de lui que ça m'en fait mal entre les jambes. Quand il m'entend lui soumettre cette requête, je le sens se crisper et pester contre ma poitrine.

— Bordel, Emilie, tu fais chier !

Son changement de comportement me refroidit et d'instinct je me redresse et réajuste le haut de ma robe. À bout de souffle, il respire bruyamment et tente de se contrôler.

— Quoi ? Qu'est-ce que j'ai dit ?

Je sens le rouge me monter aux joues, et ce n'est plus pour les mêmes raisons. Son visage est tout d'un coup beaucoup plus fermé et dur que la seconde précédente. Je ne comprends pas. Je suis choquée et à la fois déçue de voir son changement de comportement. Mes yeux s'humidifient et je fais mon possible pour ne pas fondre en larmes devant lui. Manquerait plus que ça !

— C'était une erreur. Je suis désolé, Emilie.

— Comment ça, une erreur ?

— C'est mieux pour toi, pour moi, pour nos amis, qu'il ne se passe rien entre nous. Excuse-moi, je me suis laissé aller, je n'aurais pas dû.

Mais qu'est-ce qu'il me sort, celui-là ? Ça ne va pas bien la tête ? Je suis sur le point de lui poser tout un tas de questions quand mon téléphone se met à sonner. Je l'attrape et regarde de qui il s'agit, coupant court à toutes formes de discussion possibles.

— Je dois y aller, on se voit samedi matin.

— Em'...

— Bonne nuit, Nathanaël.

Chapitre 17

J'arrive devant l'appartement de ma mère, légèrement fébrile. La soirée va de mal en pis. D'abord le rejet de Nathanaël puis la voisine de ma mère qui m'appelle en panique car de l'eau coule de son plafond. Je monte les marches à la hâte et découvre dès la porte d'entrée le sol trempé.

— Maman ? T'es là ?

J'avance dans le couloir, mes pieds pataugent sur la moquette imbibée d'eau et je trouve ma mère allongée sur le canapé, absorbée par le programme du soir. Regarder les enquêtes policières sur les célèbres tueurs en série des années 1980 n'a rien de très gai mais elle ne cesse de se repasser en boucle ces émissions qu'elle a déjà vues à de nombreuses reprises. L'avantage de sa maladie, c'est qu'elle peut les regarder autant qu'elle veut, elle reste toujours autant surprise de découvrir la résolution de l'énigme. Je m'approche d'elle doucement pour ne pas la brusquer et l'embrasse sur le haut du crâne dans un geste affectueux.

— Comment êtes-vous rentrée ?

Sa voix est sèche et cassante. Le ton sur lequel elle me parle me surprend toujours, je ne m'y ferai jamais. Son état s'aggrave de plus en plus et ses crises se rapprochent d'autant.

— C'est moi maman, Emilie.

— Je ne vous connais pas, ma petite fille dort dans sa chambre.

Et voilà, elle recommence. Excédée par la tournure de ma fin de soirée, je n'ai ni la force ni le courage d'entrer dans les débats. Aussi, je la laisse sur son canapé alors qu'elle me fixe avec une attention déstabilisante et fais le tour de l'appartement à la recherche de la fuite. Dans la cuisine, le robinet est fermé, le siphon n'est pas bouché et sous l'évier aucun tuyau n'est percé. Je me dirige ensuite vers les W.-C. mais rien non plus. Alors que je progresse à travers les pièces, j'entends de l'eau couler en provenance de la salle de bains. En ouvrant la porte, je découvre la baignoire remplie à ras bord et l'eau continue de couler. Je me jette sur le mitigeur pour le fermer et tourne le bouton pour que l'eau s'écoule par les canalisations.

Épuisée, je me laisse tomber contre le mur et me retrouve assise par terre, les fesses trempées. Mes yeux se baignent de larmes. Elles ne tarissent pas et coulent en abondance le long de mes joues. Je ne me cache même pas, à quoi bon ? De toute manière ma mère serait capable de me prendre pour une SDF trouvant refuge dans son appartement. Elle a très certainement voulu prendre un bain et a fait couler l'eau pour ensuite oublier. C'est de pire en pire, si ça continue, elle va foutre le feu à cet appartement. Elle devient un véritable danger, aussi bien pour elle que pour les autres. Les paroles de Lara ne cessent de se répéter en boucle dans mon esprit. La placer. Elle m'a conseillé de la placer. Mais l'emmener dans une maison de repos reviendrait à l'abandonner. Je refuse de la laisser aux mains d'étrangers même si à l'heure qu'il est, c'est moi l'étrangère pour elle. Tant de questions se bousculent dans mon crâne, allant jusqu'à m'en faire mal à la tête. Les minutes s'égrainent et je reste le cul au sol en grelottant de froid.

— Ma chérie, qu'est-ce que tu fais là ? Et pourquoi c'est mouillé partout ? T'as encore fait une bêtise, me sermonne-t-elle.

Ma mère fait irruption dans la salle de bain. Ses traits ont changé comme si un brin de lucidité était enfin arrivé jusqu'à son visage. Encore une fois, elle me fait des reproches pour SES bêtises. Mais je ne la reprends pas. Au début, je le faisais. Elle niait pour au final s'en vouloir et pleurer de longues heures. En définitive, la voir culpabiliser était encore plus douloureux que la voir oublier. Maintenant je laisse, j'encaisse ses accusations et m'excuse de mon comportement car je dois l'avouer, je préfère être face à ma mère lucide qui me souffle une gueulante que face à la femme qu'elle devient quand elle est dans son autre monde.

— Oui maman, j'ai laissé l'eau de la baignoire déborder. Allez viens, on va se coucher je vais réparer mes bêtises.

Alors que je me lève et vais vers elle pour l'accompagner jusqu'à sa chambre, ma mère me saisit par les épaules. Elle est plus petite que moi, je baisse la tête pour pouvoir la regarder dans les yeux. Tout l'amour qu'elle me porte me réchauffe le cœur et je ne peux résister à la serrer contre mon corps. Sentir sa chaleur, son odeur, suffit à me faire monter une nouvelle fois les larmes aux yeux. Même si je la vois régulièrement, ma mère me manque énormément. Je l'accompagne jusqu'à sa chambre et la borde dans son lit d'une manière maternelle. D'un baiser sur le front, je reste près d'elle quelques secondes avant de partir éponger le sol et m'excuser auprès de la voisine en prenant soin de remplir un constat pour le dégât des eaux. Avant de la quitter, j'allume la télé de sa chambre et lui mets son programme fétiche. Son attention se porte sur l'écran et je comprends à cet instant. Elle est partie.

*

Les deux jours qui ont suivi le dîner sont passés à une vitesse folle. Entre mon travail et mes allées et venues chez ma mère, je n'ai pas eu une minute pour moi. Ce soir, j'ai mon rendez-vous hebdomadaire avec Lara, de quoi faire le point sur son mariage et sur l'escapade vendéenne que je dois mener avec Nathanaël. Je n'ai pas eu de ses nouvelles depuis le fameux baiser, mais je n'en attendais pas plus. Son changement de comportement m'a laissée pantoise. Impossible de savoir ce qu'il s'est tramé dans sa tête. Était-ce simplement un moment d'égarement ? Je pense que oui.

Main tendue vers la sonnette, je n'ai pas le temps de presser le bouton que la porte s'ouvre à la volée. Pierre se trouve derrière et m'accueille avec un sourire chaleureux.

— Oh Milou, t'inquiète on allait partir.

« On » ? Qui est ce « on » ?

Il se décale pour me laisser entrer et je découvre Nathanaël juste derrière en train de mettre son manteau. Un bonnet en laine sur la tête, une barbe de quelques jours, il est terriblement séduisant. Le souvenir de notre baiser me revient en pleine face comme une gifle. Debout face à lui, je constate que le malaise est partagé. Il s'avance l'air de rien, pourtant quand il se poste face à moi il a du mal à savoir quoi faire. On se fixe en chiens de faïence, puis face à l'attirance qu'il fait naître en moi je détourne le regard pour ne pas lui montrer mon trouble.

— Emilie, dit-il en accompagnant son mot d'un hochement de tête.

— Nathanaël, réponds-je sur le même ton.

Je me décale pour le laisser suivre Pierre et sans le vouloir – ou peut-être l'a-t-il fait exprès après tout ? –, il me frôle. À l'instant même où nos deux êtres se rencontrent, une vague de chaleur m'envahit. La porte claque dans mon dos, me ramenant à la réalité et Lara explose de rire.

— Quoi ?

— Non mais t'as vu ta tête ? Et la sienne ? Qu'est-ce qu'il se passe ?

Mine de rien, je retire mon manteau et évite sa question. Ma meilleure amie ne l'entend pas de la même oreille et revient à la charge.

— Milou, qu'est-ce qu'il se passe avec Nate ?

— Rien du tout, je ne vois pas de quoi tu parles..., feinté-je.

— Arrête un peu ! Vous étiez carrément gênés de vous voir. Il s'est passé quelque chose entre vous ?

Que faire ? Lui dire la vérité ? J'en meurs d'envie. Me confier à elle pourrait me permettre d'y voir plus clair et surtout, puisqu'elle le connaît très bien, elle pourrait peut-être m'éclairer sur son comportement. Mais lui révéler ce qu'il s'est passé reviendrait aussi à lui avouer que j'ai menti durant plusieurs semaines et que depuis le départ je suis seule. Non ! Il est hors de question que je dise la vérité. C'est bien trop tôt et bien trop brusque.

— Il n'y a rien du tout, on s'est juste un peu chamaillés mercredi au resto mais rien d'important, ne t'inquiète pas.

— Tu parles ! Vu la tronche que tu tirais, ce n'est pas « rien d'important ».

— Je t'assure que ce n'est rien. En plus, après le restaurant la voisine m'a appelée car ma mère n'avait pas fermé l'eau de la baignoire et elle a inondé tout son appartement. J'ai passé presque toute la nuit à éponger le sol.

Lara se radoucit aussitôt et me force à me coller à elle. Ses bras s'enroulent autour de moi et je me détends contre mon amie. Je pourrais aisément me laisser aller, déverser mes larmes contre son épaule, mais ce n'est pas le moment. Nous devons parler mariage et surtout programmer la folle journée de demain. Pourtant, à la simple idée de ce qui m'attend, je me tends, autant d'excitation que de peur.

Chapitre 18

7 heures tapantes et je suis prête. Un pull en laine blanc, un jean confortable et une paire de Converse feront l'affaire pour les quatre heures de route aller et retour que je vais devoir me taper. À la simple idée de le revoir j'angoisse. Je n'ai pratiquement pas fermé l'œil de la nuit à force de penser à lui. J'imaginais ses yeux sombres posés sur moi, son sourire espiègle, ses mains puissantes prendre possession de moi. Mince, j'ai l'impression de devenir une accro obsédée qui ne pense qu'à lui. Va vraiment falloir que je pense à autre chose. Pourtant, je n'en ai pas le temps. Nathanaël vient tout juste de m'envoyer un SMS pour me prévenir qu'il est en bas. Sac à main sur l'épaule, je prends une grande inspiration avant d'aller le retrouver.

Aujourd'hui encore il porte ce bonnet qu'il avait la veille. Des lunettes de soleil viennent parfaire son look et une veste en cuir lui couvre les épaules. Je déglutis péniblement face à l'image qu'il me renvoie. Il est terriblement séduisant. Sexy et séduisant ! Beau sans trop en faire, décontracté tout en ne négligeant pas son look. Bref, il est à croquer.

J'avance vers lui à pas timides et fait tourner mes clés de voiture autour de mon doigt dans un signe qui se veut banal. À travers mon geste j'essaie de montrer que je suis complètement à l'aise avec ce qui a pu se passer entre nous alors qu'en réalité, à l'intérieur, c'est un flot de questions sans réponses qui tourne en boucle dans mon esprit.

Nathanaël a l'air tout autant perturbé. Les mains dans les poches, le sourire insolent qu'il arbore habituellement n'est pas là. Au lieu de ça, il paraît gêné, voire distant.

Génial, ça va être l'éclate aujourd'hui !

— Salut ! tenté-je.

— Je pense qu'il est préférable qu'on parle avant de prendre la route.

— On n'aura que ça à faire durant le trajet, autant le faire au chaud plutôt que dehors, tu ne penses pas ?

— J'aimerais savoir si les choses sont claires entre nous ? Tu m'as dit que tu avais un copain et je le respecte. Je ne sais pas ce qui m'a pris.

— Tu n'étais pas seul, crois-je bon de préciser.

— Alors on est amis ? Tu ne m'en veux pas ?

— Pas le moins du monde.

Son sourire réapparaît, créant par la même occasion une vague de chaleur se répercutant jusque dans mon estomac. Si j'avais froid il y a quelques instants, il vient de me réchauffer.

— Allez, monte dans ma titine ! dis-je en désignant mon auto rouge. Au fait, tu es venu comment ? dis-je en repensant au vol de sa voiture.

— Figure-toi qu'elle a été retrouvée ! Malheureusement un peu amochée mais, en attendant les réparations j'ai au moins un moyen pour me déplacer, du coup on peut prendre la mienne ! répond-il en pointant une voiture cabossée et rayée.

— Si tu n'y vois pas d'inconvénient, on prend la mienne.

Je ne lui laisse pas le choix et ouvre la portière côté conducteur pour m'installer derrière le volant.

— Ah parce que c'est toi qui conduis ?

— Bah oui, hors de question que je te laisse conduire MA voiture !

Il rigole mais ne réplique pas. À peine assis dans l'habitacle, j'effectue les opérations de contrôle. C'est devenu un automatisme. Rétro, feux en automatique, ajustement du siège, ceintures de sécurité. Tout est en ordre. Nathanaël, qui n'a rien loupé de mon petit manège, m'interpelle :

— Tu ne serais pas du genre de M. Grey ?

— De qui est-ce que tu parles ?

— Christian Grey et ses cinquante nuances, rigole-t-il.

— Je ne vois pas du tout le rapport.

— Bah tu sais, maniaque du contrôle, et tout ça. Tu veux conduire juste pour maîtriser la situation alors que tu pourrais très bien te laisser porter, pour une fois. Tu sais, M. Grey est un peu pareil, il a besoin de dominer juste pour maîtriser.

— Ah parce que tu connais ça, toi ? Ça t'arrive de lire un bouquin ?

J'essaie de ne pas le montrer mais savoir qu'il pourrait lire le même type de romans que moi m'amuse et m'intrigue. Moi qui pensais que ce genre de lecture était plutôt réservé aux femmes, je suis surprise de voir qu'il a pu y trouver un certain intérêt.

— Ah parce qu'il existe en livre ?

— Franchement par moments tu m'épuises, dis-je, dépitée.

Ouais… Finalement rien d'étonnant.

— J'ai juste été voir le film au cinéma, un navet au passage, mais vu le nombre de nanas de mon entourage qui en parlaient, je me suis dit qu'il était préférable pour ma culture personnelle que je le vois. D'ailleurs, Emilie, je peux te poser une question ?

Son regard un brin lubrique m'interpelle et me fait fondre. Ses yeux perçants sont un véritable appel au sexe, et j'imagine soudainement que sa question va être tout sauf banale.

— Oui, vas-y, dis-je, légèrement tendue.

— C'est vrai que les femmes aiment les fessées ? Je veux dire, personnellement j'ai jamais essayé et je ne vois pas ce qu'il y a d'excitant à frapper sa partenaire, mais toi ça t'est déjà arrivé ?

Mes joues doivent virer au rouge vu la chaleur qui irradie mon visage. Sa question personnelle me prend au dépourvu.

— Je n'en sais rien. À vrai dire, je ne me suis jamais posé la question.

Malgré le fait que j'évite clairement sa remarque, il a l'air satisfait de ma réponse et m'offre un sourire de convenance.

— C'est vraiment cool qu'on soit amis.

Mouais, si tu le dis…

*

Nous roulons pendant plusieurs heures. Nathanaël s'amuse à vouloir changer la musique, mais heureusement grâce à la commande au volant je ne lui en laisse pas l'occasion. Du coup, nos mains se frôlent à plusieurs reprises, on se chamaille, on rigole. Le trajet se passe à merveille, à mon grand étonnement, et pourtant je ne cesse de me poser des questions sur son comportement. Pourquoi m'a-t-il rejetée ? Pourquoi diable est-il si distant avec les femmes ? Enfin distant… il ne l'est pas tant que ça en les mettant dans son lit, mais pourquoi ne recherche-t-il pas une relation stable ?

— T'as quel âge ?

Ma question le prend au dépourvu. Faut dire que j'ai interrompu son solo sur Tragédie. Son interprétation de *Hey ho* est à mourir de rire.

— J'ai trente-deux ans. Pourquoi cette question ?

— Non, non juste comme ça.

Bon… À son âge, il devrait commencer à se stabiliser. Alors il doit avoir une bonne raison de ne pas vouloir le faire. Ce mec est attentionné, je le remarque à chacun de ses gestes, à chacune de ses attitudes, sauf peut-être quand j'étais sous lui sur le canapé. Là pour le coup, il était loin de l'être en m'abandonnant à ma honte et ma gêne. Peut-être est-t-il atteint d'une maladie incurable ? Peut-être que son ex l'a largué et depuis il ne fait pas confiance aux femmes ? Ou peut-être qu'en réalité il est juste instable émotionnellement. *Rah !!!* Pourquoi est-ce que je m'imagine tous ces scénarios ! Il faut que je pense à autre chose et que je me concentre sur la route.

— Et toi alors, Milou ? Sérieux ?

— Bah quoi ? C'est Lara qui m'a donné ce surnom. On se connaît depuis tellement longtemps qu'il me serait impossible de te dire à quand remonte la création de ce surnom ridicule.

— Vous étiez fans de *Tintin* peut-être ?

— N'importe quoi !

— Ah ouais et tu jouais à quoi ? T'étais plutôt du genre Barbie et Ken ?

— Punaise, mais quelle remarque sexiste !

— Et alors tu jouais à quoi ?

— À la poupée, avoué-je.

— Qu'est-ce que je disais !

J'avise au loin un panneau indiquant une aire d'autoroute à un kilomètre. Ça fait déjà plusieurs minutes que je ressens l'envie de vider ma vessie. Du coup, je ralentis et emprunte la bretelle de sortie.

— Qu'est-ce que tu fais ?

— Une petite pause, je dois faire pipi.

— OK.

Une fois garés, nous sortons tous les deux de la voiture et je demande à Nathanaël de me prendre un café. Les toilettes de la station-service sont propres et j'en profite pour me refaire une petite beauté devant le miroir des lavabos. Hors de question de ressembler à un épouvantail et malheureusement c'est souvent le cas après plusieurs heures de voiture. Quand je sors, je trouve Nathanaël adossé contre une machine à café en grande conversation avec une métisse au regard océan. Bordel ! Ce mec bouffe à tous les râteliers. Blonde, rousse, brune… Une soudaine envie de m'amuser me prend. Et si je lui cassais son coup ? Je cherche de quoi mettre mon plan diabolique à exécution. Heureusement la station-service dispose d'un rayon hygiène et parapharmacie. J'attrape une pommade hydratante, la plus neutre possible. Si on voit en gros à quoi elle sert, je ne pourrai pas les leurrer. Après être passée en caisse, je m'approche doucement d'eux. Nathanaël comme toujours charme la demoiselle. Elle bat des cils, ouvre son manteau de manière à lui laisser lorgner sa poitrine opulente une fois de plus. Au moins, elles ont toutes une chose en commun : des pastèques à la place des seins. Boudeuse, je regarde les deux petites mandarines qui me font office de poitrine.

— Naty ! J'ai trouvé ! lui dis-je en agitant la crème devant lui.

Mon copilote me regarde de manière étrange, légèrement confus. Il a l'air gêné de me trouver là alors qu'il est en pleine séance de drague. *T'inquiète, beau gosse, j'ai bien compris que moi et mes petits agrumes ne pouvions pas rivaliser avec ses fruits à elle.*

— Qu'est-ce que c'est que ça ? me demande-t-il alors qu'il tente de se saisir de la crème.

— Tu sais, la crème pour ton petit problème. Les envahisseurs vont enfin te foutre la paix, j'en avais marre de te voir te gratter le pénis toutes les trente secondes.

J'offre un sourire à Géant Vert alors que son visage se décompose. Mme Pastèque le regarde tout autrement, son air minaudant ayant laissé place à du dégoût pur et simple.

— Je vais vous laisser, bon retour.

— Oh bah c'est dommage, on était sur le point de faire connaissance. Vous inquiétez pas, avec la crème, le problème sera réglé d'ici quelques jours.

À peine nous a-t-elle laissés que j'éclate d'un rire franc. Nathanaël fulmine à côté de moi.

— T'es un véritable boulet !

— On y retourne ?

Chapitre 19

Nous arrivons devant le domaine de Baudoin pile à l'heure. Bien que nous soyons en automne, le soleil est au beau fixe. De nombreux sapins jouxtent la propriété, rendant le cadre très forestier. Une immense place faite de pierre blanche donne l'impression qu'on foule la neige pour arriver à la propriété. C'est juste magnifique.

Une fois hors du véhicule, je prends une grande inspiration pour sentir l'air frais et sain.

— Alors c'est ici que va se passer le mariage ?

— C'est beau, hein ? affirmé-je.

— Mouais, on aurait très bien pu trouver la même chose plus proche.

— Quel rabat-joie ! Au moins, si les invités de Pierre et Lara viennent jusqu'ici c'est qu'ils souhaitent vraiment assister à la cérémonie. On évitera tous les pique-assiette qui viennent uniquement pour manger gratis !

— Et après tu dis que c'est moi le rabat-joie ?

Nous n'avons pas le temps de continuer notre querelle que le maître des lieux nous accueille. Un homme trapu d'une soixantaine d'années s'avance vers nous. Son sourire chaleureux est communicatif et nous entamons avec lui la visite du site. Nous entrons par d'immenses baies vitrées dont les portes sont recouvertes de croisillons en bois. La pièce principale, où se déroulera très certainement le repas ainsi que la soirée dansante est très spacieuse et très belle. Les murs sont en pierre, de grosses poutres vernies au plafond surplombent la salle et le sol en parquet ciré donne une touche champêtre à la propriété. C'est vraiment magnifique, presque magique. J'imagine immédiatement le type de décoration ou d'ameublement possible pour rendre la cérémonie à l'image des deux futurs mariés.

Dès l'entrée, nous pourrions installer un *candy bar*, puis plus à droite une table où poser les dragées, l'urne pour les cartes de vœux et éventuels chèques et je pourrais même créer une sorte de mur de souvenirs où chacun pourrait prendre des photos du repas et les accrocher sur l'arbre. Pour ça, il faudrait voir si on peut louer des appareils photos instantanés qu'on mettrait sur chacune des tables.

— Ça serait cool si on installait un photomaton ! C'est super tendance, faudrait qu'on voie avec Marco s'il peut nous avoir ça, m'indique Nathanaël.

Il n'a pas tort et en plus ça rejoint mon idée d'appareil photo. C'est vrai que ce genre d'animations à la mode occupe une partie des invités et permet de fluidifier les allées et venues.

— Excusez-moi, disposez-vous d'un barnum chauffé ou d'une pièce adjacente pour pouvoir éventuellement installer un photomaton ? demandé-je au propriétaire.

— Non, mais vous pourriez très bien l'installer ici.

Il nous montre le couloir qui dessert les vestiaires et les toilettes.

— Vous avez un traiteur ? Un DJ ? Car je peux vous mettre en contact avec des prestataires travaillant régulièrement ici. Ils connaissent la maison comme si c'était la leur ça facilite l'installation et l'organisation.

— Pour le traiteur, les futurs mariés hésitent encore entre deux. Mais nous n'avons pas encore réfléchi au DJ, je veux bien ses coordonnées si vous les avez.

Il cherche à l'intérieur de sa veste et en sort une carte de visite. *DJ Will Events,* ambianceur, DJ généraliste, organisateur d'événements. Pourquoi pas… Nous passons ensuite à l'extérieur et découvrons un petit chalet chauffé dans le jardin qui fera la joie des enfants. Je note également qu'il serait bon de rechercher un service d'animation ou de baby-sitter pour permettre aux parents de profiter de la soirée sans avoir les marmots dans les jambes.

Nous continuons notre visite en empruntant un petit chemin de gravier blanc, entouré de pelouse et de lampions pour la nuit qui nous mène jusqu'à une seconde bâtisse située à quelques mètres de la première. Roger, le propriétaire, nous indique qu'il s'agit de chambres d'hôtes pouvant accueillir les invités qui souhaitent dormir sur place à condition de payer un supplément. Cinquante euros par chambre et par nuit, ça reste raisonnable.

— Et la suite nuptiale est comprise dans le coût de location de la salle ?

Le vieil homme paraît gêné, il danse d'un pied sur l'autre.

— Allez, un petit effort ! On va vous claquer plus de dix mille euros pour le week-end, le presse Nathanaël.

— Bon d'accord, je vous offre la suite pour le week-end.

— Parfait !

Nous prenons des photos, j'appelle Lara en visio et lui montre les lieux. Elle est aux anges, et après avoir trinqué au champagne, nous remettons l'acompte et signons le contrat de location.

— C'est possible de vous payer la réservation de la chambre dès aujourd'hui ? À partir du vendredi soir si possible, à supposer que nous pourrons disposer de la salle dès le vendredi matin pour l'aménagement.

— Bien sûr, je vais même vous faire une petite ristourne, m'indique Roger. Et vous monsieur, vous désirez prendre également une chambre ? À moins que vous partagiez la vôtre, mademoiselle ?

Mes joues se mettent à chauffer. L'idée de passer la nuit avec lui est plus que tentante, et pourtant, il a été clair il y a de ça quelques jours : il ne se passera rien entre nous, et hors de question que je cède au cas où monsieur aurait bu un verre de trop.

— Alors Milou, tu partages ton lit avec moi ? dit-il d'un ton lourd de sous-entendus alors que Roger vient de s'éloigner pour prendre un appel.

— Non merci, il n'y a pas écrit Abbé Pierre sur mon front. Et ne m'appelle pas Milou !

— Alors monsieur ?

— Je vais prendre ma propre chambre, la demoiselle passera la nuit avec son compagnon.

— Très bien.

Nous réglons nos chambres et repartons. Depuis que Nathanaël a parlé de Jonathan, un sentiment de malaise ne m'a pas quitté. Comment vais-je expliquer à Lara qu'il ne sera pas là ? À un moment donné, je vais devoir lui dire toute la vérité, mais quand ? !

— Ça va, Milou ? T'as l'air bizarre.

— Arrête de m'appeler comme ça, je t'ai dit.

— Bon bah si tu préfères que je t'appelle poupée…

— Non merci ! Emilie c'est bien aussi, tu sais c'est mon prénom !

— Bon on va où maintenant ?

— Au domaine de la Raimbaudière pour choisir le vin blanc.

Nathanaël s'enfonce dans son siège et pianote sur son téléphone alors que je récupère l'A87 et remonte vers le nord. Aucun de nous ne pipe mot, heureusement la musique comble l'habitacle.

Une bonne heure de route plus tard, toujours sans échanger la moindre parole, je m'engage dans l'allée desservant le vignoble. Il y a énormément de pieds de vigne ! Il y en a partout mais ils sont tous sans raisins.

— C'est étrange, tout est vide.

— C'est normal, les vendanges pour ce type de vin se font plutôt après halloween.

Bien qu'il fasse l'idiot la majeure partie de son temps, Nathanaël arrive souvent à me surprendre, sa culture générale est très riche et il connaît énormément de choses. En plus d'être beau, il est loin d'être bête. Mon ventre gronde de manière bruyante et malheureusement ça n'a pas échappé à mon copilote.

— T'as faim ?

— Oui, j'ai seulement avalé une tartine avec un café avant de partir.

J'avise l'heure sur le tableau de bord du véhicule. Déjà 13 heures.

— Ça va aller pour la séance de dégustation ou tu souhaites qu'on aille finalement manger un bout avant ?

— Non, ça ira. On est arrivés, ça serait dommage de faire demi-tour. De toute manière on n'avale pas lors de la dégustation.

— Ah oui, t'es le genre de femme qui n'avale pas ? me dit-il avec un brin de malice dans la voix.

Et voilà ! Jamais bien loin, celui-là ! Lui qui paraissait si calme durant tout le trajet a dû se reposer pour ressortir tout un tas d'âneries ensuite !

Chapitre 20

Nous entrons dans une cave voûtée. Il fait froid et instinctivement je me frotte les bras pour me réchauffer. Nathanaël qui n'a rien loupé de mon petit manège s'approche et m'enlace l'épaule pour me coller à lui. Fatiguée de devoir combattre cette attirance que je ressens pour lui, je me laisse faire et profite de la chaleur de son corps. L'hôte nous apporte plusieurs bouteilles et dispose devant nous de grands verres à vin ainsi qu'un crachoir. Nathanaël m'offre un clin d'œil de connivence et je ne peux m'empêcher de pouffer en repensant à sa vanne de tout à l'heure.

Je porte le verre à mes lèvres, bois quelques gorgées de vin. Il est délicieux, bien meilleur que celui qu'on trouve en supermarché. D'une main devant la bouche, je me cache en train de recracher le contenu de mon verre dans le récipient laissé à cet effet. Beurk, il y a vraiment plus glamour ! Nathanaël, lui, recrache sans aucune honte, ce qui m'amuse.

Nous goûtons différents crus et arrêtons notre choix. Nous passons donc commande pour plusieurs caisses auprès du vigneron. Il nous propose ensuite quelques rosés et vins rouge mais n'étant pas fan et n'y connaissant rien, je laisse choisir mon copilote et en profite pour finir le verre de vin blanc que je m'étais servi juste avant.

Je pensais qu'il allait boire sans aucune retenue mais non. Il agit comme un pro. Goûte sans jamais avaler. Moi par contre je dois avouer que je me suis laissé tenter à plusieurs reprises et que maintenant je me sens légèrement pompette. Je me lève rapidement de ma chaise quand la séance prend fin. Trop rapidement. Ma tête me tourne et je vois flotter un million d'étoiles devant mes yeux.

Merde !

Je sens mes jambes se dérober. Je perds l'équilibre et tombe à la renverse. Une fois de plus, je suis rattrapée de justesse par cet homme fort et séduisant qui m'enivre plus que le vin que je viens de boire. Ses mains sur moi m'électrisent, les effluves de son parfum m'envoutent et ses yeux ! Punaise, je me perds dans l'obscurité de son regard si captivant.

— Ça va, poupée ? T'es toute pâle ! Je crois que tu as trop bu.

Dois-je avouer que le vin n'est pas la véritable cause de mon malaise ? Ce mec me donne le tournis, mon envie irrépressible de lui me perturbe plus que je ne le voudrais. Je pourrais me servir de cette excuse pour goûter une nouvelle fois à la douceur de ses lèvres, mais hors de question que je me prenne un nouveau râteau et devant témoin qui plus est !

— Oui, je pense que tu as raison, c'est le vin, dis-je en me détachant de ses bras.

— Je pense qu'il est préférable que je conduise pour le retour.

— Ah non, c'est hors de question ! C'est MA voiture, c'est moi qui conduis.

— Arrête un peu, tu ne vas pas prendre le volant alors que tu as bu, me réprimande-t-il.

— Tu as bu autant que moi, voire plus avec le rouge et le rosé.

— Non, je n'ai rien avalé. Et moi au moins je tiens debout.

Je sors les clés de mon sac, bien décidée à prendre le volant. Mais alors que je les tiens dans ma main, Nathanaël me les chipe et les agite devant mes yeux pour m'agacer. Le vigneron qui était resté silencieux jusqu'à présent tente de garder son sérieux et son professionnalisme du mieux qu'il peut mais pouffe quand il voit le petit manège de Géant Vert. Il m'agace !!!

— Tu n'as pas intérêt à égratigner ma voiture, sinon je te botte les fesses !

— Des promesses, toujours des promesses, se marre-t-il.

Le coin est pratiquement désert, il n'y a pas un pèlerin qui se balade. Seules des vignes nous entourent sur la route. Épuisée, je laisse ma tête reposer contre la vitre et lance quelques œillades à mon copilote entre deux battements de paupières. Elles se font lourdes, me pèsent de plus en plus. Je ne sais pas si ça vient de la conduite de Nathanaël, étrangement douce, qui m'apaise ou bien si c'est le vin qui fait son effet. Je me sens bien. La chaleur qui règne dans l'habitacle me berce, la musique ni trop forte ni trop basse me fait plonger dans un sommeil profond.

Je suis réveillée quand j'entends pester Nathanaël à côté de moi. Je ne sais pas depuis combien de temps je dors, mais quand je sens la voiture brouter sous mes fesses je m'alerte. Les yeux écarquillés, je constate que la nuit est tombée. Pas âme qui vive à l'horizon, seuls nos phares éclairent les alentours.

— Qu'est-ce qu'il se passe ? dis-je, un brin inquiète.

— J'en sais rien, ta voiture fait ça depuis un petit moment. Je commence à perdre de la puissance et j'ai l'impression qu'elle n'avance plus.

— Oh tu vas pas me faire le coup de la panne, rigolé-je.

— Bah non, j'ai fait le plein tout à l'heure.

— Nathanaël ?

— Oui ?

— Qu'est-ce que tu as mis comme carburant ?

— De l'essence, pourquoi ?

— Stop !!!

Je crie. Je crie si fort qu'il pile en plein milieu de la route, risquant au passage de faire une embardée. Le véhicule s'arrête si brusquement que j'aurais très probablement fini la tête dans le pare-brise sans le maintien de la ceinture de sécurité.

— Non mais t'es une grande malade de hurler de cette manière ! Tu m'as fichu une peur bleue !

— Nathanaël…

— Quoi encore ? ! s'énerve-t-il.

— Ma voiture… dis-je, le souffle encore entrecoupé.

— Oui… ta voiture, qu'est-ce qu'elle a ?

— C'est une DIESEL !!!!

— Oh merde…

— Punaise mais qu'est-ce que t'es nouille ! Si tu avais un doute pourquoi tu ne m'as pas réveillée ?

— Désolé, j'ai agi par réflexe et puis tu dormais si bien, tes petits ronflements qui flottaient dans l'air laissaient penser que tu avais besoin de repos.

— Je ne ronfle pas ! dis-je, furibonde.

— Ah si, je t'assure que tu ronfles.

— Bon, c'est pas la question. Punaise, Nathanaël, tu as dû me tuer le moteur ! Je vais faire comment, sans voiture ?

Il a l'air gêné, paraît même extrêmement coupable et face à sa mine déconfite je culpabiliserais presque de l'avoir disputé. Mais mince, il vient de me ruiner ma voiture, c'est un peu normal que je m'énerve…

— Bon bah on fait quoi maintenant ?

— On tente de rejoindre la prochaine ville ?

— OK, de toute manière, foutus pour foutus…

Nathanaël essaie de démarrer le véhicule mais la voiture ne veut rien savoir. Elle broute mais ne démarre pas.

— Fait chier !

Il s'énerve, tape avec force le volant comme si ça allait aider la voiture à redémarrer. D'une main rassurante sur l'épaule, je tente de le calmer.

— Allez, viens on va marcher, j'ai vu sur mon téléphone que la prochaine ville se trouvait à deux kilomètres, on appellera un dépanneur demain.

Chapitre 21

Mes pieds me font mal, deux kilomètres sur la carte de mon téléphone ça ne paraissait pas si loin que ça, mais perdue dans le noir, la route a l'air de n'en plus finir. Le chemin jusqu'à la ville est d'autant plus pesant que Nathanaël ne pipe pas un mot. Les mains dans les poches, je remarque son air contrarié. Je devrais peut-être le réconforter et lui dire que ce n'est pas si grave.

Mais c'est grave ! Mince… On est dans une impasse.

Quand les premières lumières de la minuscule ville apparaissent, j'accélère le rythme, suivie par Nathanaël qui lui traîne la patte.

— Allez, Géant Vert, active-toi, j'ai envie d'aller me réchauffer !

— Oh, si tu cherches une manière de te réchauffer, je peux toujours t'aider, me dit-il avec un clin d'œil.

Dois-je avouer que son comportement plus que changeant me donne le tournis ? Un coup il me drague sans aucune retenue, puis finalement quand je me laisse tenter il me rejette, pour ensuite remettre le couvert. Il lui arrive quoi, à ce type ? Il est complètement barré. Ou peut-être que c'est simplement moi qui me fais des films et que ces petites joutes verbales ne sont qu'une manière à lui de jouer sans aucune arrières pensées. *Argh !* Ce mec va finir par me rendre dingue. L'avantage de ma petite remarque, c'est qu'elle lui a redonné le sourire. Au moins, il va peut-être arrêter de tirer une tronche de six mètres de long.

— Tiens regarde, un restau routier, viens, on va manger.

Je n'osais le dire de peur de passer pour la chieuse de service mais je n'ai toujours rien avalé de solide depuis ma petite tartine ce matin. Mon ventre grogne toujours et la simple idée de pouvoir enfin me ravitailler suffit à réveiller l'animal caché au creux de mon estomac.

— J'ai une faim de loup ! m'extasié-je.

— Et moi donc !

Mince !

Ses yeux sont perçants. Je déglutis péniblement face à lui. Mes mains tremblent, mes jambes flageolent et une chaleur étrange s'insinue entre mes cuisses. Des flammes brillent dans son regard. J'ai chaud soudainement, et j'ai du mal à me détacher de lui. Il parlait bien de nourriture là ? Non…

Allez Emilie, ressaisis-toi ! Inspire, Expire. Reprends ton calme et va manger ! De la nourriture et rien d'autre !

Comme pour me donner du courage, je me saisis de la main de Géant Vert. Mais à l'instant où nos doigts se touchent, je perçois une petite décharge électrique qui me pique à l'endroit où nos peaux se sont frôlées. Lui aussi l'a perçue, je le sais à la manière qu'il a de me regarder, avec envie. Punaise, mais il va arrêter, oui ? ! Il joue, il s'amuse de ce qu'il peut me faire ressentir. Je le vois à la façon dont ses lèvres s'ourlent, créant de chaque côté de sa bouche une petite fossette si craquante que je meurs d'envie de l'embrasser. Comme happées par sa beauté, son sex-appeal, son regard de feu, mes lèvres s'avancent d'elles-mêmes vers les siennes. Fichues hormones, je n'ai jamais donné l'autorisation à ma bouche de faire ça.

Nous ne sommes qu'à quelques millimètres l'un de l'autre, il a très bien saisi où je voulais en venir car son regard se fait soudain plus sombre. Lui aussi en a envie, j'en suis certaine. Nos bouches sont si proches que je sens son souffle sur mon visage. Il est rythmé, comme s'il se retenait d'agir. Son haleine mentholée chatouille mes narines, je veux ce goût contre ma langue.

Allez, je me lance ! Foutue pour foutue !

Mais alors que je réduis la faible distance qui nous sépare, Géant Vert tourne la tête et mes lèvres s'écrasent contre sa joue.

Merde ! Non mais c'est quoi son problème ? !

— Allez viens, on va manger.

C'est la douche froide. Nathanaël me tire par la main et mes pieds fonctionnent par eux-mêmes pour le suivre. Mon esprit est complètement chamboulé. Je ne comprends pas les raisons de son éloignement. Lui qui quelques secondes plus tôt me proposait de me réchauffer, je lui ouvre la porte et *bam !* il me la claque carrément au nez. Je retire ma main avec hâte. Si mes doigts crépitaient il y a quelques instants au contact de sa peau, je ressens maintenant une sorte de brûlure désagréable.

— Quoi ? me demande-t-il surpris.

— Rien, laisse tomber, allons manger.

Je le laisse en plan et entre dans le restau… Merdouille ! Ça n'a rien d'un restaurant, il s'agit plutôt d'une sorte de bar pour routiers. Plusieurs hommes sont accoudés au comptoir. Tatouages et grosses barbes sont de rigueur. Plusieurs femmes aux chevelures vertigineuses aux brushings ultra-volumineux les accompagnent. Bref, je me sens parfaitement à ma place là-dedans. Ne voyez là aucun jugement, chacun fait ce qu'il veut et s'habille comme il veut, mais comment dire… eux et moi ça fait deux.

Notre entrée ne passe pas inaperçue. Les femmes se tournent toutes vers Nathanaël et les hommes me détaillent des pieds jusqu'aux nichons. Bah ouais, je crois que ma tête ils en ont rien à carrer. Comme un bouclier, je referme les pans de mon manteau que j'avais commencé à déboutonner en passant la porte mais les hommes me fixent comme s'ils avaient des rayons X à la place des yeux. Mince, mon manteau noir en laine ne me protège pas ?

Voyant la gêne qui m'anime, Nathanaël passe un bras possessif autour de mes épaules. Est-ce uniquement pour me rassurer ou est-ce une sorte de geste purement machiste ayant pour but de marquer son territoire comme un chien pissant contre un arbre ? Prenant mon courage à deux mains, et à deux pieds pendant qu'on y est, je me dégage avec vigueur de sa prise, ouvre mon manteau, le retire et avance d'un pas décidé vers le bar.

— Une pression, s'il vous plaît.

Une fois, j'ai vu une fille faire ça, quand on était sortis avec Jonathan, et mon abruti d'ex n'avait d'yeux que pour elle. Était-ce à cause de sa manière fière et décidée de commander sa boisson ? Je n'en sais rien, mais j'avais toujours rêvé de faire ça !

— Dis donc ma jolie, t'es nouvelle dans le coin, je ne t'ai jamais vue, m'aborde un mec graveleux qui empeste l'alcool.

Je suis forcée de m'éloigner un peu pour ne pas finir bourrée. Je suis sûr qu'en humant simplement son haleine mon taux d'alcoolémie pourrait grimper en flèche. J'espère sincèrement qu'il ne compte pas reprendre le volant.

Nathanaël a l'air contrarié. Il s'assoit lourdement près de moi sur le siège libre, commande à son tour une bière et détaille d'un œil mauvais l'homme qui vient de s'adresser à moi. Serait-ce de la jalousie ? Autant tester ma théorie. Je lui offre mon dos et me positionne face à mon interlocuteur. L'air aguicheur, je détache avec un grand mouvement ma tignasse maintenue par un élastique, passe la main dans mes cheveux et boit une grande goulée de bière. Une moue déforme mon visage quand l'alcool coule dans ma gorge. Punaise, c'est fort tout de même et pas très bon. La saveur du houblon me laisse un goût amer sur la langue mais je ne me démonte pas. Ce n'est même pas imaginable que je leur montre que je n'aime pas ça et que j'ai commandé n'importe quoi.

— Non, je suis de passage ici, une nuit rien de plus, dis-je en accompagnant ma phrase d'un clin d'œil équivoque.

Le feu me monte aux joues à l'instant où la phrase sort de ma bouche. J'ai parlé sans réfléchir et le sous-entendu qu'elle a suscité dans l'esprit du type ne passe pas inaperçu. Un large sourire étend son visage et il agite sa main à l'intention du serveur pour me commander une nouvelle pression. Beurk ! Je suis bonne pour devoir terminer mon verre et en boire un second.

Je lorgne par-dessus mon épaule en voyant une femme d'un âge incertain s'avancer vers mon copilote pour lui offrir un verre et plus si j'en crois sa manière de se coller à lui et de tirer sur son décolleté à l'aide de son doigt. Mais Géant Vert ne bronche pas, il ne la calcule même pas et reste les yeux fixés sur moi et le mec en face de moi. Voyant que ma petite technique fonctionne, je finis ma première pinte, reproduis la même grimace que tout à l'heure et continue de bavarder avec l'homme à mes côtés.

Finalement Franck – c'est comme ça que s'appelle le routier – est vraiment cool. On a enchaîné les bières et j'en ai appris plus sur lui. Si les premières gorgées me laissaient un arrière-goût désagréable, les suivantes ont eu l'avantage de me détendre. Au bout de la troisième j'ai réussi à faire abstraction de Géant Vert qui boude dans son coin, mais toujours assez proche pour garder un œil sur moi. La soirée se passe bien, on rigole, on bavarde et on boit !

— Bon sinon ma jolie, ça te dit qu'on aille finir la soirée ensemble ?

— Oh bah j'sais pas moi… rigolé-je comme une demeurée.

Je suis rincée. J'ai l'habitude de boire un verre ou deux, mais j'ai arrêté de compter le nombre de pintes à partir du moment où Franck m'a raconté comment s'était terminé son deuxième mariage. PA-SSIO-NANT !

— Non, la jolie poupée, elle rentre avec moi, répond sévèrement Nathanaël en me levant de mon tabouret et en me tirant à lui.

Je me tourne vers lui, ses yeux sont sombres. Il pose un regard réprobateur sur moi, limite sermonneur.

— Oh ça va, Naty, on a le temps de boire une autre bière, on allait justement parler du troisième divorce de Francky, rigolé-je.

— Je crois que t'as eu ton compte. Tu me suis, je nous ai pris une chambre !

— Roh, c'que t'es pas drôle, bon bah à la prochaine Francky, c'était un plaiiiiiisir ! chantonné-je de nouveau.

Une chambre ? ! Comment ça, une chambre ? Et la mienne ? Punaise, ce qu'elle était forte cette bière !

Chapitre 22

Nathanaël

Ne tenant plus, je me lève, me saisis du bras d'Emilie pour la soustraire à ce gros lourdaud. Ces mecs ont la dalle, ils l'assimilent directement à un morceau de viande à se mettre sous la dent. Heureusement, dès qu'on est arrivés, me doutant qu'on n'aurait aucune solution pour rentrer avant demain, j'ai pris soin d'aller me renseigner sur les chambres d'hôtel proposées par le restaurant. Malheureusement, il n'en restait plus qu'une de libre. Je suis bon pour dormir sur le sol…

J'ai bien failli me faire avoir, ses yeux bleus perçants me laissaient clairement entrevoir de nombreuses possibilités. Car si j'avais goûté une nouvelle fois sa bouche, je n'aurais pas pu m'arrêter… Déjà la dernière fois dans mon appart, il m'a fallu un énorme self-control pour ne pas l'emmener dans ma chambre. Mais ma raison a pris le dessus. Elle est maquée, ça a l'air d'être une fille bien, et puis sérieusement, « fais-moi l'amour » ? Depuis Lucie, je ne fais plus l'amour, c'est au-dessus de mes forces, et Emilie mérite mieux qu'une putain de partie de jambes en l'air qui sera vite expédiée le lendemain matin par un : « Salut, bien dormi ? C'était sympa, maintenant casse-toi. » Depuis la première fois où j'ai croisé son regard, cette fille m'a intrigué. Elle ressemble tellement à mon ex-petite amie que c'en est perturbant. Je ne sais pas si c'est cette chose qui m'a attiré vers elle au début, ou bien justement ce qui m'en éloigne…

Bordel, pourquoi cette fille ne peut pas redevenir la petite chieuse prétentieuse qu'elle était à notre rencontre ? *Pfff…* Je suis un imbécile ! Dès le départ j'ai eu envie d'elle.

Je me crispe quand je vois le gros lourdaud qui a passé la soirée à la draguer se rapprocher un peu trop de ma poupée. J'ai les nerfs rien qu'à la simple idée qu'il puisse poser ses pattes sur elle. L'idée d'envoyer mon poing dans la tronche de ce mec me paraît plus que tentante, mais sous quel prétexte ? Emilie n'est pas ma petite amie et elle a bien le droit de faire ce qui lui chante, alors pourquoi est-ce que mon cœur s'emballe comme un dératé ? Quand je comprends que ces intentions sont claires et exprimées à voix haute, je ne tiens plus, même si ça n'a aucun sens. Je me lève, saisis par le bras ma belle blonde et m'interpose.

Alors que je l'attrape et la tire avec vigueur, elle trébuche presque et se rattrape de justesse à moi. Foutu coup d'électricité que je me prends à l'instant même où sa paume se pose sur moi. Mon épiderme réagit immédiatement, mes poils se hérissent sur mes bras et ma queue palpite à l'idée de pouvoir m'enfouir en elle. Bordel !

— Hey Naty, comment ça, qu'une chambre ? Tu comptes dormir par terre ? me demande-t-elle en se marrant.

Très drôle…

J'ouvre la porte de la chambre. Elle est sommaire. Un lit double, deux tables de chevet et une moquette orange qui a l'air d'en avoir vu des vertes et des pas mûres. Des taches qu'on a tenté de nettoyer la recouvrent. Ce n'est franchement pas terrible, on est loin du luxe des palaces mais bon, vu qu'on n'y reste qu'une seule nuit, ça devrait faire l'affaire.

Emilie, complètement défaite, saute sur le lit. Debout, puis ensuite le cul à même le matelas elle se marre.

— Alors Naty, tu comptes faire quoi de moi ce soir ?

OH PU-TAIN !

La miss se redresse, les genoux écartés, elle se tient face à moi et pose une main sur son chemisier. Elle entame un léger effeuillage en le déboutonnant. Je me mords la lèvre à défaut de planter mes canines dans la sienne.

— Tu comptes me faire le même coup que la dernière fois ou enfin aller jusqu'au bout ?

Bordel, mais je fais comment moi pour résister ? Elle a un mec, elle me l'a rappelé à de nombreuses reprises, et hors de question de coucher avec la témoin de la mariée. Si au début cette idée m'amusait, je vois bien qu'Emilie n'est pas de ce genre, elle couche avec ses sentiments, et si quelque chose se passe entre nous je sais que, le lendemain, quand je me ferai distant, elle va me faire un scandale et risque de foutre en l'air toute la cérémonie.

Non Nate, contrôle-toi, c'est vraiment une mauvaise idée, tenté-je de me convaincre.

Ma température corporelle grimpe en flèche, j'ai chaud, très chaud. La voir se déshabiller lentement, agiter sous mon nez sa lingerie fine. Ses seins, ces deux petites boules, me donnent envie de les goûter, de les palper. Emilie, joueuse, n'arrête pas et alors qu'elle est en soutien-gorge devant moi, je la vois s'attaquer au bouton de son pantalon.

— Allez viens Naty ? Pourquoi tu me repousses, je ne suis pas assez bien pour toi ?

— Arrête, Emilie, ça ne te ressemble pas. Et puis tu as un copain.

Putain ! Bien sûr que j'ai envie d'elle, de son corps, de sa bouche, de ses lèvres contre les miennes. Mais ce n'est pas une bonne idée. Aussi, je m'approche, prudemment. Pose une main sur la sienne pour l'empêcher de continuer à retirer ses vêtements. Si nos envies sont les mêmes à cet instant, je suis lucide et je ne suis pas certain qu'elle le soit. Je ne veux pas profiter de la situation et provoquer des regrets inutiles dès demain.

Mais alors que je suis proche, beaucoup trop proche, Emilie m'attrape par la nuque et vient plaquer sa bouche contre la mienne. Après une seconde d'hésitation, je n'arrive pas à la repousser et réponds à son baiser. Nos langues s'enroulent l'une autour de l'autre, mes mains viennent prendre possession de son visage pour approfondir notre baiser et elles glissent dans sa chevelure blonde qui m'attire tant. Bordel, qu'est-ce que j'ai envie d'elle ! Je perds complètement le contrôle, je n'arrive plus à me maîtriser, l'envie d'elle est trop tentante et me bousille les synapses.

Aucun de nous ne parle, nos corps s'expriment pour nous et agissent au-delà de tout bon sens. Seulement guidés par nos instincts, nos pulsions, notre envie l'un de l'autre. Je fonds contre Emilie alors qu'elle se colle contre moi. Son gémissement se perd contre mes lèvres et suffit une fois de plus à faire monter la pression. Ma main libre glisse au niveau de ses reins, empoigne ses fesses, la ramenant contre mon érection et lui arrachant un nouveau râle. Elle est sauvage, sa bouche est vorace, ses mouvements sont désordonnés et ses mains se perdent sur mon corps faisant sauter toutes les barrières que je tentais de maintenir entre nous. Elle me fait perdre la tête, c'est tellement agréable que c'en est perturbant. Elle tire sur mon haut, le fait passer par-dessus ma tête rompant pendant quelques secondes l'attraction de nos langues. Alors que je me retrouve torse nue devant elle, elle se mord la lèvre et me fixe avec envie. *Oh poupée, si tu savais comme j'ai envie de toi moi aussi.*

Sa main glisse sur mon corps, du bout des doigts retracent l'encre noire qui recouvre ma peau. Lucie…

— Poupée, arrête, on ne peut pas. T'as trop bu, t'as un mec…

Je tente de me contrôler, de l'appeler par ce surnom qu'elle déteste tant pour la ramener à la raison. Nous ne devrions pas aller si loin mais j'ai trop de mal à lui résister. Cette nana sabote tout dans mon crâne, remet tout en cause en un seul baiser. Si nous couchons ensemble, je ne suis pas sûr de pouvoir m'en remettre.

— Punaise, Nate, je ne suis pas bourrée et je ne suis pas maquée. J'ai trop envie de toi, susurre-t-elle en se rapprochant de moi.

Nouvelles données dans la base… Qu'a-t-elle fait de son mec ? Rien à battre ! Plus aucune raison de me retenir. Cette fille est libre et je la veux.

— Une nuit et rien de plus, l'avertis-je souhaitant être sûr que nous sommes sur la même longueur d'onde.

— Tais-toi et embrasse-moi.

Ne tenant plus, je me jette sur elle. Nos bouches fusionnent de nouveau, nos dents s'entrechoquent, nos langues s'emprisonnent. J'attrape l'un de ses seins, le malaxe. Elle gémit contre ma bouche, un râle s'extrait de la mienne alors que sa main empoigne mon sexe tendu dans mon jean. Elle passe dessus, appuie assez fortement pour me donner envie de le libérer. Cette fille va me rendre dingue. Ma bouche quitte la sienne, descend le long de son cou. Je libère l'un de ses seins en le faisant passer par-dessus sa lingerie. Ma bouche vorace s'en empare. Je l'embrasse, le caresse. La taille est parfaite. Alors que ma bouche descend, glisse sur son ventre déposant sur son passage des myriades de baisers, ses mains se glissent dans mes cheveux et son corps gigote sous ma bouche. Elle tire sur ma tignasse.

— J'aime tes cheveux, gémit-elle.

Je repense à notre petite conversation au bar, et j'esquisse un sourire contre sa peau. Je déboutonne son pantalon, relève les yeux à l'affût d'un signe de protestation de ma belle mais quand elle voit que je m'arrête, elle se redresse et son regard fiévreux me laisse clairement comprendre ses envies. Sa tête bascule en arrière alors que ma langue glisse plus bas vers la lisière de sa lingerie. Je n'ai qu'une envie, la dévorer. Elle se tend sous moi, relève le bassin à la recherche de ma bouche. Putain, une vraie gourmande, cette fille ! Une fois son pantalon retiré, je refais le chemin inverse en souriant. Je la sens frustrée, je sais ce qu'elle attendait. *Patience, poupée, on a toute la nuit…* Allongé près d'elle, je me redresse sur mon coude, la surplombe, la détaille avec attention. Elle est si belle, mon doigt glisse le long de sa joue jusqu'à son sexe. Elle est carrément trempée. Alors que je commence à la caresser elle se cambre sous ma main, gémit contre mes lèvres.

J'accélère la pression de mes doigts sur sa petite boule gonflée. Ses râles s'intensifient, se font de plus en plus bruyants. Son visage se crispe, elle est magnifique. Pour étouffer ses gémissements, je presse ma bouche contre la sienne, me nourris de son plaisir, de sa jouissance. Pour la mener au bord du gouffre, j'insère un doigt en elle, puis un second. Je sens son corps trembler contre le mien, les poils de ses bras se dresser, ses pieds se crisper et ses mains tirer sur mes cheveux. Elle est sur le point de défaillir quand ses deux mains se posent à plat sur mon torse.

— Nate, Nate, attends.

Je m'éloigne, récupère ma main, la dévisage. Une étrange grimace déforme ses traits.

— Qu'est-ce qu'il y a ?

— Je vais… J'ai envie…

Ni une ni deux, elle se lève précipitamment, court jusqu'à la salle de bains, referme la porte derrière elle et vomit, si j'en crois les bruits qui proviennent de la pièce adjacente. Putain de merde ! J'avais raison, elle était vraiment complètement bourrée. Fait chier !

— Emilie, ça va ? Tu as besoin d'un coup de main ? crié-je derrière la porte.

— Non, va te coucher, je…

Elle ne termine pas sa phrase que de nouveaux reflux la gagnent. C'est avec une trique d'enfer à m'en faire mal que je me glisse sous la couette dans l'espoir qu'Emilie n'ait pas oublié tout ça demain.

Chapitre 23

Où suis-je ? Que s'est-il passé hier ? Qu'ai-je bien pu faire ?

Voilà les questions que je ne cesse de me poser depuis que j'ai ouvert les yeux. Ma tête me fait horriblement mal et mon estomac se tord dans tous les sens. J'ai un arrière-goût désagréable dans la bouche, renforcé par mon black-out. Et pourtant, malgré tout, j'arrive à me sentir bien. J'ai dormi comme un bébé, seuls mon amnésie partielle, ma tête et mon estomac viennent perturber mon réveil.

Je suis couchée sur le côté, une baie vitrée en face de moi m'offre une vue imprenable sur des centaines de vignes. Oh mon Dieu… Le vin, la panne de ma voiture, le bar… Outch ! Comme une gifle en pleine tête, des bribes de la veille me reviennent en mémoire. Par contre, impossible de me souvenir de comment s'est terminé la soirée. Je me souviens uniquement d'avoir papoté pas mal de temps avec un homme peu séduisant qui a passé sa soirée à me raconter ses divorces successifs.

Premier indice, je distingue un bras qui repose contre moi et me maintient fermement contre un corps chaud et musclé. Je n'ose pas bouger de peur de réveiller celui qui se tient derrière moi.

Je lève avec précaution la couette qui me recouvre. Saperlipopette, je suis en string et en soutif ! Oh punaise, je m'inflige une gifle mentale… J'ai dormi, pratiquement nue, avec un homme que je ne connais pas… Peut-être marié, qui plus est, et du coup j'ai contribué à son infidélité. Ne plus jamais boire ! Ne plus jamais boire ! Voilà ce que ça donne quand on noie sa tristesse et sa frustration au passage dans l'alcool. D'ailleurs il est où, Géant Vert ?

— Alors bien dormi, poupée ?

Comme si ledit connard avait entendu mes pensées, Nathanaël se réveille et me fait l'honneur de m'indiquer sa présence. Les muscles que je contractais se détendent à l'instant où j'entends son chuchotement contre mon épaule. Sa voix rauque est horriblement sexy et me donne envie de me retourner pour lui faire face. Mais alors que son bras me rapproche de lui, je me tends de nouveau. Mon Dieu, faites que je n'ai pas couché avec lui hier soir et que j'en sois incapable de m'en rappeler. Il a l'air nu lui aussi, je le sens quand les poils de ses jambes viennent frôler les miennes. Notre proximité est telle qu'un petit pois pourrait être broyé entre nos deux corps. Il se colle à moi, à un tel point que je sens une bosse contre mes fesses.

— Nathanaël ? dis-je, gênée.

— Oui, poupée ?

Oh mon Dieu… Cette voix…

— Dis-moi que c'est la télécommande qu'il y a entre nous… le supplié-je.

Je n'ai pas le temps de réagir que Nathanaël me retourne et se place au-dessus de moi. Ses cheveux désordonnés lui confèrent un look à la fois sexy et attendrissant. Mes mains n'ont qu'une envie : se glisser dedans.

Ses yeux sont rieurs, un sourire insolent déforme ses traits.

— Non, ce n'est pas la télécommande, crois-moi je préfèrerais. T'es prête à remettre ça, poupée ?

Il insiste bien sur le dernier mot. Mes yeux s'arriment à ceux du beau gosse. *My god*… J'ai donc bel et bien couché avec lui hier et je ne suis même pas capable de m'en souvenir. Je panique. J'ai besoin d'air. Qu'est-ce que j'ai fait, nom d'une pipe ? !

Nathanaël a l'air chaud bouillant, il se maintient sur ses avant-bras pour ne pas faire pression sur moi. Tout en me surplombant, il caresse les quelques mèches qui viennent troubler ma vue.

— T'es très jolie au réveil, Emilie, j'ai encore plus envie de toi.

Mayday, mayday ! Tous mes signaux sont au rouge. Ses lèvres s'approchent, prêtent à entrer en collision avec les miennes. Mon cœur s'emballe, ma respiration s'accélère, mes yeux le fuient. Oh pu-naise…

Il n'est plus qu'à quelques millimètres, je sens son souffle contre ma bouche. Je ferme les yeux, à la fois impatiente et anxieuse, mais rien ne se passe. Au lieu de ça, je ressens comme un vide immense et un froid glacial prendre possession de mon être. Surprise, j'ouvre les yeux et découvre Nathanaël un peu plus loin, écroulé de rire. Euh… Il vient de se passer quoi, là, au juste ?

— Tu te rappelles rien, avoue.

— Si, bien-sûr que si… enfin je crois, mens-je.

— Alors que s'est-il passé ? me défit-il.

— Bah, enfin… tu vois quoi… dis-je en alternant un doigt entre lui et moi.

Nouvelle crise de rire. Punaise, je ne vois pas ce qu'il y a de drôle là-dedans. Je me suis envoyée en l'air avec THE bombe atomique et je ne suis pas fichue de m'en souvenir. Plus merdique comme réveil, y'a pas !

— Crois-moi, poupée, si on s'était envoyés en l'air, impossible que tu l'oublies.

Je lâche malgré moi un soupir de soulagement. Je ne m'étais même pas aperçue que je retenais ma respiration depuis quelques secondes. Il ne s'est rien passé, alléluia ! Ça fait un bien fou de le savoir.

— Mais s'il ne s'est rien passé, pourquoi on est tous les deux à moitié à poil et dans le même lit ?

Au même moment, je tire la couette jusqu'à moi pour me cacher. Une pudeur qui arrive bien assez tard, mais tout de même ! Quand Géant Vert me voit faire, il s'amuse et tire de nouveau sur la couette pour me la retirer.

— Tu vas arrêter oui !

— Oh ça va hein, hier tu n'étais pas aussi pudique que ça.

— Qu'est-ce qu'il s'est passé ? réitéré-je.

— Rien, t'inquiète, t'étais juste complètement bourrée, et puis d'ailleurs je croyais que tu étais en couple ? Hier tu m'as certifié ne plus l'être. Alors Milou, il est où ton prince charmant ?

Énervée, je tire avec plus de force que je ne l'aurais voulu la couette. Le geste est tel que Géant Vert perd l'équilibre et tombe à la renverse. Je l'évite de justesse et me lève sur mes deux pieds. Mes vêtements traînent par terre, je les attrape et cours en vitesse jusqu'à la salle de bains. Il me faut de l'air !

Il faut que je reste loin de cet homme désirable à souhait, sexy à s'en damner et aussi corruptible que Satan en chair et en os !

Une fois habillée, je reviens dans la chambre, pensant trouver Nathanaël lui aussi vêtu. Mais non, le bougre m'attend, allongé de tout son long avec pour seul vêtement son boxer. Un bras par-dessus son visage, il a l'air apaisé, calme, détendu. Je m'approche doucement et m'aperçois qu'il dort. Petit père, il est tout mignon comme ça. Ses tatouages attirent mon regard. Ils sont magnifiques, un assemblage de symboles polynésiens, de rouages d'horloges et des phrases inscrites dans une langue et un alphabet que je ne connais pas. Un prénom attire mon attention. Lucie… Qui peut-elle bien être ?

La tentation est trop forte. Du bout des doigts je touche les lettres qui recouvrent sa peau. Elle est douce et, sous la pulpe de mes doigts, je sens les reliefs du dessin sur sa peau. Ils sont si beaux, si mystérieux, et ce prénom près du cœur…

Mes caresses ont dû le réveiller car il se saisit de mon poignet au même moment sans pour autant ouvrir les yeux. Sa poigne est ferme, tellement qu'elle m'en ferait presque mal. Mon souffle se coupe, mon cœur s'emballe. Ses sourcils se froncent en signe de mécontentement. Je ne le reconnais pas.

— Qu'est-ce que tu fais, Emilie ?

Son ton est sévère, ferme. Même son timbre de voix est différent. Pourquoi agit-il de cette manière ? S'il souhaitait garder un secret, il n'avait qu'à pas l'exposer comme une galerie d'art sur sa peau.

— Désolée, j'aurais pas dû, je n'ai pas pu m'empêcher d'y toucher, ils sont si beaux, dis-je, gênée.

— Eh bien, la prochaine fois, touche-toi le cul ! s'énerve-t-il.

Il me bouscule, me laisse là, comme une idiote, assise sur le matelas à le regarder s'habiller. Il ne pipe pas un mot et ne desserre pas la mâchoire. Qu'est-ce que j'ai bien pu faire pour l'énerver à ce point ? C'est tout de même lui qui s'est rendormi pratiquement nu…

— Allez viens, on se casse, on va faire remorquer ta voiture et rentrer.

Je ne proteste pas, passe devant lui alors qu'il tient la porte de la chambre ouverte et le bouscule au passage. Non mais quel con, ma parole !

Chapitre 24

On a fait remorquer ma voiture et j'ai pu avoir un véhicule de location par le biais de mon assurance. Le garage m'a indiqué que les réparations devraient durer une petite semaine. Du coup je suis bonne pour un nouveau week-end en Vendée. Génial ! Cette fois-ci, par contre, hors de question d'emmener l'abruti qui se tient à côté de moi.

Non mais c'est quoi son nouveau coup de sang ? Ce mec change d'humeur comme de chemise, c'est pas croyable. Quelques instants plus tôt, il était joueur, charmeur, terriblement séduisant. Des images de son torse musclé recouvert de dessins s'immiscent malgré moi dans mes pensées et suffisent à réchauffer ma peau. Punaise, il était vraiment beau et sexy. Surtout sexy ! Pourtant, à l'instant où ma main l'a touché, il s'est brusquement redressé, changeant du tout au tout. Et s'il me cachait des choses ? Et si finalement on avait bel et bien couché ensemble et que j'avais été pathétique ? Faut dire que vu dans l'état dans lequel je devais me trouver pour ne même plus être capable de me souvenir de ce que j'ai fait, je n'ai pas dû être au top. Quoique… peut-être que justement j'ai été beaucoup trop libérée et que j'ai agi différemment de celle que je suis habituellement. *Argh !* J'en ai marre de ne pas me souvenir. Son air taquin de ce matin, me faisant croire qu'il s'était peut-être passé quelque chose entre nous n'affaiblit pas mon questionnement interne.

Je conduis, les mains crispées sur le volant, le visage fermé fixant la route droit devant, lorsque mon téléphone vibre dans ma poche. Je ne réponds pas, si c'est important ils laisseront un message. Je jette tout de même un coup d'œil à Nathanaël qui tire toujours la tronche. Nouvelle fixation sur la route. Punaise, on n'est pas rendus ! Je monte le son de la radio, change de musique me contentant des stations locales puisque je ne peux pas connecter mon smartphone en Bluetooth, et bougonne. Je trépigne sur mon siège, m'énerve quelque peu. J'ai envie d'avoir une conversation avec lui, de mettre les choses à plat. J'ai besoin de savoir.

— Écoute, Natha…

Je suis coupée dans mon élan. Mon téléphone sonne de nouveau. Mon copilote tourne le visage vers moi, attendant la suite de ma phrase.

— Tu peux prendre mon téléphone dans ma poche et voir de qui il s'agit ?

D'un signe de tête, je lui indique la poche de mon pantalon. Ça ne me fait pas plaisir de lui demander une telle « faveur », mais je n'ai pas d'autre solution. Je ne me vois pas m'arrêter sur le bas-côté, j'ai toujours peur de redémarrer ensuite, et la prochaine aire de repos est à plusieurs mètres. Je l'aurais bien sorti moi-même, mais sur l'autoroute, ce n'est pas raisonnable. Nathanaël hoche la tête et s'approche de moi. Je soulève mon bassin pour lui faciliter l'accès à la poche de mon pantalon. Au moment où je sens ses mains sur moi, je m'échauffe.

Punaise, Emy, calme tes ardeurs, ce mec vient de t'envoyer bouler il y a quelques heures pour un rien.

— Il y a marqué « Mama Sabourin », je décroche ?

Mince…

— Oui, vas-y, dis-je, tendue. Tu peux mettre le haut-parleur, s'il te plaît ?

— Allô ?

— Oui, Emilie, c'est moi, je t'appelle car il y a eu un problème…

J'entends du bruit, des gyrophares. Ma respiration s'accélère, mon cœur s'emballe. Je tente de me maîtriser, avise la bande d'arrêt d'urgence et m'arrête sur le bas-côté. J'attrape le téléphone des mains de Nathanaël et reprends la conversation.

— Qu'est-ce qu'il se passe ?

— C'est ta maman… Elle a allumé une bougie et ça a pris feu.

— Quoi ? ! Mais comment va-t-elle ?

— Elle est emmenée à l'hôpital pour faire un contrôle car elle a inhalé pas mal de fumée. Les pompiers préfèrent lui faire passer un bilan et la laisser sous oxygène et sous surveillance. Je suis désolée, Emilie, je t'ai appelée dès que j'ai su. L'appartement est en piteux état, enfin surtout le salon, mais heureusement ça ne s'est pas propagé, ta mère a eu le bon réflexe de venir me voir et de fermer la porte derrière elle. Pour une fois elle n'avait pas oublié les consignes d'urgence.

— J'arrive tout de suite, Mama, je suis sur la route, j'en ai encore pour une petite heure.

— Pas de problème, ma petite, ne t'inquiète pas je m'occupe de tout. Je t'envoie l'adresse de l'hôpital dès que ce charmant pompier me l'aura donnée.

Je raccroche prête à reprendre la route au plus vite mais Nathanaël dont j'avais complètement occulté l'existence pose sa main sur la mienne. Merde ! Je l'avais complètement oublié celui-là et c'est clairement pas le moment. Oh zut ! Il faut en plus que je fasse un saut par chez moi pour le déposer à sa voiture. Ça s'agite dans mon esprit, je réfléchis à l'itinéraire, calcule les éventuels bouchons, réfléchis à comment me débrouiller avec l'assurance. Et ma mère… Mon Dieu… elle aurait pu y rester. Que ce serait-il passé si elle n'avait pas suivi mes consignes ? Comment a-t-elle pu se procurer une bougie, je lui avais formellement interdit d'en acheter, j'ai déjà réussi à éliminer de son logement tous les risques possibles tels qu'une gazinière, le fer à lisser ou à repasser… Il faudrait peut-être que je réfléchisse à l'installer chez moi ? Ou bien à la placer… J'en sais…

— Emilie !

Mais même la présence de Nathanaël n'arrive pas à me détourner de mes pensées. Je pense. Vite. Il faut que je trouve une solution à tous les problèmes. Comment faire ? Je pourrais peut-être prendre rendez-vous avec le maire, ou bien une assistante sociale. Et son logement, est-ce uniquement le salon ou bien les autres pièces qui ont pris feu ? Et la route ? J'entends bien que Nate me parle, mais mon esprit est tellement concentré qu'il m'est impossible de le comprendre.

Ses mains se posent sur mon visage. Ses yeux s'arriment aux miens. Mon souffle se coupe, mon esprit se vide totalement en l'espace d'une seconde.

— Emilie… répète-t-il.

Ses pouces glissent sur le haut de mes pommettes, essuient les larmes que je n'avais pas senti couler. D'un regard bienveillant, un sourire chaleureux, il tente de me ramener à la réalité. Mais ma réalité c'est elle, j'aurais dû me douter qu'en n'allant pas la voir ce week-end j'allais perturber ses habitudes. Tout est ma faute ! Si seulement j'avais été là… Si j'avais fait le plein moi-même, on n'en serait pas là.

— Emilie, inspire jusqu'à quatre et expire jusqu'à quatre.

1… 2… 3… 4…

— Recommence.

1… 2… 3… 4…

— Encore.

1… 2… 3… 4…

— Ça va mieux maintenant ?

J'opine. Dois-je avouer que ce sont plutôt ses yeux qui m'ont aidée ?

— Allez, descends et viens à ma place. Je nous ramène, tu n'es pas en état de conduire. Profites-en pour faire une sieste, tu en as besoin.

Je ne refuse pas. Vu comment je tremble, il y a en effet énormément de risques que j'encastre la voiture dans un mur, une glissière de sécurité ou même dans un autre véhicule. Alors que je sors pour faire le tour de la voiture, Nathanaël me surprend. Il m'attrape par le bras et me colle contre lui. Je me crispe au début, la dispute de ce matin toujours en tête, mais lorsqu'il me serre un peu plus près et que sa bouche se pose sur le haut de mon crâne je me détends. J'ai envie de lutter, je ne veux pas être attirée par lui, je ne veux pas ressentir tout ce que j'éprouve dès que je suis contre lui, mais c'est plus fort que moi. En une simple étreinte je me sens terriblement bien et j'arrive enfin à souffler et à faire abstraction des tracas qui emplissent ma vie.

Chapitre 25

— Emilie, réveille-toi, nous sommes arrivés.

Une main caresse ma joue, tente de me tirer du sommeil. Je m'étire, ouvre les yeux et regarde où je suis.

— Qu'est-ce qu'on fait là ? Pourquoi on n'est pas chez moi ? demandé-je en me souvenant tout d'un coup de tout ce qu'il s'est passé avant de m'endormir.

Je reconnais immédiatement la façade de l'hôpital qui se trouve à proximité de chez ma mère. Nathanaël paraît gêné, du coup je lui fais les gros yeux pour qu'il me réponde.

— Excuse-moi, ton téléphone a sonné de nouveau pendant que tu dormais, j'ai répondu et ta voisine m'a communiqué l'adresse. Je me suis dit que…

— Que quoi ?

— Que tu aimerais que je sois là plutôt que d'être seule.

Je fulmine. Comment ose-t-il répondre à ma place ? Comment ose-t-il s'immiscer dans ma vie alors que je ne lui ai rien demandé ? Il y a encore quelques heures il m'envoyait bouler car justement il ne voulait pas me dévoiler une partie de son passé et moi je devrais carrément lui détailler mon passé, mon présent et même mon futur pendant qu'on y est ? Car soyons clairs, vu ce qu'il s'est passé, ça va forcément conditionner mon avenir.

— Écoute, c'est très gentil de ta part, Nathanaël, mais ça va aller, je préfère gérer ça seule.

— Mais maintenant que je suis là… c'est débile, autant que je t'aide comme je peux.

Non mais il va me lâcher la grappe, oui ? Hors de question qu'il voie l'état de ma mère. Qu'il comprenne sa démence. Qu'il sache à quel point son stade est avancé, et qu'il anticipe par la même occasion mon éventuel état à moi aussi d'ici quelques années. En règle générale, cette maladie atteint les personnes d'un certain âge et s'apparente à un signe de vieillesse. Mais dans le cas de ma mère, les premiers symptômes étant apparus avant la soixantaine, ça ne relève plus de la vieillesse. En plus, sa santé se dégrade de plus en plus vite. Il n'y a plus aucun doute, il s'agit bel et bien de la maladie.

Elle peut être héréditaire et apparemment il existe des tests pour le découvrir. Mais ils sont coûteux et peu fiables. Des recherches sont menées pour pouvoir un jour le dépister via une simple prise de sang, malheureusement pour moi ce n'est pas encore le cas et je dois vivre jour après jour avec la crainte de voir ma mémoire flancher jusqu'à se dégrader au stade de ma mère. Mais au fond de moi j'en suis persuadée… je le sais… ma mémoire me fait déjà défaut.

— Écoute, prends la voiture, j'appellerai un taxi pour rentrer chez moi. Merci beaucoup Nathanaël, on se voit la semaine prochaine pour le reste des préparatifs.

— Mais, Emilie ?

— Quoi encore ? lui dis-je, un peu trop sèchement.

— C'est fini, on a terminé toute la liste de Lara. La prochaine fois qu'on se voit, ce sera pour préparer la salle.

— À la bonne heure, nous voilà enfin débarrassés l'un de l'autre. Laisse les clés dans ma boîte aux lettres.

— T'es sûre de toi ?

— Ouais, sûre et certaine, dis-je en me dépêchant de rejoindre ma mère.

J'arpente les couloirs de l'hôpital, me présente à l'accueil pour connaître son numéro de chambre. À peine l'ai-je trouvée que j'avise au fond du couloir Mama Sabourin qui me prend dans ses bras. Comme une enfant je m'y blottis et l'étreins à mon tour. Retrouver la chaleur de cette femme chez qui j'allais me réfugier pour boire un café quand l'état de ma mère empirait me fait du bien.

— Comment va-t-elle ?

— Ça a l'air d'aller, je crois qu'elle ne se rend pas bien compte de ce qui s'est passé.

— C'est de pire en pire…

— Je t'ai déjà dit que je voulais bien la prendre à la maison et m'en occuper. Quand vas-tu te décider ?

— Ce n'est pas à toi de faire ça. C'est ma mère. Ma responsabilité. Je vais la prendre chez moi, c'est la seule solution, je ne me vois pas la placer.

— Écoute, ma petite, tu as ta vie, moi j'ai déjà fait la mienne ; tu n'as pas à gérer ça toute seule.

— Mais…

— Il n'y a pas de « mais ». Allons la voir, elle t'a réclamée.

Savoir que ma mère souhaite me voir me fait plaisir. Ces derniers temps, elle avait du mal à me reconnaître et me confondait avec une personne de son passé. Je pousse la porte et la découvre allongée sur son lit d'hôpital. Son visage s'illumine quand elle me voit et je ne peux m'empêcher de ressentir un pincement au cœur en sachant que ça sera éphémère. Je presse sa main dans la mienne, dépose un baiser sur le haut de son crâne.

— Tu m'as fait une peur bleue. Je t'avais dit de ne pas te servir d'allumettes ni de briquet. Qu'est-ce qui t'est passé par la tête ? la sermonné-je.

— J'ai retrouvé une vieille bougie à la vanille, je voulais que ça sente bon à la maison.

Je suis triste, une larme coule le long de ma joue. Je n'aime pas lui faire la morale, ni la disputer, mais son étourdissement aurait pu causer beaucoup plus de dégâts qu'il n'y en a déjà. Alors que je suis sur le point de me reprendre et d'adopter une posture plus agréable envers ma mère, on frappe à la porte. Étonnée, je détaille Mama qui me fixe avec les mêmes interrogations. Peut-être un médecin…

— Oui ? Entrez.

Alors que j'imaginais une blouse blanche et un homme aux cheveux grisonnants, c'est ce petit con de Nathanaël qui se trouve face à moi. La mine contrite et l'air penaud, il tend du bout du bras mon sac à main comme s'il dressait entre nous un drapeau blanc.

— Tu l'as oublié dans la voiture, je me suis dit que ça te serait utile. Ton téléphone est à l'intérieur et j'imagine que ton argent aussi.

J'ai envie de l'étriper d'être ici. En répondant à Mama et en écoutant ma conversation il a dû déjà s'imaginer pas mal de trucs. Maintenant, il va être vite fixé.

Pourtant, je vois bien que son geste est innocent. C'est écrit sur son visage. Je m'avance pour prendre le sac et le remercie. Alors qu'il est sur le point de nous quitter, Mama, qui est du genre commère et compagnie, tousse bruyamment à côté de moi. Qu'est-ce que je m'imaginais au juste ? Que tout le monde allait faire comme si cet homme qui doit enflammer des culottes avec un simple regard allait passer inaperçu ? Je suis bête, parfois.

— Nathanaël, je te présente la voisine de ma mère que tu as déjà eue au téléphone.

— Enchanté, madame Sabourin, répond-il en offrant une poignée de main à Mama.

— Oh tu peux m'appeler Mama, mon petit. Emilie ne nous avait pas dit qu'elle avait un amoureux.

— Ce n'est pas mon amoureux, rectifié-je.

— Si tu le dis, ça en a tout l'air pourtant.

— Et moi, je n'ai pas le droit d'être présenté à mon futur gendre ? s'agace ma mère.

Et voilà maintenant ma mère qui la ramène. Creusez ma tombe que j'aille m'y cacher !

— Enchanté, madame Moreno.

Ce petit con s'amuse de la situation, je le vois avec son sourire espiègle qui étire ses traits. Il va jusqu'à faire un baisemain à ma mère, c'est vraiment du n'importe quoi. Bras croisés sur la poitrine, je tape du pied en signe d'impatience. *C'est bon tu t'es présenté maintenant tu peux partir…*

— Alors quand est-ce que vous allez demander ma fille en mariage ?

— Maman !

Géant Vert rigole tandis que moi je pique un fard. Je fais les gros yeux à ma mère. Mais tout d'un coup son visage change. Comme un voile devant les yeux, elle se perd dans ses pensées, dans ses souvenirs, et je sais ce que cela implique.

— S'il vous plaît, mademoiselle, vous pourriez m'apporter mon dîner ? J'ai un important rendez-vous demain et je souhaiterais me coucher tôt.

Mes épaules s'affaissent. Je sais qu'elle est partie. Je ne réplique pas, tente de rentrer dans son jeu pour ne pas l'énerver. Si elle se confond dans ses pensées, ça pourrait amener une grosse crise que seuls des anxiolytiques pourront calmer.

— Bien madame, j'y vais.

Je sors de la pièce, suivie par Nathanaël. Alors que je m'attendais à une myriade de questions, il se contente de me prendre contre lui et de me serrer dans ses bras. Je me relâche, profite de la douceur de ses bras et souffle enfin. Ça fait un bien fou et me donne le courage d'y retourner. Du courage… c'est bien tout ce dont je vais avoir besoin.

— Merci, Nathanaël.

— De rien, Emilie…

Alors que je m'éloigne pour entrer de nouveau dans la chambre, je suis bloquée par Mama.

— Mais…

— Rentre avec ton ami, je m'occupe de ta mère. Tu sembles épuisée. Allez, file ou je me fâche.

Je la prends dans mes bras et la remercie. Nathanaël, qui a tout suivi, m'attrape par la main, m'offre un sourire chaleureux et me glisse à l'oreille.

— Allez viens, poupée, je t'offre à manger !

Chapitre 26

Aucun de nous ne parle. Nous sortons de l'hôpital dans le calme le plus solennel. Je sens pourtant que des millions de questions lui brûlent les lèvres, mais à mon grand soulagement il respecte mon silence. Je me perds dans mes pensées, réfléchis au peu de solutions qui s'offrent à moi. La placer ? La prendre chez moi ? Ou la laisser chez Mama ? Dans tous les cas, je n'arrive pas à me résoudre à prendre une décision, je n'arrive pas à accepter son état et sa maladie. C'est plus fort que moi, je rêve sans cesse que, quoi qu'il arrive, un beau matin les crises de démence auront disparu. Comme une petite fille qui joue à cache-cache en mettant ses deux mains devant les yeux, je tente de me voiler la face en contournant le problème. Mais là, après ce qu'il s'est passé, je ne peux plus nier la maladie ni tout ce que ça implique. Je dois faire face à mes responsabilités, et surtout à elle. J'aimerais par moments avoir une mère comme les autres, j'envie mes amies qui ont cette figure maternelle toujours disponible pour leurs filles, qui veille sur elles et les protège. Moi, depuis bien trop longtemps, avant même que je n'aie eu l'âge de prendre mon envol, j'ai dû prendre les choses en main. Jouer au rôle de mère avec ma propre mère. Devoir l'écouter se plaindre sans jamais rien dire, devoir faire face à ses oublis et lui répéter ce que je lui avais dit la veille sans pour autant la vexer, être souriante et disponible quand dans ma propre vie rien n'allait. J'ai dû être forte, bien trop forte et aujourd'hui, je me rends compte que je n'ai plus le courage de tenir bon. Je suis épuisée de tout. Une seule envie : tout envoyer valser. Mais qui serais-je si j'agissais de la sorte ? Une fille indigne ? Égoïste ? Je le sais, je ne serais plus capable de me regarder dans un miroir si je me comportais ainsi, si je ne vivais que pour moi.

Je suis ramenée à la réalité par la main de Nathanaël qui se resserre sur la mienne. Je tourne la tête vers lui et suis happée par tant de douceur. Son visage est un tantinet inquiet, une petite ride s'est formée entre ses deux billes sombres qui me scrutent avec intérêt. Pourquoi est-il si gentil avec moi ? Il a un million de filles qui lui courent après. Je l'ai vu à de nombreuses reprises, ce mec est un véritable coureur. Tout me le crie : son attitude au bar, ses sous-entendus incessants, ou tout simplement le nombre de filles toutes aussi sexy les unes que les autres qui le contactent pour une seule et unique chose.

— Ça va, Emilie ?

Je hoche la tête, même si ce n'est pas le cas. Mais là encore, il est hors de question que je flanche et que je lui montre mes faiblesses. Pour le remercier, je me hausse sur la pointe des pieds pour venir déposer un délicat baiser sur ses joues rugueuses. Une légère barbe recouvre sa peau, ce qui lui confère à la fois un look négligé et diablement sexy. Alors que je m'éloigne de lui, je remarque que ses yeux sont toujours fermés, comme s'il savourait la caresse ou se retenait d'aller plus loin. Sa paume presse la mienne, déclenchant au passage toute une myriade de vibrations dans le creux de mon estomac.

Je le suis jusqu'à la voiture de location. Je ne réplique pas quand je le vois m'ouvrir la portière passager et m'inviter à m'asseoir, avant de s'installer derrière le volant. Je fixe la route à défaut de laisser mes yeux se promener sur son profil. Pourtant, à chacun des feux qui nous ralentissent, je sens son regard sur moi. Je tente de ne pas tourner la tête, de peur de ne pas pouvoir me retenir de lui sauter dessus. Je suis surprise quand je sens sa main s'emparer de la mienne à l'un de nos arrêts. Son pouce caresse avec tendresse le haut de ma main.

Quand Nathanaël se gare je reconnais immédiatement les lieux. C'est un petit restaurant situé sur la place Charles-de-Gaulle de Saint-Germain-en-Laye, avec une terrasse attenante qui offre une vue imprenable sur le château. Nous sommes accueillis par un serveur qui nous propose une table et deux couvertures pour qu'on ne prenne pas froid. Heureusement des lampes chauffantes sont également installées sur la terrasse pour qu'aucun de nous deux ne finissent en bonhomme de neige.

— Un jus de fruit ?

Je devine qu'il plaisante, son sourcil s'arque de manière coquine et je repense fatalement à mes frasques de la veille. Il ouvre en grand la couverture proposée par le serveur et sans me faire prier je me blottis dessous contre lui. Nous regardons en silence le château devant nous. Des lumières au sol l'éclairent, mettant en valeur les pierres et l'architecture du bâtiment. C'est beau et paisible, exactement ce dont j'avais besoin.

— C'est vraiment magnifique ici. J'y suis souvent passée sans jamais prendre le temps de m'y arrêter.

— J'aime bien venir, c'est animé sans pour autant avoir toute l'attraction des grandes villes.

— Je suis sûre que tu amènes toutes tes conquêtes ici !

Ma pique n'était qu'une blague et pourtant je comprends rapidement, vu sa manière de se crisper, qu'il l'a mal pris. D'ailleurs, je sens son corps s'éloigner du mien, créant un vide entre nous.

— Tu ne fais pas partie de mes conquêtes.

— C'est vrai, excuse-moi, je n'ai pas cette chance, moi, dis-je, légèrement vexée.

— Putain, mais pourquoi tu compliques toujours tout ? On passait un moment agréable, c'était sympa et faut encore que tu viennes faire ta chieuse en tapant ta petite crise ! s'emporte-t-il plus que de raison.

— Ma chieuse ? Non mais je rêve ! Je t'ai juste dit qu'en effet nous n'avions jamais été ensemble voilà tout.

— Et à qui la faute ? Tu souffles le chaud et le froid. Un jour tu veux, le lendemain tu me rembarres avec ton prétendu mec. Tu cherches quoi, Emilie, au juste, à part me faire tourner en bourrique ?

Je ne sais pas quoi lui répondre, trop choquée par ses propos. Si moi je ne sais pas ce que je veux, lui n'est jamais très clair non plus. D'un bond, je me lève sur mes pieds.

— Tu vas où, là ?

— Je rentre chez moi, t'as raison autant que la chieuse se casse plutôt qu'elle ruine la soirée.

— C'est bon, ce n'est pas ce que je voulais dire…

— Si, c'est exactement ce que tu as dit ! Ne prends pas la peine de me raccompagner, j'habite à quelques rues, marcher me fera le plus grand bien pour calmer ma petite crise comme tu dis…

— Emilie…

— C'est bon ! Salut, Nathanaël, on se revoit le 8 novembre pour préparer la salle !

Je tourne les talons sans me retourner. Je suis très, mais très énervée. Il me tape sur le système. Ma « chieuse » ? C'est la blague du siècle. Ce mec m'attire pour me repousser toujours un peu plus. C'est quoi son délire ? Souffler le froid et le chaud ? Jouer au jeu du chat et la souris ? Ou bien il vit sur le principe du « fuis-moi, je te suis ; suis-moi, je te fuis ». Punaise, je ne comprendrai jamais rien aux mecs. D'un coup de pied, je tape dans une bouteille qui pollue le sol et repense à notre engueulade de ce matin. C'est qui cette Lucie, au juste ?

Chapitre 27

J’ai les nerfs. Je marche droit devant moi sans vraiment savoir où aller. Mon téléphone vibre dans ma poche. Je l’en extrais pensant qu’il s’agit très certainement de ce petit con qui m’appelle pour s’excuser et je suis déçue de constater en déverrouillant l’écran que ce n’est qu’un rappel pour ma pilule. Faudrait que je pense à me faire poser un implant lors de ma prochaine visite chez le gynéco, ça m’éviterait de stresser en cas d’oubli. Mais bon, dans un sens, si on se dit que ma vie amoureuse est aussi peuplée que le désert de Gobi, et ma vie sexuelle aussi riche que mon compte souvent à découvert, je ne suis pas sûre d’en avoir encore l’utilité. Une seconde vibration me sort de mes pensées, s’il s’agit cette fois-ci d’une nouvelle alerte pour m’enfoncer dans ma dépression, je crois que j’explose l’appareil contre le mur ! Mais en voyant que c’est Lara, je souffle et décroche de soulagement.

— Allô ?

— Milou, c’est moi, ça va comme tu veux ? me demande-t-elle, un brin inquiète.

— Ouais, ouais, qu’est-ce qu’il y a ?

— Hum… Rien… Tu travailles demain ?

— Bien entendu, pourquoi ?

— Mince, peste-t-elle.

— Pourquoi tu me demandes ça ? Qu'est-ce qu'il y a ?

— Eh bien tu vois, ma tante s'est mise en tête de créer ma robe. Non mais sérieux, Milou, je pouvais me la payer. Je n'ai aucune envie de me retrouver avec une robe de mémère.

— Calme-toi. Qu'est-ce qui te dit que ça sera une robe démodée ?

— Non mais, Milou, c'est ma tante Rosie ! Tu la vois me faire une robe sirène ou bien trapèze ? Non ! Je vais me retrouver avec un truc bouffant, avec des froufrous, qui va me faire un cul de dix mètres de large au lieu de me mouler les hanches et faire ressortir mes seins.

— N'importe quoi ! rigolé-je.

— Bon, dis-moi que tu peux essayer de te libérer pour venir avec moi voir ce qu'elle m'a préparé. Elle souhaite me montrer le modèle et prendre les mesures et si j'y vais avec toi je réussirai peut-être à la convaincre de me laisser porter la robe de MON choix.

— Écoute, Lara, tu devrais être contente que ta tante s'investisse, c'est un très beau cadeau.

— Milou, t'es ma témoin, oui ou merde ?

— Ouais…

— Donc viens, je t'en supplie !!!

— OK…

— T'es la meilleure, je vais lui dire qu'on se donne rendez-vous le midi comme ça, ça ne perturbera pas ton travail.

— T'es trop bonne.

— Ouais, c'est souvent ce que me disent les mecs ! rigole-t-elle.

— T'es con, hein ! Allez bisous !

— À demain, Milou, je t'aime.

— Moi aussi.

J'arrive enfin à destination. Mes pieds me brûlent, mes mollets sont tellement contractés que j'ai l'impression d'avoir des crampes permanentes et malgré le froid ambiant je sue comme un bœuf. Va vraiment falloir que je me remette au sport après le mariage !

À peine ai-je franchi le pas de ma porte que je balance mes chaussures à deux coins opposés de la pièce et retombe lourdement sur le canapé. J'attrape le premier coussin qui me passe sous la main et le serre avec force contre mon ventre. C'est apaisant et j'arrive enfin à souffler. Pourtant, je sens des larmes couler le long de mes joues. Toute cette tension accumulée s'évade enfin. Je relâche les épaules, souffle bruyamment et pleure à chaudes larmes. Qu'est-ce que j'ai fait de mal ? Pourquoi le sort s'acharne sur moi ? Que ce soit d'un point de vue sentimental, familial ou même professionnel, rien ne va. Je le sens, je ne vais pas réussir à relever le défi de M. Dupré. En ce moment, tout est trop compliqué dans ma vie. Je me lève, retire mes vêtements et m'endors sur mon canapé, le visage baigné de larmes, enroulée dans un plaid.

*

Je me réveille en sursaut entendant des coups à la porte. Il fait nuit noire, seules les lumières de la rue éclairent la pièce. J'avise l'heure qu'il est sur mon téléphone, les yeux mi-clos. Je les écarquille de stupeur en remarquant qu'il est près d'1 heure du matin. Je me lève, enroule le plaid autour de moi et vérifie dans le judas pour voir qui c'est. Qui peut venir tambouriner à ma porte à une heure pareille ?

À peine l'ai-je reconnu que j'ouvre à la hâte, surprise de voir Géant Vert l'air complètement dépité.

— Nathanaël ? Qu'est-ce que tu fais là ?

Une main posée sur le chambranle, il lève son regard brumeux vers moi. Il sent l'alcool et je remarque immédiatement qu'il n'est pas dans son état normal. À l'instant même où nos regards se rencontrent, je sens une douce chaleur s'insinuer entre mes cuisses. Ses yeux dévient, coulent le long de mon corps et je me rends soudain compte que je n'ai même pas pris la peine de m'habiller. Je resserre le plaid autour de moi. Le rouge me monte aux joues. J'ai chaud, bien trop chaud, et je sais bien pour quelle raison.

— Je peux entrer ?

J'acquiesce et ouvre un peu plus la porte pour le laisser passer. Il a l'air nerveux, regarde autour de lui en découvrant mon environnement. Je danse d'un pied sur l'autre. Resserre encore la couverture autour de moi, comme s'il s'agissait d'un bouclier.

— Qu'est-ce que tu fais là ? répété-je.

— T'es seule ?

Il évite ma question, tourne la tête comme s'il cherchait quelqu'un.

— Oui, je suis seule, avec qui veux-tu que je sois ?

— Ton mec ? Ton mec n'est pas là ?

Je rougis, détourne le regard pour ne pas lui mentir une fois de plus. Du coup, cette fois-ci, c'est moi qui évite sa question.

— Nathanaël, qu'est-ce que tu fais là ?

Je hausse le ton. Je tente de me montrer un peu plus intimidante. Mais alors qu'il fixe de nouveau son regard au mien, je perds toute contenance. Une fois de plus, il ne me répond pas et pourtant j'ai l'impression qu'il n'en a pas besoin. Je lis dans ses yeux une telle passion que c'en est déroutant. Ses pupilles sont dilatées, ses deux billes sombres me scrutent avec intensité. Il ne parle pas, s'avance vers moi et se saisit de mon visage qu'il prend en coupe. Ses lèvres se posent sur les miennes avec une telle puissance que je reste les bras ballants et que j'en perds mon plaid. Sa langue vient rapidement à la rencontre de mes lèvres, leur demandant l'accès et, sous la fougue de son baiser, je me résous à rendre les armes et à profiter. Je remonte les bras autour de sa nuque, glisse ma main dans ses cheveux que j'attrape avec force. Nos bouches se dévorent, nos langues s'emmêlent et nos dents s'entrechoquent. Je sens les saveurs de l'alcool se mélanger dans ma bouche. Son baiser m'enivre, me fait tourner la tête. Une main sur les reins, il me rapproche un peu plus de son corps et je perçois toute l'excitation qu'il ressent.

— Je suis vraiment désolé, dit-il contre ma bouche.

— De quoi ?

— Tu as raison, je ne sais pas ce que je veux.

Je suis surprise, m'éloigne un peu de lui pour pouvoir le détailler. J'ai peur qu'il renonce à aller jusqu'au bout une nouvelle fois. L'attirance que je ressens pour lui à cet instant me fait carrément perdre les pédales, m'ôte tout sens moral, la seule chose dont je suis certaine c'est que je le désire de tout mon être. Je n'en ai rien à foutre d'être un numéro de plus sur son tableau de chasse. Tout ce que je veux à ce moment précis, c'est le sentir en moi. J'en ai ras le bol qu'il prenne des pincettes, qu'il tente de jouer au bon garçon.

— Écoute-moi bien, Nathanaël, si tu fais encore machine arrière, ça sera bien la dernière fois que je t'adresserai la parole.

Les mains sur les hanches, je le défie faisant tomber le plaid le long de mes cuisses. Je fais abstraction de la tenue dans laquelle je me trouve et pourtant quand je le vois planter sa canine dans sa lèvre en détaillant ma lingerie en dentelle noire.

Allumeuse, se moque ma conscience.

J'ai l'impression qu'un ouragan vient de me passer dessus. Je suis toute retournée. Forcée de serrer mes cuisses l'une contre l'autre pour apaiser cette tension qui naît entre elles. J'ai besoin de le sentir en moi, de ne plus réfléchir, juste assouvir ce besoin qui est né depuis le moment où il a posé ses mains sur moi en pleine forêt.

— C'est vraiment ça que tu veux ? Que je te saute comme toutes les autres et que je t'oublie ? Que je te baise sans sentiments ? Tromper ton mec et assumer demain ? Car c'est tout ce que je pourrai t'offrir, Emilie, une nuit et rien de plus.

Sa phrase me glace et pourtant quand il s'approche de moi, pose la paume sur mes hanches et que ses mains glissent à la lisière de ma culotte, sur le haut de mes fesses, ma peau irradie. Le feu et la glace, l'envie et la raison. Je me mords la lèvre, perdue dans ce choix déraisonnable. Qu'en sera-t-il de notre relation après ça ? Pourrais-je ne serait-ce que me regarder dans un miroir une fois qu'il m'aura sautée comme une catin ? À la manière qu'il a de me regarder, je vois que se joue exactement le même dilemme pour lui. Il a peur des conséquences, il a peur que je m'attache. Il a vu à quel point ma vie est merdique et pathétique et il ne veut pas se comporter comme un salaud. Malgré moi, je fonds encore un peu plus devant tant de prévenance mais, au vu de ce que je ressens, il est grand temps d'éteindre cet incendie qui me consume de plus en plus en sa présence. Un petit coup vite fait n'a jamais fait de mal à personne et là j'en ai plus que marre de me prendre le chou.

Sans réfléchir davantage, je hoche la tête, bien consciente qu'il y a de fortes chances que je regrette ma décision. Un sourire insolent s'empare de ses lèvres et je ne peux réprimer l'envie de venir les goûter de nouveau.

Comme si je lui avais donné le top départ, Nathanaël me colle contre son bassin. Son baiser est vorace, limite bestial. Il abandonne ma bouche dévie vers mon cou qu'il mordille. Je deviens un véritable brasier entre ses mains. Les miennes se font soudainement plus pressantes, je déboutonne sa chemise et, l'espace d'un instant, j'ai une impression de déjà-vu. Comme si nous avions déjà fait ça à un moment donné. Mais je n'ai pas le temps de cogiter davantage, il me fait reculer. Mes jambes buttent contre le bord de mon canapé et je me laisse tomber lourdement dessus. Il est debout entre mes cuisses, j'ai la bouche à la hauteur de son torse, si beau, si dessiné. Ma langue passe sur mes lèvres avec avidité, j'ai tant envie de le goûter. Je l'embrasse, lèche le contour de ses muscles qui se contractent sous ma langue, parcours l'encre de ses magnifiques tatouages. Sa main glisse dans mes cheveux, arrache l'élastique qui les maintenait attachés. Ma bouche descend un peu plus bas et alors que je lève la tête, je suis troublée de constater toute la force que je lis dans son regard. Il a l'air terriblement excité. Ses yeux d'un naturel sombre sont désormais aussi noirs que l'ébène. Il se laisse tomber entre mes cuisses et prend possession de ma bouche, il me dévore puis l'abandonne et pointe un peu plus au sud. Sa langue suit le chemin de ma clavicule puis descend vers mes seins qui sont tendus sous ma lingerie. J'inspire bruyamment, gémis presque quand je sens l'une de ses mains s'emparer de l'un de mes seins qu'il fait passer par-dessus le tissu. Il fait rouler la pointe durcie entre ses doigts, m'arrachant un râle. Mon sexe palpite, j'ai besoin de le sentir davantage, pourtant quand il porte mon téton à ses lèvres, j'en perds presque pied et ma respiration se bloque dans ma gorge. Je passe ma main dans ses cheveux comme pour le presser un peu plus contre ma poitrine et l'encourage à continuer. Je sens ses lèvres esquisser un sourire contre ma peau alors que je gémis malgré moi. J'aimerais me taire, ne pas être si expressive, ça ne me ressemble pas. Mais ce qu'il me fait défie l'entendement. Je n'ai jamais éprouvé pareille sensation. La tête entre mes seins, il glisse les mains le long de mes côtes, provoquant par la même occasion des chatouilles qui me torturent sous la rudesse de sa langue. Sa bouche abandonne ma poitrine, suit le même chemin que ses mains quelques instants plus tôt. Je me cambre sous lui comme pour mieux sentir ses baisers, mes mains toujours cramponnées à ses cheveux. Il descend, sa langue dévale mon ventre, jusqu'à mon nombril puis arrive à la lisière de ma lingerie. Je me tends. Anxieuse, j'appréhende la suite. Ses doigts passent sur chaque côté de ma culotte, il lève le regard comme s'il attendait une quelconque autorisation de ma part. Mais je ne tiens plus. J'acquiesce, et alors qu'il fait rouler ma lingerie le long de mes cuisses dans un geste lent et précis, nous conservons le contact visuel. Mon souffle se bloque dans ma gorge, j'ai l'impression de ne plus être capable de respirer. Je sens une vague de chaleur s'insinuer entre mes cuisses alors qu'il souffle sur mes chairs gonflées et brûlantes de désir pour lui. Il dépose de délicieux baisers à l'intérieur de mes cuisses. C'est terriblement érotique et quand je vois son attention se reporter sur mon sexe, je suis forcée de fermer les yeux et de savourer les sensations qu'il fait naître en m'embrassant à cet endroit-là. Je m'agrippe au bord du canapé, comme si le meuble allait me maintenir dans la réalité et le présent. Je sens sa langue s'insinuer entre mes lèvres, tourner autour de mon clitoris, déclenchant des vagues de plaisir qui m'étaient encore totalement inconnues. J'en perds la tête, et sans que je puisse me contenir je gémis bruyamment. Mes joues me brûlent. Ma respiration est complètement saccadée. L'une des mains de Nathanaël abandonne ma hanche et vient s'insinuer entre mes cuisses. Quand je sens son doigt frôler l'orée de mon intimité je me tends et halète en sentant ses doigts me pénétrer. Surprise, je le regarde et constate qu'il ne m'avait pas lâchée du regard. Sa simple manière de me scruter m'électrise et je suis à deux doigts de jouir. C'est tellement érotique ! Mais alors qu'il insère un deuxième doigt en moi, je gémis de nouveau et constate que m'entendre l'excite au plus haut point, ses yeux brillent d'une lueur si intense. Du coup, je ne me cache plus. Je connecte mon regard au sien et lui exprime bruyamment tout ce que je ressens, tout ce qu'il me fait ressentir. Sa cadence s'accélère, sa langue tournoie de plus en plus vite autour de mon clitoris. Il m'aspire, me lèche. La tête renversée, je gémis et explose autour de ses doigts.

Il se redresse tout en continuant un léger massage sur ma boule qui palpite sous ses caresses. Je resserre les cuisses, je n'en peux plus.

— Nathanaël, j'ai besoin de te sentir.

— T'inquiète, bébé, j'arrive.

Ce petit surnom qui pourrait m'insupporter suffit à me tordre l'estomac. Ce que j'éprouve est étrange, c'est à la fois agréable et douloureux. Comment un simple mot peut-il me mettre dans cet état ?

Il se lève, fait glisser son jean et son boxer le long de ses cuisses dévoilant son sexe tendu à l'extrême.

Je me lèche les lèvres, je n'ai qu'une envie, le prendre en bouche. Je n'ai jamais apprécié faire ça, pour la simple et bonne raison que Jonathan ne prenant pas la peine de me satisfaire, je ne voyais pas l'intérêt de lui rendre la pareille. Mais je suis tellement excitée par cet homme que j'ai envie de lui faire ressentir tout ce que lui a pu me donner comme plaisir. Il a été clair, une seule et unique fois, autant faire ça bien !

Je m'avance, prends son sexe entre mes doigts et le porte au bord de mes lèvres. Ma main tremble autour de lui, je ne sais pas trop comment m'y prendre, j'ai peur de mal faire. Du coup je l'embrasse. Tout d'abord timidement puis avidement. Les fragrances de son parfum entourent la peau douce de son sexe. J'enroule ma langue autour de son gland et commence un doux va-et-vient. J'entends le souffle saccadé de mon beau brun qui pose sa main derrière ma tête pour m'encourager. Je suis le rythme qu'il me donne, aspire de plus en plus et prends soin de ne pas lui faire mal en le protégeant de mes dents à l'aide de mes lèvres. Ma langue caresse sa verge. J'exerce une succion assez forte, approfondis la pénétration de son sexe dans ma bouche et tente de le prendre jusqu'au bout.

— Arrête, bébé, sinon je ne vais pas tenir.

De nouveau, une sorte de vague se créée dans mon estomac. Sa main se saisit de mes cheveux et m'empêche de continuer. Pas peu fière de moi, je lève le regard vers lui et découvre son regard fiévreux. Il se jette sur moi. Colle son bassin contre mon sexe. Il glisse entre mes lèvres gonflées, ravivant toutes les sensations qui m'ont enflammée il y a quelques minutes. Ce mec va me tuer ! D'un coup de bassin, je me rapproche de lui. Il attrape son pantalon et en sort un préservatif.

— Prévoyant ? rigolé-je.

— Toujours.

Je ne sais pas comment je dois vraiment prendre sa réponse, mais je ne réfléchis pas et l'embrasse de nouveau une fois qu'il a recouvert son sexe de latex. Mais alors que je suis occupée à enrouler ma langue autour de la sienne, je le sens me pénétrer d'un mouvement brusque. Ma respiration se bloque, mon cri le surprend et il arrête de bouger.

— Ça va ?

— Hum…

Il est large, bandé à l'extrême. L'assaut de son coup de rein m'a entièrement remplie et m'a fait monter les larmes aux yeux. Mais alors qu'il commence à onduler en moi, mon plaisir grimpe en flèche. Je ne peux m'empêcher de le caresser, de l'embrasser. Son corps est tendu et je sens sous mes paumes le dessin de ses muscles qui m'excitent davantage.

— Plus fort, le supplié-je.

Je ne me reconnais plus. Je ne réfléchis plus. Je ne suis que sensations, savoure ses va-et-vient. Je l'entends gémir à son tour et son souffle saccadé contre ma peau suffit à me faire perdre pied. Ses coups de boutoir s'accélèrent, de plus en plus précis, déclenchent en moi une vague de plaisir. J'ai déjà eu des orgasmes et pourtant ce que je ressens en cet instant est bien trop nouveau, bien trop puissant. Je m'accroche à son dos, plante mes ongles dans sa peau comme pour me cramponner à lui. J'ai l'impression d'être ailleurs, de ne plus toucher terre et, alors que je l'entends gémir et bouger de plus en plus en moi, je hurle et explose autour de lui qui m'accompagne au même moment. J'ai des étoiles plein les yeux. Ma vue est trouble, complètement brouillée, et la seule chose que je vois et à laquelle je réussis à me raccrocher est son regard. Lui aussi a l'air ailleurs et, d'un geste possessif et tendre à la fois, il s'empare de ma bouche pour m'embrasser.

Nathanaël se laisse tomber contre moi. Aucun de nous ne parle, trop perturbés par ce que nous venons de partager. Je sais que ce moment exquis est inédit. J'ai l'impression d'être sur un nuage tant je me sens bien et apaisée. Je n'ai jamais éprouvé pareille sensation. Je ne sais pas si pour lui c'est pareil, c'est un homme à femmes après tout, mais moi j'en suis certaine, c'est la première fois que je prends autant de plaisir. Je n'ai jamais été aussi connectée à un homme. Et alors que je pensais qu'il allait vite se rhabiller et se tirer comme le coup d'un soir que je suis, finalement, sa question me laisse pantelante.

— Ça t'embête si je reste ?

J'ai envie de sauter en l'air, de frapper dans mes mains et d'hurler. Peut-être qu'après tout, lui aussi a ressenti la même chose ? Je suis touchée. Extrêmement touchée, et je ne peux m'empêcher de lui répondre en posant ma bouche contre la sienne. Je me colle de nouveau à lui car, si nous ne devons partager qu'une seule et unique nuit, autant en profiter.

Chapitre 28

Les bips incessants de mon téléphone me tirent de mon sommeil. Le corps endolori, je m'étire et attrape l'appareil pour que la sonnerie cesse. J'ouvre les yeux avec difficulté, la nuit a été courte. La lumière du jour m'éblouit et je retrouve peu à peu mes esprits. L'appartement a l'air désert, il n'y a pas un bruit. Je touche la place vide près de moi, les draps sont froids. Comme si j'avais rêvé la nuit dernière, je porte les doigts à mes lèvres. Je suis certaine qu'il ne s'agissait pas d'un fantasme, j'ai bel et bien vécu cette nuit. Fabuleuse, outrageusement érotique et terriblement intense.

On ne s'est pas lâchés de la nuit. Nos bouches étaient soudées l'une à l'autre et on se décollait uniquement pour reprendre notre souffle. Je n'ai jamais rien éprouvé de pareil. Il était tendre, doux et attentionné. Si Géant Vert passe le plus clair de son temps à se la jouer beau gosse séducteur, cette nuit il était avec moi et rien qu'avec moi. Une nuit, c'est tout ce qu'il m'avait promis et pourtant à l'intérieur de moi je ressens l'envie de recommencer. Mais il a été clair. Aucune relation suivie, aucune exclusivité. Du cul pour du cul. Je me demande bien pour quelles raisons il agit comme ça ? Est-ce à cause de ce prénom tatoué sur son pectoral gauche ? Cette jolie calligraphie fine et arrondie dévoilant le prénom d'une femme ? Est-ce que cette femme lui a brisé le cœur ? Mince. Peut-être est-il en couple et j'ai donc contribué à ce que LUI la trompe ? Oh punaise ! J'ai peut-être participé au cocufiage de cette Lucie.

Calme-toi, Emilie… Ne commence pas à te monter le bourrichon !

Encore sur mon petit nuage orgasmique, je décide de sécher le boulot et d'envoyer un message à mes collègues pour les avertir que je bosserai de chez moi aujourd'hui. Je n'ai qu'une envie, me rendormir après cette nuit extrêmement courte. Je m'enroule dans les draps qui sont encore emprunts de son odeur et plonge la tête dans l'oreiller qu'il a utilisé cette nuit. Mince ! Je crois que je commence à péter un plomb. *Une nuit, Emilie… C'est tout ce qu'il t'a promis…*

*

Je me réveille de nouveau à cause de ce fichu téléphone. Si ça continue, il va finir par atterrir contre le mur. J'avise le nom de mon correspondant qui n'est autre que Lara. Oh punaise ! L'essayage de sa robe, j'avais complètement oublié ! Pourquoi ne me suis-je pas mis un rappel ? Je le sais pourtant que j'oublie tout, j'en ai la preuve chaque jour en voyant l'état de ma mère. Il faut que j'instaure des habitudes de vie. Me mettre des alertes pour tout, écrire sur le tableau noir de la cuisine la liste des courses au fur et à mesure, noter dans mon agenda tous mes rendez-vous. Sinon à coup sûr j'oublierai…

Alors que je n'ai pas eu le temps de répondre, je me dépêche de sortir du lit et de filer sous la douche.

Je pourrai peut-être lui faire croire que j'étais en rendez-vous clientèle. J'enfile un jean et un pull large, attache mes cheveux à l'aide d'un élastique et me brosse les dents. Une fois prête, j'en profite pour prendre une pomme dans le frigo, histoire de grignoter quelque chose. Alors que je referme la porte du réfrigérateur, un Post-it rose attire mon regard.

« *Merci pour cette nuit,*
passe une bonne journée, poupée !
Les clés de la voiture sont sur ta table basse. »

Il m'a laissé un mot ! Comme une enfant j'ai envie de sauter et de frapper dans mes mains, mais je me ravise. Peut-être est-ce juste un moyen de ne pas partir comme un goujat. Mais le fait qu'il ne se soit pas sauvé comme un voleur me fait plaisir. Dans un sens, peut-être agit-il de cette manière uniquement car quoi qu'il arrive nous n'aurons pas d'autre choix que de nous revoir. J'en sais trop rien, mais je n'ai pas le temps de réfléchir. Lara m'attend et, considérant le fait que je suis en retard et que malgré ma douche express elle a eu le temps de m'appeler deux fois, j'ai plutôt intérêt à me bouger les fesses.

J'attrape les clés de ma voiture de location, mon manteau, mon sac et file en vitesse.

À peine ai-je franchi le pas de la porte de chez sa tante que Lara me saute dessus.

— Punaise, Milou, mais t'étais où ? Ça fait une heure que j'essaie de t'appeler !

— Relax, Lara, j'ai seulement quinze minutes de retard, c'est pas la mer à boire. Alors, cette robe ?

Elle me fait une moue désapprobatrice et face à sa mine défaite je ne peux m'empêcher de pouffer. Mince, elle est si horrible que ça ?

— Ah tu es enfin là, Emilie, on n'attendait que toi, Lara ne voulait pas commencer sans toi.

Sa tante me claque une bise sonore sur les joues et m'offre une place dans le canapé du salon. Lara, nerveuse, se dirige vers la chambre de sa tante pour aller essayer la fameuse robe. Je suis vite rejointe par ses cousines Stéphanie et Jessica. Une brune aux cheveux aussi noirs que l'ébène et une rousse flamboyante. L'une se comporte comme une peste avec ses propres amies et l'autre, bien que discrète, ne cesse de critiquer les gens dès qu'ils ont le dos tourné. Pas vraiment le genre de filles que j'apprécie, mais Lara les aime et a été élevée avec elles après le décès de ses parents, du coup je n'ai pas d'autre choix que de les supporter.

— Les filles, je me suis permise de vous faire vos robes de demoiselles d'honneur. Emilie, je t'en ai fait une spéciale dans la même teinte ; comme tu es témoin.

Oh quel bonheur, une robe à froufrous, j'en raffole… Je note une petite pointe de jalousie de la part de la tante de Lara. J'imagine qu'elle rêvait de voir l'une de ses deux filles à ma place. Mais cette place, je l'ai méritée. Des années que je suis au côté de mon amie, et je pense que j'ai prouvé ces derniers jours que j'avais largement l'étoffe du rôle qui m'avait été confié.

— Euh, pourquoi la mienne est orange ?

— Bah parce que c'est la couleur du mariage, pardi ! me répond Jessica en levant les yeux au ciel.

— Lara ! hurlé-je.

— Oui ? dit-elle en passant la tête par l'encadrement de la porte.

— Orange ? Sérieusement ?

— C'est ma couleur préférée ! se justifie-t-elle.

— Non mais je vais ressembler à une véritable citrouille avec ta jupe en tulle, encore on serait au mois de juin personne ferait le lien, mais là…

J'entends les deux cousines pouffer dans mon dos. Je me retourne et leur lance un regard assassin – autrement dit : « Rigole encore une fois et je te tue ! »

— Arrête un peu ! Tu vas être magnifique et l'orange ira parfaitement avec tes cheveux blonds !

Bon, dans un sens, vaut mieux l'orange qu'un rose bonbon, si ça avait été le cas j'aurais très probablement ressemblé à un cochon, et Nathanaël aurait été capable de me surnommer Peggy la cochonne à la place de poupée.

Alors que je regarde les cousines de travers, la porte s'ouvre et Lara apparaît. Mon amie est tout bonnement merveilleuse. Le décolleté en forme de V met en valeur sa poitrine. C'est sexy sans que ce soit vulgaire. Ses formes sont soulignées par un bustier qui lui serre la taille et la dentelle est juste magnifique. Je retiens les larmes d'admiration qui menacent de jaillir et me lève pour enlacer mon amie.

— Tu es sublime, lui glissé-je à l'oreille.

— C'est vrai ? Tu ne me dis pas ça uniquement pour me faire plaisir ?

Je perçois le stress qui la gagne. Je sais qu'elle ne veut pas décevoir, sa tante et même si cette robe n'est pas forcément ce qu'elle avait pu imaginer, elle est unique et lui va comme un gant.

— C'est comme tu veux, je peux mentir et dire qu'elle est moche, mais tu es sublime, confirmé-je à voix basse.

Elle souffle de soulagement et m'étreint avec force. Je me laisse aller à la douceur de ses bras et referme les miens autour d'elle. J'ai du mal à la coller à moi, le cerceau sous sa robe m'empêche de la serrer davantage.

— Bon allez, je ne vais pas t'embêter plus longtemps, je sais que tu as du boulot.

— J'ai pris mon après-midi. Tu as quoi de prévu, ce n'est pas la manucure ?

Ses yeux s'illuminent. Elle est à la fois surprise et heureuse.

— Si, mais ne te sens pas obligée.

— N'importe quoi, ça me fait plaisir et ça nous permettra de passer un peu de temps ensemble, et en plus si je ne suis pas là, qui te donnera son avis ?

— Mais qu'avez-vous fait de mon amie ? Toi, prendre un après-midi ? T'es sûre que ça va ? En plus, avec cette mine radieuse et cet air euphorique, j'ai bien l'impression que tu me caches quelque chose ! Vendu ! T'as intérêt à tout me raconter !

— Au fait, il est où ton plâtre ? dis-je en pointant sa jambe du menton.

Je la vois qui rougit, elle détaille sa jambe avec attention et je vois bien qu'elle ne me dit pas tout. Se pourrait-il qu'elle ait exagérée ses soi-disant six semaines d'immobilisation pour que je m'occupe du mariage ? Je n'en sais trop rien… Mais au final ce n'était pas pour me déplaire, car même si au début c'était la course et très stressant en présence de Géant Vert, ça a débouché sur quelque chose de mignon et la nuit qu'on a passée restera à jamais gravée dans ma mémoire.

Lara retourne dans la chambre se changer tandis que je patiente dans le salon. Alors que je sors mon téléphone de mon sac, espérant avoir eu des nouvelles de Nathanaël, les deux pestes s'approchent de moi.

— Alors Emilie, c'est quand l'enterrement de vie de jeune fille ? J'espère que tu as prévu un programme du tonnerre !

— Oui, oui, bien sûr… C'est euh… samedi. Vous êtes disponibles, j'espère ?

— Bien entendu ! On sera là à 8 heures tapantes chez Lara ! Qu'est-ce que j'ai hâte, s'enflamme Jessica.

— Ouais, on va vraiment s'éclater, je suis pressée de voir ce que tu nous as préparé ! renchérit Stéphanie.

Nom d'une pipe en bois ! J'avais complètement oublié cette étape clé du mariage ! Voilà le prétexte parfait pour recontacter Nathanaël.

> URGENT ! HELP ! Tu peux m'aider pour l'EVJF de Lara ? J'ai prévu ça samedi, et dans l'idéal faudrait que ça tombe en même temps que celui de Pierre. Ça ira, c'est pas trop court ? Je me suis engagée auprès des cousines ! S'il te plaît, dis oui !

Sa réponse ne se fait pas attendre.

> Pas de souci, poupée, je m'occupe de ça ! Tu veux un danseur privé samedi après votre soirée ? J'espère qu'elle sera fortement alcoolisée.

Géant Vert est de retour et mon sourire aux lèvres également !

*

Assise côte à côte sur des fauteuils, je sens le regard de Lara peser sur moi. Je jette une rapide œillade dans sa direction qui me confirme que j'ai vu juste.

— Quoi ?

— Tu comptes quand me dire ce qu'il se passe ?

— De quoi ?

— Milou, je suis ton amie depuis plus de vingt ans, je te connais par cœur !

— Je ne vois pas du tout de quoi tu veux parler, feins-je, l'air innocent.

Sacrilège ! Se pourrait-il qu'elle ait vu clair dans mon jeu ? Je sens mes joues s'empourprer et soudainement je ne sais plus où me mettre, je profite de l'arrivée des manucures en pensant qu'elle va changer de sujet. Malheureusement c'était sans compter le manque de pudeur de ma meilleure amie.

— T'as la tronche d'une femme qui vient de se faire baiser.

J'ai un hoquet de surprise pile poil au moment où la manucure appliquait le vernis. Résultat, la femme devant moi tente de contenir le fou rire qui la gagne et je me retrouve avec du vernis qui a débordé de partout.

— Oh je suis désolée, mademoiselle.

— Ce n'est rien, c'est moi.

— Bon, alors tu t'es envoyée en l'air avec qui ? Et ne me dis pas que c'est Jonathan, on n'est pas samedi…

— Et alors ? Je ne vois pas le rapport, dis-je, toujours gênée.

— Roh, arrête Milou, vous deux, c'est aussi prévisible qu'un épisode des *Feux de l'amour*.

— Arrête, oui !

— Alors, c'est qui ce mec ? C'est Nate ! s'exclame-t-elle tout sourire.

— Je ne vois pas du tout pourquoi tu insinues ça, dis-je, le feu aux joues.

— Oh bordel c'est ça ! Putain, c'était quand ? Il baise bien ? Je veux tout savoir.

— Chut ! Sois un peu plus discrète, m'agacé-je, au bord de la combustion.

— Ça va, hein ! On connaît personne, on s'en tape.

Vive Lara et sa grande ganache !

— Bon alors ? Accouche !

— C'est vrai…

— Mais raconte tout !

— T'abuses, Lara ! Oui j'ai couché avec Nathanaël hier soir !

— Oh putain ! J'en étais sûre ! Ça ne pouvait pas en être autrement, toi prendre un après-midi, n'importe quoi… se moque-t-elle en accompagnant sa phrase d'un haussement de paupières. Et Jonathan alors ? Qu'est-ce que tu vas faire de lui ?

— Il m'a largué, Lara…

Malgré les semaines qui ont passé et la nuit que je viens de partager avec Nathanaël, je ne peux réprimer ce pincement au cœur qui me blesse encore aujourd'hui. L'exprimer à voix haute me pèse plus que je ne l'avais imaginé. Je pensais avoir fait le deuil de cette relation et je réalise que non.

— Le connard ! Putain, Milou, je t'avais dit que c'était un gros naze.

Et voilà… Le fameux discours du « je te l'avais bien dit » !

— Bon bah si Jonathan n'est plus dans le paysage, tu vas faire quoi avec Nate ?

— Aucune idée, hier il avait l'air clair, pour lui il ne s'agissait que d'une seule et unique nuit.

— Ah bon ? T'es sûre ?

— Je n'en sais rien…

— On verra bien, je suis certaine qu'il va revenir te courir après plus vite que tu ne le penses.

— Mouais…

— Sinon t'en penses quoi de mes ongles ? demande-t-elle en agitant ses orteils sous mon visage.

Chapitre 29

En ce samedi matin, j'arrive chez Lara un peu fébrile. J'ai profité de mon temps libre pour tout préparer. Un programme au top, finalisé à la dernière minute, les invitations lancées à la volée, et même un groupe sur les réseaux sociaux créé spécialement pour l'occasion. Le but étant que les amies de Lara se connaissent un peu avant le jour J. Même si Lara et moi sommes aussi proches que deux sœurs pourraient l'être, je ne connais que très peu les amies ou les collègues qu'elle côtoie en dehors du travail et mon côté réservé refait évidemment surface. Je n'aime pas me mêler aux autres, j'ai toujours cette impression d'être constamment jugée sur ce que je dis ou fais. Aujourd'hui ne fait pas exception, si mon programme plante ou si l'une n'est pas contente, ça va me retomber dessus et mon rôle de témoin risque d'être critiqué.

Peu de temps après mon arrivée, je vois les premières copines de Lara débarquer. La Serbe Milica tient dans sa main un sachet rempli de viennoiseries, génial ! La deuxième, Lise, une collègue de Lara blonde peroxydée, me tend plusieurs bouteilles de cocktails alcoolisés, parfait ! Et pour finir, la troisième, Chloé, une jeune femme discrète et un brin timide, m'apporte un sac rempli de bêtises. Ses joues s'empourprent quand je regarde le contenu et je ne peux réprimer l'envie de rire. Il est rempli de préservatifs toutes tailles confondues, de sucettes en forme de zizi et de déguisements. La pauvre ! J'aurais peut-être dû désigner quelqu'un d'autre pour cette tâche, mais heureusement, elle a réussi avec brio. Tout est réuni pour pouvoir lancer les défis à mon amie. Bordel ! Lara va me tuer quand elle va savoir que j'ai eu cette idée. Mais je reprends vite mon sérieux quand je vois débarquer les deux cousines, Stéphanie et Jessica. Mes jambes flageolent à l'instant même où je les aperçois. Pourquoi faut-il que je me sente si nerveuse en leur présence ? Peut-être parce que durant notre adolescence, elles n'ont pas cessé de me rabaisser ou de se moquer de moi. Leur jalousie envers moi était sans limite. Ma proximité avec Lara leur sortait par les yeux et elles ont tout fait pour nous séparer. Créant des disputes là où il n'y avait pas lieu. Inviter Lara à des soirées sans me le proposer, alors que j'étais dans la même pièce. Bref ! Ces deux sœurs sont pires que Javotte et Anastasie !

— Bon alors, Emilie, on commence par quoi ? me lance l'une des cousines.

Et voilà, je mastique avec force mon chewing-gum comme une vache qui rumine en tentant de me calmer.

Zen, Emilie, ça va le faire…

— Alors voilà, Chloé a ramené le déguisement, je propose d'arriver en fanfare dans l'appartement et de la déguiser et maquiller. Après, direction Paris pour la deuxième étape du programme.

Je sors de mon propre sac les T-shirts que j'ai pris soin de confectionner. Noirs, simples, avec l'inscription « Équipe de la mariée » en argenté. Je voulais un truc d'un peu plus drôle mais les Miss Casse-bonbons voulaient quelque chose de classe. Je t'en ficherais moi, du classe ! Heureusement qu'elles ne connaissent pas le type de déguisement que j'ai choisi sinon elles auraient de nouveau mis leur véto. Pour un enterrement de vie de jeune fille, la future mariée doit être tout sauf jolie ! Bon à part pour ce soir, on la laissera mettre une tenue de soirée, mais pour l'heure c'est la robe rouge à pois blancs de Minnie, avec un serre-tête avec d'énormes oreilles pour accessoiriser la tenue, un maquillage affreux et des couettes bien hautes pour couronner le tout. J'ai hâte de la voir là-dedans.

— Bon bah on y va, s'impatiente maintenant Jessica.

— On attend encore quelques minutes si tu veux bien.

Elle m'agace, même si je tente de ne pas le montrer.

— Mais qu'est-ce qu'on attend, au juste ? On va pas faire le pied de grue jusqu'à demain, on se les caille dehors !

— On attend Nathanaël, le témoin de Pierre. Il doit nous rejoindre afin qu'on kidnappe les deux tourtereaux au même moment, sinon il n'y aura plus d'effet de surprise.

— Il vient avec des mecs ? s'exclame Lise, soudain intéressée.

Mon Dieu, venez-moi en aide ! Je lève les yeux au ciel en signe d'exaspération et me détourne de cette équipe de choc pour ne pas montrer mon agacement. Ces filles vont me rendre dingue, et on n'a même pas encore commencé réellement la journée.

— Je n'en sais rien, on n'a pas vraiment parlé, on s'est juste mis d'accord sur le jour et l'heure.

Dois-je spécifier les raisons pour lesquelles je suis autant stressée ?

Les garces de cousines sont là et j'ai peur de me planter.

Je n'aime pas être celle qui drive le tout avec des inconnus.

Revoir Nathanaël six jours après qu'il m'a fait passer une nuit ô combien orgasmique.

Revoir Nathanaël qui ne m'a pas donné signe de vie depuis cette fameuse nuit, mis à part pour l'EVJF…

Et merdouille… je recommence avec mes fichues listes !

— D'après Lara, le témoin de Pierre est vachement sexy et en plus célibataire ! Je ne l'ai encore jamais vu, mais j'ai hâte !

— Laisse tomber, Jess ! Le témoin est pour moi, s'il transpire le sexe comme Lara nous l'a dit, je veux qu'il finisse dans mon lit ! surenchérit sa sœur.

Non mais… et puis quoi encore ? ! Bon d'accord j'ai épuisé mon ticket pour le septième ciel. Il a été clair, net et précis, une fois et rien de plus. J'ai espéré bêtement qu'il allait peut-être vouloir remettre ça après son message de la dernière fois, mais là encore il blaguait comme toujours. Je dois avouer que son silence et cette certaine distance qui s'est installée entre nous me fait bizarre. Ne pas le voir dans la semaine, de ne pas recevoir l'une de ses visites surprises ou l'un de ses appels farfelus. Je m'étais habituée à sa présence, à râler sur lui, à me chamailler, et là je n'ai ressenti que du vide. Un vide immense après notre folle nuit passée l'un avec l'autre.

— Bon, il fout quoi… s'impatiente Lise. Si ça continue on va être obligées de se réchauffer avec la vodka !

Alors que je sors mon téléphone de mon sac, prête à lui passer un savon pour son retard, lui qui ne s'est pas gêné pour se vanter de sa ponctualité la seule fois, ou bien les deux fois où je suis arrivée en retard, je vois les mâchoires de Jess et Stéphanie se décrocher. L'air ahuri. La bave au coin de la bouche, les yeux brillants. Je me retourne pour suivre la trajectoire de leur regard avec une vague idée derrière la tête de quoi ou plutôt devrais-je dire de qui est là.

— Poupée ! Quel plaisir de te revoir ! T'es venue avec tes copines, elles ne sont pas mal du tout, dis donc.

Les bras grands ouverts, il avance fièrement vers nous, accompagné de quelques mecs que je ne connais pas. J'ai une soudaine envie de l'étriper. Poser mes mains autour de sa gorge, serrer avec force jusqu'à voir ses yeux lui sortir de la tête… *Arrête, Emilie. Là, tu divagues…*

Alors que j'hésite sur l'attitude à adopter face à lui, il ne me laisse pas réfléchir davantage et se penche pour me faire la bise. Eh bien là comme ça, au moins, c'est clair. Je tente de ne pas montrer ma frustration et reporte mon attention sur ses amis. Deux mecs, plutôt pas mal dans leur genre. Rien à voir avec le beau brun super casse-pied qui me fait face, mais leur physique est appréciable et leurs statures tout aussi agréables au regard.

— Tu ne nous présentes pas tes amis ?

— Mais bien sûr, poupée ! Marc et Julien sont deux collègues de Pierre.

Je m'approche, leur claque la bise naturellement alors que Nathanaël attend que je fasse à mon tour les présentations.

— « Poupée », rigole discrètement Jessica.

— Elle pourrait être parfaite pour jouer dans *La Fiancée de Chucky* vu sa tronche, pouffe l'autre sœur.

Bordel... Si nous n'étions pas aussi pressée et surtout devant autant de monde, je leur pèterais les dents de devant...

— Et vous êtes... ? demande finalement Nathanaël aux deux cousines avec son air séducteur et son sourire qui m'horripile autant qu'il m'excite.

Il est sérieux, là ?

— Jessica.

— Stéphanie.

Les sœurs parlent au même moment. Tellement pressées de pouvoir se présenter et attirer l'attention du bellâtre. Heureusement, les trois autres amies de Lara, elles, se montrent naturelles et se présentent à leur tour sans en faire des caisses.

— Bon on y va ou on se boit un café ?

— Non mais c'est une blague ? Tu te pointes à la bourre et ensuite tu oses jouer le rôle du mec blasé ?

— Oh déride-toi, poupée, je déconne.

— Et arrête de m'appeler poupée ! m'énervé-je.

— Toujours la même rengaine, souffle-t-il, amusé.

Comme les deux sœurs sont en train de se présenter auprès des deux amis de Pierre, Nathanaël en profite pour s'approcher de moi. Ma respiration se bloque, mon rythme cardiaque s'accélère, j'ai les joues en feu et je déglutis péniblement face à sa soudaine proximité. Il attrape l'une de mes mèches qui s'est fait la malle de mon chignon, il l'enroule autour de son doigt. Mon regard ne lâche pas le sien, il se perd dans l'obscurité de ses deux billes sombres. Je suis comme happée par son magnétisme. Attirée malgré moi vers cet homme qui me fascine autant qu'il m'agace. Quand ses doigts frôlent mon oreille pour venir glisser ma mèche juste derrière et que sa bouche s'approche de mon lobe, assez près pour que je sente son souffle contre ma joue, je ne bouge plus, fébrile, et j'attends comme une condamnée mon exécution, ma mise à mort.

— Tu préfères quand je t'appelle bébé, c'est ça ?

Je suis incapable de répondre. Mes jambes flageolent et je n'ai qu'une envie, le sentir de nouveau en moi.

— Bon alors, on y va ? On a deux futurs mariés à aller bizuter ! reprend-il en tapant dans les mains et en rompant aussi vite qu'il a créé ce moment de complicité.

Chapitre 30

Tout se passe très vite. On appuie frénétiquement sur la sonnette, Pierre nous ouvre avec pour seul vêtement un boxer, se demandant très certainement l'objet de notre visite. Il n'a pas le temps de réfléchir qu'on se précipite dans l'appartement. Direction la chambre de Lara. Elle est toujours allongée, l'oreiller sur la tête pour ne pas nous entendre hurler. Je sors une bombe de serpentin et l'en asperge. Elle râle, retire l'oreiller et me fusille d'un regard sombre, mais quand elle remarque ses amies et ses cousines qui m'entourent sa mine énervée est vite remplacée par une bouille remplie d'amour. Ses yeux s'illuminent, brillent d'émotion.

— Surprise !!!! crions-nous en chœur

Je l'attrape par la main et la force à se lever. Merde ! Elle dort en nuisette et ne porte pas de culotte ! Pour protéger mon amie des éventuels regards des garçons, je lui remets la couette sur les fesses et contrains tous les hommes à sortir. Une fois entre filles, j'attrape le sac ramené par Chloé et me dépêche de lui passer la robe par-dessus la tête. Je sors la trousse à maquillage que j'avais préparée, lui dessine vulgairement des tâches de rousseurs, lui tartine les lèvres d'un rouge pétant tout en débordant et recouvre ses paupières d'une ombre qui vire au kaki. Elle est hideuse ! Alors que je suis fière de moi, je me retourne et nargue les cousines. Rien à faire ! C'est moi qui décide !

Quand notre future mariée est prête, nous retournons dans le salon et découvrons Pierre habillé. À mon grand désarroi il porte un bas de jogging et un T-shirt noir. J'aurais plutôt imaginé un costume de poulet, ou un lapin, mais non Nathanaël n'a pas pris la peine de lui concocter un déguisement. Et après c'est moi qu'il traitait de témoin en carton ? *Pfff...*

— Alors les filles, quoi de prévu aujourd'hui ?

— On va... commence Stéphanie.

Je ne lui laisse pas le temps d'en placer une en posant ma paume sur sa bouche et la fusille du regard. Et puis quoi encore ? Il est hors de question qu'il sache ce qu'on va faire. C'est une surprise !

— Ça ne vous regarde pas ! reprends-je.

— Oh allez, poupée, on aurait pu faire un truc ensemble comme au bon vieux temps, dit-il en appuyant sa phrase d'un clin d'œil.

Dois-je y voir là un quelconque sous-entendu sexuel ? *Non, Emilie, arrête de prendre tes rêves pour la réalité. Il se moque de toi, une fois de plus.*

— T'en fais pas pour nous, on va s'éclater ! Allez, les filles, on y va !

— Allez, Milou, laisse-nous au moins prendre le petit déj ensemble, me supplie Lara, le regard similaire à celui d'un labrador abandonné.

— Ouais, allez Milou, s'il te plaît ! En plus vous avez plein de croissants, c'est préférable que je les mange vu tout ce que tu t'es enfilé le week-end dernier.

Non mais je rêve ! Je vais le tuer s'il continue. Et comme une gourde, faut encore que je voie derrière sa phrase une allusion sexuelle en repensant au sexe de Nathanaël entre mes lèvres. Mon Dieu, va vraiment falloir me faire interner.

Trop énervée, je ne réplique pas et m'assois autour de la table du salon. Sans surprise, Nathanaël prend place à côté de moi, tandis que de l'autre s'installe ma meilleure amie et son homme. Les deux garces se jettent sur la place libre à côté de Géant Vert et les autres en face de nous. Juste devant moi se trouve l'un des collègues de Pierre. Un grand blond, la peau trop mate pour être naturelle et les yeux si clairs que je pourrais m'y noyer. Julien, il me semble. Il me fixe avec un peu trop d'insistance et je suis forcée de détourner le regard pour dissimuler ma gêne. J'ai horreur d'être scrutée de cette manière mais je suis forcée de tourner la tête de nouveau dans sa direction quand il s'adresse à moi.

— Alors comme ça c'est toi le témoin *number one* ?

Je ne sais pas trop quoi répondre. Je suis à la fois complètement chamboulée d'avoir l'autre idiot à côté de moi et d'être le centre de l'attention de cet homme tout autant séduisant face à moi. Je souris, niaisement, et hoche la tête. J'essaie de lui montrer un minimum d'intérêt et pourtant mes oreilles s'activent du côté gauche quand j'entends Géant Vert parler à Jess qui glousse comme une dinde. Pourquoi faut-il qu'il fasse cet effet à toutes les femmes ? Moi y compris ! Voyant qu'il a bien décidé de passer à autre chose, et malheureusement avec la cousine de Lara que je déteste, je décide de me venger un petit peu et d'utiliser le jeune homme en face de moi. Je sais, c'est puéril et pas vraiment très cool de ma part, mais l'attitude de Géant Vert également. Œil pour œil, dent pour dent !

— Et toi alors ? Tu travailles avec Pierre, ça fait longtemps que vous vous connaissez ? C'est dommage, il ne m'a jamais parlé de toi.

— Eh bien, moi, il m'avait bien parlé de la meilleure amie de sa chère et tendre en me disant qu'elle était jolie. Mais je ne pensais pas que c'était un menteur.

Je le dévisage. Il vient vraiment de me rabaisser devant tout le monde ? Voyant mon trouble, il reprend, prenant une voix sensuelle et douce à la fois :

— Tu es bien plus que jolie.

Le feu me monte aux joues, Lara siffle bruyamment à côté de moi. Mais alors que les conversations reprennent et que Julien et moi apprenons un peu mieux à nous connaître autour d'une tasse de café et entre deux croissants, je me tends brusquement. Je sens une décharge à l'endroit même où une main se pose sur ma cuisse sous la table. Je tourne la tête vivement vers Nathanaël mais il est toujours en grande conversation avec Jessica et Stéphanie. Je glisse la mienne, tente de pousser sa main, mais il presse un peu plus ma jambe et elle glisse même vers l'intérieur de ma cuisse.

Bordel, j'ai chaud ! Son pouce me caresse, va un peu plus loin entre mes cuisses jusqu'à frôler par moment mon intimité. Personne ne voit sa main, je tente de rester immobile et de paraître naturelle, mais chaque fois que le bout de ses doigts effleure mon épiderme, je me tends et ma respiration se bloque.

Oh mon Dieu ! Il continue de parler comme si de rien était alors qu'il vient carrément de presser sa paume contre mon sexe. Son pouce se fait plus insistant à l'endroit même où mon clitoris se trouve. Le feu me monte aux joues. Ma température corporelle grimpe en flèche et mes mains s'agrippent à la nappe de la table comme à une bouée de secours. Il appuie de plus en plus fort. Ses gestes sont précis. Mes yeux fixent la tasse à café devant moi, j'halète presque. Me mords le poing en détournant le regard et quand je suis sur le point de vriller, je me redresse d'un bond, renversant par la même occasion la tasse à café qui se trouvait face à moi. Le liquide coule sur la table et glisse jusqu'à Nathanaël qui se lève à son tour vivement.

— Putain, tu m'en as foutu partout, Emilie !

— Désolée… Bon allez, fini la pause, on y va ! dis-je, complètement dépassée.

J'attrape ma future mariée par la main et nous sortons de l'appartement aussi vite que nous sommes arrivées, laissant les mecs en plan dans le salon avec le café qui coule maintenant par terre et les miettes de croissants qui recouvrent la table. Lara a à peine le temps d'embrasser son futur époux que je la tire par le bras pour la ramener à moi. Aujourd'hui, c'est une journée sans mecs ! Elle aura tout le temps de l'embrasser et de lui faire faire des folies de son corps le restant de ses jours !

Je sors de mon sac un foulard que je lui noue sur les yeux.

— Mais ?

— Hors de question que tu voies la suite des événements !

Deuxième étape… Le studio de danse.

*

Nous arrivons au studio situé en plein Paris. Heureusement, vu l'heure matinale, il n'y avait aucun bouchon. Je me présente à l'accueil et nous sommes invitées à monter dans la salle qui nous est réservée. Elle est au premier étage et voir Lara les yeux encore bandés qui se guide à l'aide de ses deux mains qu'elle tend droit devant elle pour ne pas se prendre un mur est à mourir de rire.

— Bon allez, Milou, tu ne veux pas me virer ton machin des yeux ?

— Patience !

Quelques minutes, je défais le foulard et Lara écarquille les yeux en regardant autour d'elle. La salle est immense, d'énormes miroirs recouvrent les murs et de nombreuses barres de pole dance sont installées au centre de la pièce.

— Ne me dis pas que…

— Si ! Faut bien que tu prennes des cours pour éblouir ton futur mari.

— Euh, Emilie, tu nous avais parlé d'un cours de danse… Pas d'un truc de pute !

Je vois rouge. Je n'ai qu'une envie : étriper la cousine. En quoi faire du pole dance serait un truc de « pute » ? Je trouve qu'il faut beaucoup de grâce et de souplesse et Lara et moi on a toujours été un peu envieuses de ces filles si sexy qui dansaient autour d'une barre de fer comme s'il s'agissait d'un homme.

— Écoute, si tu penses que ce n'est pas possible pour toi, tu peux toujours nous regarder, rétorqué-je.

— Si t'es capable de le faire, je pense que je peux réussir haut la main !

— Elle ? Impossible, elle a pas le physique pour ça, se moque Stéphanie.

Oh bordel, je vais me les faire !

Une jeune femme d'une vingtaine d'années déboule dans la salle. Elle porte un short très près du corps et une brassière.

— Salut, les filles ! Je m'appelle Emma et je serai votre prof pour les deux heures à venir.

J'envie son corps fin et musclé, qui témoigne de nombreuses heures d'entraînement, et son côté très sûre d'elle. Si seulement je pouvais avoir autant confiance en moi…

— Bon alors, je vous invite toutes à vous placer derrière une barre. La future mariée, tu prendras celle au centre.

Lara trépigne d'impatience. Son sourire s'élargit jusqu'aux oreilles et elle se précipite là où Emma vient de la placer. En bon témoin que je suis, je me mets sur la barre juste à côté pour rester auprès d'elle. Jessica qui boude encore, va de l'autre côté, sans dire un mot de plus. Lise, quant à elle, laisse sa main glisser le long de la barre. Faisant des mouvements répétitifs allant du haut vers le bas comme si elle la caressait. Je la regarde, fronce les sourcils et, quand elle me remarque, elle lance :

— Bah quoi ? J'ai toujours entendu dire qu'il fallait se servir de ces barres comme de la queue d'un homme.

Cette fille est folle ! On explose toutes de rire, la prof y compris. La seule qui reste silencieuse et qui rougit, c'est Chloé, à côté de moi, et d'un geste rassurant je lui presse l'épaule affectueusement, comme pour l'encourager.

— Les filles, je ne me sens pas trop d'attaque, si ça vous embête pas je m'assois et je vous filme, ça nous fera de super souvenirs ! propose Milica.

La pauvre, je ne savais pas qu'elle était enceinte. Même si elle est encore loin du terme, on remarque facilement une petite bosse pointer sous son T-shirt noir.

— Bon allez, prêtes, les filles ?

Chapitre 31

Je tourne autour de la barre avec une aisance déconcertante. J'arrive à enchaîner les différentes figurent « simples » qu'Emma vient de nous apprendre. Sans surprise, Jessica se retrouve plus souvent les fesses par terre plutôt qu'en action et Stéphanie a déclaré forfait au moment où elle s'est cassé un ongle. Vous comprenez, la manucure à plus de cinquante euros doit au minimum tenir trois semaines selon ses dires ! Lise et Chloé, elles, s'appliquent. D'ailleurs Lise s'applique un peu trop, s'amusant à caresser la barre comme s'il s'agissait d'un homme. Je la surprends à quelques reprises en train de se frotter contre elle de manière suggestive. Bordel, cette fille est juste incroyable et elle me fait énormément rire ! Elle est excellente ! Je ne sais pas comment ça se passe quand elle a un mec, mais une chose est sûre, elle doit prendre les choses en main, à voir la manière dont elle traite l'objet. Par contre, j'espère juste pour elle qu'elle ne s'amuse pas à allumer les mecs de cette manière dès le premier soir car sinon je crains qu'ils prennent peur.

Lara, quant à elle, s'éclate. Je savais qu'elle voulait tester ce sport depuis un petit moment et je suis heureuse de voir que je ne me suis pas trompée. Avec un peu de chance, elle s'essayera à un petit show devant Pierre. Elle rigole, réussit à enchaîner les figures avec facilité et tout le monde – à part les cousines – a l'air de s'amuser.

Nos corps dégoulinant de sueur, nous sommes à bout de souffle. Après deux heures intensives mêlées de rires, de chutes et d'efforts physiques, je peux fièrement dire que la première partie de ma mission est réussie. Nous nous étions couvertes. En plein mois d'octobre, il fait frisquet dehors. Mais ici, on a l'impression d'être dans une étuve. Les tropiques n'ont rien à envier à cette salle. Pas d'air conditionné et une chaleur étouffante. La seule chose qui nous manque : une plage de sable fin et une eau translucide.

— Si vous voulez vous pouvez prendre une douche avant de repartir, nous indique notre prof.

Oh mon Dieu, j'ai l'impression que ma mâchoire va exploser tant je souris ! C'est exactement ce dont j'avais besoin. Milica, qui n'en a pas perdu une miette, se marre en regardant nos mines défraîchies. J'aperçois mon reflet dans les immenses miroirs qui entourent la salle. Mes cheveux se sont sauvés de mon chignon. De petites mèches entourent mon visage et frisent autour de moi. Mon teint habituellement blafard est à présent aussi rouge qu'un homard et mon T-shirt gris a viré au noir à cause de la transpiration. Ouais, là c'est sûr je ressemble à la dinde farcie le soir du réveillon. Ronde, grillée limite cramée et blindée !

On file toutes vers les sanitaires en se battant presque pour savoir laquelle de nous va passer la première. Mais à peine sommes-nous arrivées que nous stoppons dans l'entrée et regardons d'un œil mauvais les douches qui ne présentent aucune cabine. Juste un mur immense couvert de boutons et de pommeaux juste au-dessus.

Mince, des douches communes, il manquait plus que ça…

— Franchement, Emilie, tu aurais pu prévoir une meilleure salle avec au moins des douches individuelles.

— Ouais, c'est hors de question que je me lave ici, râle à son tour Jessica.

Et voilà, c'est reparti ! Heureusement Lara, qui n'a pas l'air le moins du monde perturbée, me vient en aide. Faut dire que cette fille n'a jamais été pudique.

— Oh allez, les filles ! Ça nous rappellera nos années colo !

Elle n'attend pas plus et en profite pour retirer sa robe ! Complètement à poil, elle file sous les douches. Ses seins se balancent au rythme de son déhanché et elle tourne sur elle-même quand le jet vient s'abattre sur elle. Je l'envie. J'avoue que j'ai horriblement chaud et l'odeur qui vient chatouiller mes narines dès que j'ai le malheur de lever le bras ne fait qu'accentuer mon malaise. Bien que je ne sois pas du tout à l'aise de me changer et de me laver devant tout le monde je l'imite. Franchement, je ne rêve que d'une chose, délasser mes muscles sous l'eau chaude. Passer le reste de la journée avec une odeur de buffle sous les bras, c'est carrément exclu ! C'est vrai, j'aurais dû y penser mais je n'imaginais pas qu'on allait autant transpirer. Si à la télévision les danseuses de pole dance sont toujours superbes, avec jamais un cheveu qui dépasse de leur coiffure, nous on ressemble à des ménagères qui ont passé la journée à briquer la maison. Alors que je préfère quand même garder mes sous-vêtements, je file sous le jet au côté de Lara. Je presse le bouton poussoir du savon liquide présent dans les douches et me frictionne le corps en insistant bien sous les bras. Bordel, ce que ça fait du bien ! Nous sommes vite rejointes par Chloé et Lise. Tout comme moi Chloé conserve sa lingerie et Lise sans grande surprise se retrouve à poil. On s'éclate comme des folles, insouciantes, et créant des liens pour le moins étonnants alors que les deux cousines tirent des têtes de dix mètres de long.

Une fois rincées et fraîches comme un matin de printemps, nous sortons, mortes de rire, contentes et légèrement le cul mouillé ! Malheureusement nous n'avions pas prévu de sous-vêtements de rechange. Comme le soleil est au rendez-vous, nous décidons de nous acheter des sandwiches et de nous poser dans un parc au cœur de la capitale. Le lieu est parfait pour enclencher la seconde phase de la journée. La partie gages ! Je sors de mon sac du parfait témoin une liste longue comme mon bras avec divers défis à relever.

Trouver un barbu et jouer à « tu me tiens, je te tiens, par la barbichette »

Vendre dix préservatifs en prétextant qu'il s'agit de ballon pour faire la fête

Demander à un couple la recette de l'amour éternelle

Rechercher un homme qui se prénomme Pierre et prendre une photo avec lui tout en l'embrassant sur la joue

Et je passe le reste de la liste qui continue sur le même ton. Dès l'énoncé des gages, Lara se précipite vers un homme qui porte une barbe. Elle a bien l'intention de gagner ses cadeaux ! Malheureusement pour elle, malgré son charme indiscutable – quoique là avec le look qu'elle se paie, c'est moins sûr – elle se fait rembarrer par le premier mec qu'elle choisit. Pas de bol, il n'a pas l'air très conciliant. Elle trouve ensuite un couple âgé d'une soixantaine d'années, peut-être plus. Mais la vieille dame lui répond que pour tenir un mariage tout le long d'une vie il n'y a rien de mieux que de tromper son mari. Oh punaise, mais qu'est-ce que j'ai été choisir comme gage ? Si ça continue comme ça, Lara va souhaiter plus qu'une chose, finir seule ! Heureusement, après avoir mangé et avalé la moitié du cocktail très alcoolisé de Lise, les gens paraissent plus sympas et moins coincés. Du moins, j'ai l'impression que ça vient d'eux et non pas de nous qui voyons les choses autrement.

Après avoir enchaîné les missions, on en profite pour faire une pause pipi. Assise sur un banc avec Lara, je me détends un instant en posant ma tête sur son épaule. Au même moment je reçois un message sur mon téléphone. Je le déverrouille et découvre une photo des garçons. Je ne peux m'empêcher de zoomer sur le petit con qui s'amusait encore ce matin à me chauffer et je suis surprise par ma meilleure amie qui lorgne au-dessus de ma tête.

— Alors ma poule, qu'est-ce qu'il se passe entre Nathanaël et toi ?

— Je sais pas. Il ne cherche pas de relation alors que tu sais bien que moi je ne couche pas juste pour m'amuser.

— C'est un garçon fragile, tu sais, il en a pas mal bavé.

— Comment ça ? dis-je perplexe.

Nathanaël ? Mon Géant Vert ? Un garçon fragile ? Je manque presque de m'étouffer avec ma salive tant j'ai envie de rire. Il a l'air de tout sauf de quelqu'un de fragile. Au contraire, il est dur, que ce soit son caractère, sa manière de mener sa vie ou bien son membre rigide entre mes mains… Bordel, pourquoi faut-il forcément que mes pensées se tournent vers le sexe quand je pense à lui ?

— Pierre n'a jamais trop voulu m'en parler, mais un soir Nathanaël s'est confié et je sais que c'est une âme brisée. Sous ses airs de beau gosse sans cœur, c'est un homme qui a beaucoup souffert, Milou. Il vaut vraiment la peine d'être connu, il faut juste que tu lui laisses un peu de temps.

— Mais qu'est-ce qu'il t'a dit, au juste ?

Une main sur mon avant-bras, elle le presse tout en me fixant de ses yeux d'habitude rieurs. Là, ils sont sérieux et brillent d'un éclat étrange.

— Ce n'est pas à moi de t'en parler. T'es mon amie Milou, mais Nathanaël aussi et je ne le trahirai pas.

Ma mâchoire se contracte tellement que j'en ai mal. Qu'est-ce qu'il cache, au juste ? Je n'en sais rien, mais j'ai bien l'intention de le découvrir. Quelque part en moi, je suis certaine que ça a un rapport avec le tatouage qui marque sa peau. « Lucie »…

Chapitre 32

L'après-midi se passe à un rythme effréné. Les gages s'enchaînent les uns à la suite des autres et nous terminons par un escape game. Des équipes se forment et malheureusement, malgré tous nos efforts, nous ne réussissons pas à sortir de la pièce dans le temps imparti. J'avais choisi l'épreuve de l'ascenseur. Mon Dieu, après avoir lu dans les commentaires que c'était déconseillé aux moins de seize ans, je ne m'attendais pas à ce que mon cœur soit au bord de l'implosion durant la partie. Un homme nous a couru après, j'étais tellement embarquée dans la résolution des énigmes que j'ai failli me faire pipi dessus quand un seau rempli de faux vers de terre m'est tombé dessus. Faut dire qu'on a passé plus de temps à rire qu'à tenter de trouver des indices.

— Oh bordel, je suis vannée, s'exclame ma meilleure amie.

Dès qu'elle trouve un banc, elle se laisse aller et souffle bruyamment. Assise à côté d'elle, le parfum de l'alcool arrive rapidement à mes narines. Punaise, on y a été peut-être un peu fort ? Ses joues sont teintées de rose, ses yeux brillent à la lumière du jour et elle n'a pas l'air très stable sur ses guiboles. Mince ! Va falloir qu'elle dessoûle, et vite, vu la suite de notre planning ! Ce soir, j'ai prévu un petit restaurant apparemment prisé pour les enterrements de vie de jeune fille. J'ai navigué sur tous les sites spécialisés pour dégoter un endroit à la fois accessible niveau prix et simple, où nous pourrons finir la soirée en dansant. Hors de question que je me pointe dans le genre de restaurant où un gogo danseur au corps aussi huilé qu'une sardine en conserve vienne se trémousser devant nous. Beurk !

Mais avant d'aller manger, je nous ai octroyé un petit moment de détente en prenant rendez-vous dans un hammam. Le but étant de nous requinquer un peu avant d'aller faire la fête. Au programme, bain de vapeur, massage turc à la mousse et pour Lara qui aura un massage cocoon en bonus. À la fin, douche et tenue de soirée.

— Surprise ! crié-je à Lara juste devant le centre.

— Putain, Milou, t'es la meilleure ! C'est exactement ce dont j'ai besoin.

— Allez les filles, on va aller se détendre.

On entre et soudain je me sens mal. J'ai les mains moites, mon cœur s'accélère dans ma poitrine. Je ne me sens pas du tout à l'aise dans ce genre d'endroit. Mais je suis ici pour Lara et personne d'autre et je sais qu'elle raffole de ces moments entre filles, du coup je me force.

— Entrez mesdemoiselles, dit l'hôtesse en nous montrant les vestiaires. Vous trouverez juste ici des serviettes à enrouler autour de vous. Aucun vêtement n'est autorisé.

— Hein ? Comment ça, aucun vêtement ? Vous voulez dire qu'on est toute nue ? m'exclamé-je.

— Non madame, vous n'êtes pas toute nue, vous serez en serviette. Sachez que dans le hammam la vapeur est tellement dense que l'intimité est quasi complète.

Non mais pour qui elle se prend celle-là ? Voyant que je commence à fulminer, elle reprend :

— C'était indiqué sur votre bon de réservation, mademoiselle, et nous ne faisons pas de remboursement.

Mon Dieu ! Celle-là je vais vraiment me la faire, si ça continue. Je m'agace, tape du pied, mais Lara me reprend. Une main sur mon avant-bras, elle tente de contenir mon énervement.

— Allez Milou, t'inquiète ! On a déjà fait la douche à poil ce matin, on n'est plus à ça près ! Ça nous fera des supers souvenirs ! dit-elle tout haut. En plus, ne laisse pas une opportunité à mes cousines de râler encore une fois.

— Bon OK… abdiqué-je.

— Allez, c'est parti les gonzesses ! Toutes à poil ! On aimerait un minimum d'intimité, alors bougez, s'il vous plaît ! gueule Lara.

L'hôtesse devient aussi rouge qu'une pivoine et je ne peux m'empêcher de rire face au franc-parler de ma meilleure amie. Bordel, j'envie sa spontanéité et son naturel. Si seulement je pouvais être comme elle.

— Les filles, je vous attends au café, quand on est enceinte, c'est pas trop conseillé.

J'ai de la peine pour Milica. Elle a fait l'effort de venir aujourd'hui pour Lara mais malheureusement pour elle, sa grossesse ne lui permet pas de faire beaucoup d'activités. J'aurais dû anticiper ! Trop occupée à m'intéresser à ce petit con de Nathanaël, je n'ai même pas pensé à l'amie de Lara, qui du coup doit subir cette journée plutôt que de profiter. Ça me saoule ! Moi qui prévois tout, j'ai fauté.

Alors que toutes les filles commencent à se déshabiller, je me tends et les imite. J'enroule rapidement la serviette autour de moi et noue mes cheveux en un chignon approximatif au-dessus de ma tête.

— Prête, Milou ?

— Ai-je vraiment le choix ? rigolé-je.

Mais alors qu'on avance en direction du hammam, je découvre des hommes à moitié nus entrer dans l'enceinte. L'homme a la cinquantaine tout au moins, avec un léger embonpoint, le torse parsemé de poils grisonnants. Mer… credi… J'en ai la nausée, rien qu'à le regarder.

— Mais ?

— Bah alors Emilie, tu n'avais pas vu que c'était mixte aujourd'hui ?

— Comment ça, mixte ? Mais ça existe, les hammam mixtes ?

— Roh, ça va Milou, fais pas ta sainte nitouche, me rembarre Lara.

Eh bien au moins il y en a une qui se marre ! Elle m'attrape sous le bras et nous entrons dans ce bain de vapeur. La chaleur est étouffante. La torpeur de la pièce me prend aussitôt à la gorge. J'avance à tâtons et reste accrochée à Lara de peur de tomber sur l'homme grassouillet de tout à l'heure.

— Assieds-toi là Milou, je me mets juste en face, me glisse-t-elle à l'oreille.

— Viens à côté de moi ! tenté-je de lui dire, mais ma voix n'est pas assez forte pour braver les nuages de vapeur.

Du coup, je m'assois, mes fesses recouvertes de la serviette éponge se posent sur le carrelage du hammam. L'espace a l'air immense et pourtant je n'y vois rien. C'est sombre, on entend quelques murmures sans réussir à percevoir les conversations. Les respirations se font cependant bruyantes, peut-être à cause du manque d'air qui devient presque oppressant. Je ne me sens pas du tout à l'aise et regarde autour de moi sans réussir à voir quoi que ce soit. Je suis à deux doigts de faire une crise de panique. Je sens mon cœur s'emballer dans ma poitrine, mon cœur pulse tellement fort qu'il en devient assourdissant, mon souffle se fait erratique et ma gorge s'obstrue à cause de la vapeur.

— Non mais c'est quoi toute cette vapeur ! s'exclame une voix que je ne reconnais que trop bien.

— Nathanaël ?

— Allez les mecs on s'assoit et on se détend, fanfaronne-t-il.

Mince ! Qu'est-ce qu'il fait ici ? Qui a balancé l'info sur le hammam ? Je ne lui avais rien dit.

— T'es où, poupée ?

— Tu fais chier, hein !

— Trouvé ! gueule-t-il alors que je sens une présence à mon côté.

Je manque de me relever pour prendre mes jambes à mon cou quand je sens sa main se poser sur mon épaule. À ce simple contact, je me tends, c'est à la fois surprenant et agréable. Je panique, regarde autour de moi, mais ne vois que dalle.

— Du calme, poupée, ce n'est que moi.

— Mais qu'est-ce que tu fais là ?

— Qui l'eut cru ? Quand la cousine de Lara m'a envoyé un SMS pour me dire que vous veniez faire un hammam, j'ai regardé sur Internet et j'ai vu qu'aujourd'hui c'était mixte. Ce n'est pas une merveilleuse idée ?

— La cousine de Lara, hein ? Bah écoute elle est un peu plus loin, tu n'as qu'à aller la retrouver.

Je bous. Je ne comprends pas pourquoi je m'emballe à la simple idée que la connasse ait discuté avec lui. Et puis d'ailleurs, quand ont-ils échangé leurs numéros ?

Faut que je me calme... Après tout, lui et moi, nous ne sommes rien à part deux témoins qui ont passé une nuit torride... que dis-je, *extrêmement* torride, ensemble. Mais ça s'arrête là. Il a été clair. Une nuit et rien d'autre. Pourtant, je sens une main se poser sur ma cuisse. Malgré la torpeur de la pièce, je suis surprise de sentir les poils de mes avant-bras se dresser au garde-à-vous. J'ai soudain froid, et horriblement chaud. C'est quoi cette différence de température ? Je suis malade ? J'ai de la fièvre. Plus la main de Nathanaël remonte sur ma cuisse et plus je sens les battements de mon cœur pulser jusqu'à un point culminant de mon anatomie.

— Tu fais quoi là ? On est pas seuls, dis-je en posant ma main sur la sienne.

— T'inquiète poupée, on ne voit rien, on n'entend rien, c'est comme si nous étions seuls toi et moi, murmure-t-il près de mon oreille.

Je le sens s'approcher. Son torse musclé se retrouve contre moi. Il passe une jambe de chaque côté de mon corps et je me retrouve rapidement prise au piège entre ses cuisses. Ses deux mains me touchent, me caressent. J'ai dû mal à profiter, étant trop exposée, et pourtant il m'arrache malgré moi un gémissement alors que sa langue laisse des traînées humides dans ma nuque.

— Chut, poupée, ne fais pas de bruit.

— Je croyais que ce n'était qu'une seule et unique fois, Géant Vert ? le défié-je.

— Je n'ai jamais dit qu'on allait coucher ensemble, petite coquine.

Je manque de rire mais, d'une voix lourde et profonde qui déclenche une myriade de sensations tout au creux de mon estomac, il reprend :

— J'ai juste l'intention de te faire jouir.

Je me tends brusquement et oublie tout. Mes yeux se ferment et je savoure les caresses de Nathanaël. Ses mains remontent sur mes cuisses, je sens sa bouche dans ma nuque. D'une main, il me saisit le visage qu'il tourne en direction de ma bouche dont il prend possession. De l'autre, il se glisse sous ma serviette et vient rapidement à la rencontre de mon clitoris. Mes cuisses se referment mais il force l'accès en me glissant à l'oreille :

— Détends-toi, Emilie, personne ne peut nous voir.

Je décide de lui faire confiance et lui laisse l'accès. Sa bouche contre la mienne m'embrasse d'une manière si sensuelle qu'elle m'enflamme. Sa main, quant à elle, me caresse. Tout d'abord timidement puis plus intensément. Je bous. Prise entre la crainte de me faire surprendre et toutes les sensations que cet homme fait naître en moi. Je tente de me retenir, de ne pas hurler, pourtant, ce qu'il me fait ressentir alors que son index glisse en moi est tout bonnement indécent. Du coup je gémis, je gémis fortement contre ses lèvres et manque de mordre dedans. Je m'accroche à ses bras, comme si ma vie en dépendait, et alors que je sens que je suis au bord du précipice, que mon corps se secoue de spasmes incontrôlables, je me tourne et enfouis mon visage contre son bras.

— Putain, Nathanaël !

Ma voix s'est faite plus forte que je ne l'aurais voulu. J'ai à la fois envie de l'insulter de m'avoir fait jouir dans un lieu public et de lui faire l'amour pour m'avoir fait jouir dans un lieu public. Bordel ! Je suis bonne à faire enfermer. Le bougre se marre et dépose un baiser sur mes lèvres.

— Laisse ta porte ouverte ce soir, tu m'en dois une.

— Mais ?

— À ce soir, Milou.

Le vide se crée. Il disparaît comme un souffle sur ma peau. Il est apparu aussi vite qu'il est reparti. Était-ce une hallucination ? Ai-je fantasmé ce moment aussi délicieux qu'excitant ? Saperlipopette, je suis à deux doigts de me pincer pour savoir si je n'ai pas rêvé !

Chapitre 33

On sort du hammam peu de temps après les garçons, qui sont repartis comme ils sont arrivés, en fanfare, heureux de se faire remarquer. Je dois être écarlate mais certainement pas à cause de la vapeur, non. Nathanaël a réussi une fois de plus à me faire éprouver des émotions qui me remuent l'estomac. Ce genre de petites fourmis qui se baladent dans notre ventre pour venir y creuser des chemins.

— Alors Milou, il était bien, ce hammam ? se moque ma meilleure amie.

— Oh la ferme ! dis-je sur un ton que je ne me reconnais même pas.

— Bah dis donc c'est qu'elle devient agressive ! Ça va, hein ! C'était sympa de retrouver mon futur mari durant quelques minutes.

— Tu vas l'avoir toute ta vie, ton futur mari, tu penses vraiment que c'était le lieu approprié pour le retrouver ?

— Franchement ? Grave !

Elle m'attrape par les épaules et me colle à elle. Alors que je bougonne juste pour la forme, Lara dépose un baiser sonore sur le haut de mon crâne. Je sais qu'elle me taquine et qu'au fond d'elle elle est ravie de voir ce soudain rapprochement entre Nathanaël et moi. D'ailleurs, en y repensant et en la voyant courir depuis ce matin, je me demande si toute cette histoire n'était pas orchestrée dans le simple but de nous faire passer du temps ensemble. Mais comment aurait-elle su ? Au moment de son accident, elle n'était pas au courant pour ma séparation. Va vraiment falloir que je creuse cette histoire quand nous serons toutes les deux.

Après avoir revêtu nos plus belles tenues de soirée, nous partons en direction de notre dernière étape. En plus, pour couronner le tout, Lara a tenu à ce que je détache mes cheveux. Un rouge à lèvres carmin et un smoky eyes viennent parfaire le tout en mettant en valeur ma bouche et mon regard. J'avoue que j'ai failli ne pas me reconnaître tant je me trouve belle et surtout sexy, mais justement, tout ça ne me ressemble pas. Je ne suis pas du tout à l'aise et, l'espace d'un instant, je m'énumère tous les problèmes qu'une telle tenue peut m'apporter.

On marche en direction de la place de la Bastille et, sur le chemin, de nombreux hommes nous sifflent. Alors que les filles pouffent, je ne peux m'empêcher de me sentir mal. Je tire sur les pans de ma robe et sens mes joues me chauffer.

Punaise, la journée était éreintante et elle est loin d'être finie.

On arrive dans le restaurant où l'ambiance est à son comble. On remarque rapidement toutes les futures mariées, elles sont toutes déguisées avec des accoutrements tous aussi ridicules les uns que les autres. Je lance un coup d'œil à Lara et me rappelle son accoutrement d'aujourd'hui. On n'a pas été si horribles que ça, au final. Une femme assez ronde est déguisée en petit cochon… Mon Dieu, faut vraiment pas aimer son amie pour lui faire ça !

Un serveur arrive, torse nu, les muscles saillants recouverts d'huile, pour nous accueillir. Immédiatement, je vois de la bave couler au coin de la bouche de Lise.

Punaise ! J'avais pourtant cherché un restaurant sans gogo danseur ! C'est quoi cette arnaque ?

— Si c'est lui le strip-teaseur, je veux une danse moi aussi !

Saperlipopette ! Mais pourquoi elle l'ouvre, celle-là ? Manquait plus que ça, je n'ai pas prévu de show ! Déjà que je ne suis pas dans mon élément dans ce bar, il est hors de question qu'un homme baraqué, enduit d'huile vienne étaler de la chantilly sur ses muscles que Lara ou l'une d'entre nous devra lécher. Non mais sérieusement, c'est carrément dégueu ! Qui de nos jours aime ce genre de truc ? Et l'hygiène, on en parle ? Bref, rien qu'à cette pensée j'en ai la faim coupée.

— Oh Milou, un karaoké !!! On chante ? Allez, steuplé !!! me supplie Lara.

Elle rassemble ses mains en prière et me regarde avec des yeux similaires à celui du Chat Potté. Comment résister ?

— Paie-moi un coup sinon je ne vais jamais survivre !

Ni une ni deux, le serveur nous apporte deux bouteilles de bière cubaine. Je ne demande pas mon reste et avale le liquide comme s'il s'agissait d'eau. Déjà car je meurs de soif et ensuite car j'ai dans l'espoir de me décoincer un peu avec l'alcool. Punaise, avec tout ce que j'ai bu depuis ce matin je devrais carrément être capable de reproduire les cours de pole dance sur le bar !

— Allez, ramène ta fraise, je nous ai choisi un titre.

Elle me tire par le bras et je me laisse entraîner sur la petite estrade installée en plein milieu de la salle. Les spots sont rivés sur nous et j'ai l'impression de devenir toute petite face à tout ce public, d'autant qu'au premier rang se trouvent les deux pestes de cousines. Heureusement, Chloé, Milica et Lise m'encouragent et cette dernière s'amuse à remuer devant nous pour nous stimuler. Je crois que définitivement j'adore cette fille !

Les premières notes de la musique se font entendre et des rires fusent.

— *Oh... Tu vas partir... Je sais... Tu m'oublieras...*

Larusso ! *Oh my God !*

— *Tu oublieras, tous ces jours, tout ce temps, qui n'appartenait qu'à nous...*

Heureusement, les filles montent sur scène et nous rejoignent. Nous nous retrouvons très vite à chanter, que dis-je... à hurler et à nous déhancher. Pourtant quelque part, je ne peux m'empêcher d'avoir une pensée pour ma mère. Si c'est une chanson d'amour, moi j'y vois sa maladie. Ses problèmes de mémoire, son manque de souvenirs... Un jour c'est moi qu'elle oubliera définitivement, et alors que je chante les paroles que je connais par cœur, je sens une larme rouler le long de ma joue. Je souris affectueusement à mon amie et me dépêche d'aller me commander une autre bière. Hors de question que ce soir je pense à tous ces problèmes. Ce soir, c'est pour Lara !

Après avoir dîné, on descend dans une salle inférieure pour danser, mais très rapidement les cousines entraînent Lara dans une pièce sombre. Mince... je le sens vraiment pas, ce coup-là. Chacune d'un côté, elles la forcent à s'asseoir sur une chaise qui trône en plein milieu de la salle. Des lumières s'allument et une musique d'ambiance résonne. J'imite les filles qui prennent place au fond et sens mon cœur s'emballer. La musique commence à pulser et je reconnais les premières notes de *Pony* de Ginuwine. Mon rythme cardiaque s'accélère de manière démesurée et tambourine dans ma tête. Ma respiration devient compliquée et je sens soudainement de grosses gouttes perler sur le haut de mon front. Punaise, mais qu'est-ce qu'il fait chaud !

Lara, dans le même état que moi, mais très certainement pas pour les mêmes raisons, commence à s'éventer. Soudain, nous sursautons toutes quand un homme débarque dans la pièce. Étrangement, il ne ressemble en rien à l'image que je m'étais faite d'un gogo danseur. Non, il est plutôt fin bien que dessiné et n'a pas l'air convaincu de ce qu'il fait. Un chapeau vissé sur le haut de son crâne, il tente de se déhancher alors que je fredonne dans ma barbe les paroles de cette chanson que j'adore. Je détourne le regard, pas du tout à l'aise avec ce qui se passe jusqu'au moment où deux autres hommes le rejoignent. Eux aussi portent un chapeau qui leur cache le visage. L'un d'eux a un corps à se rouler par terre et le second est juste parfait. Ni trop musclé ni pas assez. Juste ce qu'il faut et, bizarrement, je n'arrive pas à détourner mon regard de celui de droite. Comme un aimant, je suis tous ses gestes. Il est trop loin, si seulement il pouvait s'approcher un peu plus. Quelque chose d'étrange s'opère en moi. Une sorte d'attraction, l'envie de le voir, de le découvrir de nouveau alors qu'il s'agit d'un parfait inconnu. Alors que la musique est remixée et se transforme en celle du final de *The Full Monty*, les trois mecs font sauter leur tenue, se retrouvant uniquement en boxer, et s'approchent de nous. C'est à ce moment-là que je reconnais son tatouage. Voilà la raison pour laquelle je me sentais si attirée par lui, c'est Nathanaël !

Le bougre se déhanche. Danse devant nous d'une manière si douce et sensuelle qu'étrangement je suis forcée de resserrer mes cuisses l'une contre l'autre tant ce que je ressens m'incommode.

Bordel, mais mettez la clim', nom de Zeus !

Ils font sauter leur chapeau dans notre direction et se retournent tout en déhanchant leur cul. On est toutes mortes de rire et les commentaires salaces fusent.

— Allez bébé ! Fait péter le boxer, bouge-moi ton petit cul ! crie Lara.

Punaise, elle est complètement déchaînée !

— Viens me faire une petite danse privée, Nate ! crie Jessica.

— Ah non Nate, c'est avec moi que tu as prévu de finir la soirée ! hurle Stéphanie.

Je fais volteface et me tourne en direction de la cousine. Elle a l'air sérieuse et soudain je me demande s'il n'a pas joué double jeu depuis le départ. Furieuse, mes yeux doivent ressembler à deux mitraillettes que je dirige vers Géant Vert. Mon changement d'attitude a dû l'alerter car il s'approche de moi. Inflexible, je croise les bras contre ma poitrine et détourne le regard quand il arrive à ma hauteur. Il tente de danser pour moi et j'essaie de me maîtriser pour ne pas toucher ce corps de rêve qui m'appelle, mais il faut absolument que je mette les choses au clair. S'il veut jouer, autant qu'on connaisse tous les deux les règles.

— Il t'arrive quoi, poupée ? me glisse-t-il dans l'oreille.

Je me tends, des frissons me parcourent le corps et font se redresser tous les poils de mon corps, tous ! Mais pourquoi me fait-il cet effet-là ? Sa bouche n'est qu'à quelques centimètres de la mienne et je n'ai qu'une envie : y goûter de nouveau. Mais je ne peux pas. Nathanaël est un coureur, il me l'a prouvé à de nombreuses reprises et je suis certaine qu'il s'est amusé à séduire la cousine qui n'attendait que ça. Après tout, une nuit, rien de plus…

— Va sauter la cousine et fous-moi la paix. Tu ne sais faire que ça de toute manière, lui lancé-je avec rage.

La tristesse se lit immédiatement dans son regard et je regrette aussitôt mes paroles. Il s'éloigne comme s'il s'était pris une gifle. Je tente de me relever pour venir me faire pardonner mais il a déjà fui. Merde… Mais qu'est-ce que j'ai fait ? On dit que la jalousie est un vilain défaut et là j'ai l'impression d'avoir laissé parler un peu trop les sentiments que je ressens pour cet homme qui me retourne complètement la tête et le cœur.

Chapitre 34

J'en ai ras-les-cacahuètes !

Plier les serviettes, disposer les couverts, faire un joli nœud avec le tulle orange derrière chaque chaise. *Argh !* Je suis à deux doigts de tout envoyer bouler. Habituellement, tout ça, c'est mon dada ! J'adore décorer, c'est d'ailleurs pour cette raison que j'ai choisi ce métier, alors pourquoi n'y prends-je pas plaisir en ce moment ? Je devrais être aux anges de m'occuper des préparatifs du mariage de ma meilleure amie et pourtant, il me manque quelque chose. Quoi ? Je n'en sais rien. Qui ? Ouais… J'en ai ma petite idée.

Depuis l'enterrement de vie de jeune fille, je ne l'ai pas revu. J'ai bien tenté de le recontacter mais il ne m'a jamais rappelée, pire même ! Il a filtré mes appels et m'a mise sur messagerie. Il m'a traité comme n'importe quelle groupie qui lui courait après et ne cessait de l'appeler quand nous étions ensemble. Minable. Voilà comment je me suis sentie durant les quelques jours où nous avons été séparés. Je l'ai attendu le soir dans mon appartement. Je m'étais faite belle, j'avais détaché mes cheveux dans l'espoir qu'il change d'avis et qu'il me rejoigne. Mais je suis restée seule à attendre quelqu'un qui n'est jamais venu.

Je regrette tellement les mots que j'ai pu lui dire. Ils ont dépassé ma pensée, j'étais tellement énervée d'entendre Jessica se l'approprier que j'ai vu rouge et j'ai carrément pété les plombs. Mais pour qui me suis-je pris, au juste ? Lui et moi ne sommes rien que deux adultes consentants qui se sont envoyés en l'air. Mais alors pourquoi est-ce que je désire plus ? Pourquoi il me manque tant ? Si au début je ne le supportais pas, je crois que ne pas le voir est encore pire.

— Hey Milou, qu'est-ce qu'il t'arrive ? Tu tires une tronche de dix mètres de long, s'inquiète Lara.

Je sursaute en la voyant arriver près de moi. Je suis si préoccupée que je ne l'avais même pas remarquée.

— Non, non, je ne vois pas de quoi tu parles.

Je change de table. Tous les objets de décoration sont disposés dans des boîtes à chaussures pour chaque table. Chacune est liée à une grande ville – New York, Rio, Paris, Londres… – car Lara a choisi pour thème le voyage. Le seul hic, c'est que j'ai voulu disposer les tables dans la salle de la même manière qu'une carte mais que je n'ai aucune idée de leur emplacement sans avoir le plan sous les yeux. Franchement, je n'ai jamais été douée en géographie mais allez voir le plan de table, à côté duquel squattent les deux horribles sœurs m'effraie d'autant plus. Aucune envie d'aller taper la causette.

— Milou ! Qu'est-ce qu'il se passe ? insiste Lara.

Elle m'attrape par le coude et me force à lui faire face. La tête baissée, je n'ose pas l'affronter. Mais ma meilleure amie ne l'entend pas de cette oreille et m'oblige à relever la tête. Les larmes me montent aux yeux aussitôt mais je les refoule en inspirant fortement. Je suis épuisée. Fatiguée de devoir gérer mon travail, ce mariage, la dispute avec Nathanaël, ma mère…

Mais le pire, c'est que je m'en veux. Je culpabilise de m'apitoyer sur mon sort, de ne pas penser à mon amie. Demain sera son jour, celui où elle scellera sa vie à celle de l'homme qu'elle aime et moi ? Moi je fais ma gosse capricieuse qui boude dans son coin. J'ai honte, tellement honte…

— Excuse-moi, Lara, je suis désolée.

Ma voix se brise, une boule se forme dans ma gorge. Je suis à deux doigts de fondre en larmes. Le regard levé vers le plafond, je tente de me retenir mais c'est trop difficile et je sens mes joues s'humidifier.

— T'excuser de quoi ? Arrête de pleurer, je n'aime pas te voir comme ça.

— Je ne pleure pas.

— Et ces larmes, c'est quoi alors ? Tu viens d'éplucher un oignon, peut-être ? Allez viens, on va prendre un peu l'air.

— Punaise, Lara, demain c'est ton mariage et je suis là à pleurnicher comme une cruche pour un mec.

— C'est Nathanaël, le problème ?

Elle paraît étonnée et je pense que jusqu'à maintenant elle avait sous-estimé ce qui s'est créé entre lui et moi. Mais au final, que s'est-il réellement passé ?

— Oui, je me suis disputée avec et depuis il ne me parle plus.

— T'inquiète, ma biche, ça va lui passer, c'est toujours comme ça avec lui ! Allez sèche-moi ces larmes !

Alors qu'elle me prend dans ses bras, Stéphanie se pointe et nous interrompt.

— Bah alors, Emilie, t'as prévue de ressembler à un panda ce soir avec ton maquillage qui coule ? se moque-t-elle.

Elle me fout en rogne. Je n'ai qu'une envie, calmer mes nerfs sur sa tignasse, malheureusement ce n'est ni le lieu ni le moment. Mais alors que je me tourne vers elle, aussi rouge que le set de table, je remarque dans le fond une tignasse brune arriver au loin. Je sens mon cœur s'emballer, une douce chaleur s'infiltrer en moi et se propager jusqu'au creux de mon ventre. Pourquoi me fait-il cet effet-là ? Pourquoi suis-je soudainement si heureuse ? Peut-être parce que son absence était bien trop pesante et que je n'attendais qu'une chose : le revoir.

D'un revers de la main, je sèche mes larmes, je me passe les doigts le long des cils pour tenter d'estomper le maquillage qui a coulé. Il fait le tour de toutes les personnes présentes dans la salle. Il claque la bise à la tante d'Emilie et serre la main au père de Pierre. Alors qu'il s'avance vers nous, mon cœur s'accélère de plus belle. Mes mains deviennent soudain moites et je crois que je vais tomber dans les vapes. Il est beau, terriblement séduisant. Ses muscles sont moulés à merveille dans une chemise blanche cintrée dont les premiers boutons du col sont ouverts. Il s'avance d'une démarche assurée, son visage est grave, sans expression, et son regard est posé sur moi. Tous mes sens sont aux aguets à la recherche d'un indice sur son état d'esprit. Punaise, j'ai l'impression qu'il n'existe plus que nous deux et personne d'autre. Des milliers de papillons s'envolent dans mon ventre. L'envie de souder mes lèvres aux siennes se fait ressentir.

J'avance d'un pas dans sa direction mais je m'arrête aussitôt. Ma gorge se serre, mes jambes flageolent. Nathanaël se décale et claque la bise à Stéphanie. Il est chaleureux, souriant. Alors qu'il enlace ensuite Lara, je frôle la tachycardie. Pourquoi me torture-t-il à ce point ? Nous devons avoir une conversation tous les deux et éclaircir notre différend. Il ne s'agit que d'un malentendu, rien de plus. Il s'éloigne de mon amie, mais alors que je l'imaginais venir vers moi, le petit con ne m'offre qu'un bref signe de tête avant de s'éloigner.

Punaise ! Je vais l'étriper !

Il m'ignore. Occupée à décorer la table, je le regarde du coin de l'œil. J'attends qu'il s'écarte de tout ce petit monde pour avoir une conversation en tête-à-tête avec lui. Il faut que je m'excuse, il faut qu'on en discute. J'ai fait une bêtise, je le reconnais, mais n'est-ce pas exagéré comme réaction ?

Je positionne les serviettes, m'applique à les plier en forme de fleur. Je recommence, une fois, puis une seconde… Merdouille ! Si ça continue, je vais en faire une boulette de papier et tout jeter à la poubelle ! Je suis tellement préoccupée que je n'arrive pas à me concentrer, et les rires de Stéphanie et Jessica ne sont pas étrangers à mon agacement. Mais alors que je recommence pour une troisième fois, je vois une masse avancer. Un coup d'œil rapide m'indique qu'il s'agit de Géant Vert. Saperlipopette ! En stress, je déchire la serviette que je tenais en main et je me dépêche de la fourrer dans mes poches pour ne pas lui montrer l'effet qu'il a sur moi.

— On peut se parler ? me demande-t-il d'un air détaché.

— Oui, bien-sûr.

La tête relevée vers lui, un sourire éclatant semblable à une pub pour dentifrice, j'ai malheureusement eu l'air un peu trop enthousiaste. Mince !

Rester calme, ne pas lui montrer à quel point je suis heureuse qu'il fasse le premier pas. Je le suis à l'extérieur sans broncher alors que je sens mon palpitant s'emballer. Le sourire qui monte jusqu'aux oreilles, je déchante rapidement quand il se retourne, le regard grave. Va falloir que je la joue finement, que je m'excuse pour recoller les morceaux.

— Écoute, Nathanaël, je voulais te dire, pour l'autre soir…

— Comment on se répartit les tâches pour les animations ? J'avais pensé m'occuper de la jarretière et toi tu animes le jeu « elle ou lui », ça te va ? me coupe-t-il.

Il ne me laisse même pas m'exprimer. Déçue, je n'arrive pas à émettre le moindre mot et acquiesce. Je suis comme une idiote incapable de répliquer.

— Et, Emilie ?

Il se retourne, un regain d'espoir naît en moi soudainement.

— Oui ?

— Il n'y a rien à en redire. Toi et moi, c'était sympa, mais ça en restera là.

Il se retourne et m'abandonne. Si mon cœur était un verre entre ses mains, il serait probablement brisé. Tel un objet dont on se débarrasse, il vient de jeter tout ce que nous avons vécu comme si rien n'avait compté. Je m'enfuis. M'éloigne le plus loin possible de lui et trouve un coin isolé dans le parc forestier du domaine.

Chapitre 35

Lara a souhaité respecter la coutume, elle dormira avec moi ce soir tandis que Pierre passera la nuit avec Nathanaël. Allongée sur mon lit, je fixe le plafond. Lara quant à elle prend sa douche à côté, elle n'a pas l'air stressée car j'entends sa voix se fondre avec le ruissellement de l'eau et pour accompagner le tout de la musique. Elle chante – faux –, mais s'applique à imiter la voix d'Axelle Red…

À mon tour, je fredonne. J'adore cette chanson et étrangement, les paroles font échos à mon propre ressenti :

— *Jamais je n'aurais pensé… Tant besoin de lui… Je me sens si envoûtée… Que ma maman me dit, ralentis… Désir ou amour… Tu le sauras un jour…*

Ce que je ressens pour Nathanaël, est-ce simplement du désir ou bien plus ? Je réalise depuis notre dispute que ce que je soupçonnais n'être qu'une attirance liée à notre proximité forcée est peut-être bien plus.

Lara monte dans les aigus. Je manque de pouffer et un sourire se dessine sur mes lèvres. Je l'imagine se déhancher et se servir du pommeau de douche comme d'un micro. Cette fille est carrément folle, c'est d'ailleurs pour cette raison que je l'aime autant. L'eau se coupe, je me redresse prête à la voir débarquer dans la chambre. Ça ne loupe pas, quelques secondes plus tard elle arrive, une serviette enroulée autour de la poitrine, une seconde autour de sa tignasse et m'invite à me lever. Au même moment, le son d'un numéro composé sur un téléphone retentit et je reconnais immédiatement la chanson.

— Punaise, Lara, tu n'as pas osé ! rigolé-je d'avance.

— Roh allez, Milou ! J'adore cette chanson, ça nous rappellera des souvenirs.

Fatal Bazooka… Elle est sérieuse, là ?

Des souvenirs… Si pour beaucoup ce mot n'a aucune signification, pour nous il est précieux. Elle sait à quel point l'angoisse d'oublier ma propre vie me touche et elle s'évertue à évoquer notre passé car elle en est certaine, si on veut se souvenir, on le peut.

— *Salut Yaelle !*

— *Salut Christelle !* ne puis-je m'empêcher de répondre.

— *On est pas des putes à frange !*

— *C'est clair !*

— *Et on va leur dire, OK ?*

— *Parle à ma main !*

Et c'est comme ça que nous nous retrouvons toutes les deux à improviser une choré en plein milieu de la chambre que j'ai louée dans le domaine, à nous déhancher, à sauter sur le lit et à rire. Oui, rire ! Et ça fait un bien fou ! Après avoir fait tout le répertoire de mon téléphone, en passant par les Las Ketchup, Kyo ou même Jenifer, nous voilà à bout de souffle, allongées sur le lit. J'ai le sourire aux lèvres. Cet instant à deux à revivre nos années de collège m'ont fait faire un bond dans le passé. L'espace d'un moment, j'ai l'impression d'avoir treize ans, de n'avoir aucun problème. À cette époque,

Lara avait encore ses parents et la maladie de ma mère ne s'était pas encore déclarée. On s'amourachait du premier garçon avec lequel on discutait sur Caramail, le réseau social du moment, ou bien nous passions notre temps à faire des vidéos avec la webcam de son ordinateur. À l'époque, elle imitait Flavie Flament, dans un pastiche de *Saga*, et moi je jouais toujours la super star interviewée ; je pouvais très bien interpréter Marylin Manson, 50 Cents ou encore Lene Grawford Nystrøm, la chanteuse de Aqua. Quand j'y pense, tout ça c'était vraiment le bon temps.

— Dis-moi, Milou…

Je tourne la tête vers mon amie, un brin nostalgique.

— Hum ?

— Tu crois que je fais une connerie ?

— De quoi tu parles ?

— Avec Pierre ? Tu crois que j'ai pris la bonne décision ?

Je ne peux m'empêcher de sourire. Finalement, ma meilleure amie est aussi humaine et le stress la gagne enfin. J'ouvre les bras et elle s'y réfugie aussitôt. La tête calée au creux de mon bras contre ma poitrine, je dépose un délicat baiser sur le haut de son crâne et la rassure :

— Pierre est un homme merveilleux, il t'aime et ça se voit, ne pas l'épouser serait justement la pire connerie de ta vie.

— Mais si on change ? Imagine… on devient ce genre de vieux couple ringard qui se regarde à peine et qui passe plus de temps à s'engueuler ?

— Avec toi, ça ne risque pas ! Écoute, Lara, bien sûr que vous allez avoir des hauts et des bas, mais comme n'importe quel couple, et je suis certaine que vous vous en sortirez. Tu n'as jamais pu te poser plus d'un mois avec le même mec.

— Ouais mais justement, me coupe-t-elle, ça ne fait pas si longtemps que ça qu'on se connaît, peut-être que je ne le supporterai plus après.

— Eh bien tu divorceras. Tu sais dans la vie si tu ne prends pas des risques tu n'arriveras à rien. Il faut savoir se mettre en danger pour obtenir ce qu'on veut et je suis certaine que tu réussiras à être comblée grâce à lui.

— En parlant de se mettre en danger, t'en es où avec Nate ?

— Nulle part, si au début c'est moi qui ne pouvais pas le blairer, je pense qu'aujourd'hui c'est l'inverse.

— Comment ça ?

— Je n'étais qu'une conquête de plus au final, je l'ai bien compris aujourd'hui, dis-je, légèrement abattue.

— C'est ce que tu penses ?

Elle se redresse et me fixe d'un regard sévère. Tout à coup j'aimerais me faire toute petite pour ne pas affronter les deux billes rondes de cette fille qui s'apprête à me sermonner. *My God…* Je crains le pire.

— Écoute, Milou, tu sais que je t'adore et que je te considère comme ma sœur, mais si tu penses réellement que Nate est ce genre de mec alors c'est toi la conne.

Choquée, je me redresse à mon tour. Mes sourcils se froncent d'eux-mêmes et je la regarde sans trop comprendre. Pourquoi m'insulte-t-elle ? C'est tout de même lui qui ne cesse de draguer tout ce qui bouge, moi y compris, et qui m'a ensuite jetée comme une vieille chaussette sale oubliée au fond de la panière.

— Arrête de faire ta tête de débarquée, Nate tient à toi, c'est si évident qu'il faut être aveugle pour ne pas le voir. Depuis le début, il n'a d'yeux que pour toi.

— Arrête de dire des bêtises, Lara.

— Si je te le dis…

Elle a l'air confus, limite gêné, et j'avoue que ça me surprend.

— Qu'est-ce que tu ne me dis pas ? Si tu comptes reconnaître que depuis le départ tu as tout manigancé pour qu'on se retrouve ensemble, t'en fais pas j'avais déjà fait le rapprochement, dis-je avec un haussement d'épaules.

— Rien à voir… Enfin si, c'est pas faux, mais s'il est vrai que ça m'arrangeait bien que tu t'occupes des préparatifs, il n'était pas du tout prévu que Nate soit là.

— Oui, je sais tu m'as déjà dit que Pierre l'avait imposé.

— Franchement, Milou, tu vois Pierre t'imposer un mec que tu ne connais ni d'Eve ni d'Adam ? Je suis moi-même étonnée que tu sois tombée si facilement dans le panneau. Nate voulait te connaître, j'ai bien tenté de lui dire que tu étais en couple mais il n'a rien voulu savoir. Il s'est imposé tout seul et j'ai accepté de le suivre dans ce plan. Bordel, et dire que Pierre me répétait depuis le départ que c'était une mauvaise idée…

— Quelle idée ? Je ne comprends rien, Lara.

— Tu sais bien que Nathanaël et Pierre se connaissent depuis tout petits. D'ailleurs c'est son plus ancien ami.

— Hum…

— Eh bien… Je ne suis pas vraiment certaine de toute l'histoire, Emilie, donc prends ce que je te dis avec des pincettes…

— Accouche, Lara.

— En réalité, quand Nathanaël t'a vue il a eu une sorte de flash, il nous parlait de toi sans arrêt, il voulait en savoir plus, qui tu étais, où tu bossais. Je n'ai pas trop compris mais je lui répondais et quand il s'est proposé… enfin imposé pour les préparatifs, j'ai trouvé que c'était une super idée mais étrangement Pierre ne le voyait pas du même œil.

— Bordel Lara, je ne comprends rien…

— Moi non plus, je dois te l'avouer. J'ai questionné Pierre mais il n'a rien voulu me dire.

— Tu penses que ça a un rapport avec son ex ?

— C'est possible. Tu sais, je ne connais pas toute l'histoire, Nathanaël est très secret en ce qui concerne son passé et Pierre ne dit rien non plus, tout ce que je sais c'est qu'une femme a dû sacrément le faire souffrir, car aujourd'hui il est toujours incapable d'avoir une relation stable. Il est pire que moi !

— Mais quel est le rapport avec moi, dans ce cas ?

Je ne comprends rien, tout ça est une véritable énigme, encore plus compliquée que celle du père Fouras.

— Tout ce que je peux te dire, c'est qu'il avait l'air pour une fois intéressé par une femme, chose que je n'avais jamais vu de sa part depuis que je le connais.

— Lara, ça ne fait que quelques mois que tu le connais, crois-je bon de préciser.

— Ouais et durant ces quelques mois, comme tu dis, j'en ai vu passer, des nanas !

Pourquoi ne puis-je m'empêcher de ressentir une pointe de jalousie en entendant cette phrase ?

— Mais Nathanaël est différent depuis qu'il te connaît, Emilie, et je suis certaine que tu lui fais du bien.

Je baisse les yeux, fixe mes mains, l'air perdu. Je ne sais plus du tout quoi en penser. Ai-je abusé ? Est-ce pour cette raison qu'il est si blessé ?

— Je suis désolée, Lara, mais j'ai du mal à y croire. Il ne fait que souffler le chaud et le froid depuis le début. Dès que je fais un pas vers lui il recule et dès que je suis trop loin il me rattrape dans ses filets. J'en ai plus que marre de lui courir après sans savoir où ça va nous mener. Tu me dis qu'il a changé depuis qu'il est avec moi et pourtant crois-moi il a été clair.

— Clair comment ? Qu'est-ce que tu entends par-là ?

— Une nuit et rien d'autre voilà ce qu'il m'a dit. Vu le nombre de filles qui ne cessent de l'appeler, il va avoir vite fait de me remplacer.

— Tout ce que je peux te dire, c'est que Nate a effectivement un tas de filles à ses pieds. Mais tu sais quoi ? C'est avec toi qu'il a passé le plus clair de son temps. Que ce soit par téléphone ou lors de vos rendez-vous, à organiser mon mariage.

— Pourtant, vu son comportement d'aujourd'hui je pense que les choses sont claires…

— Si c'était le cas, tu penses réellement qu'il agirait de cette manière ? S'il se conduit comme un petit con, ce n'est pas pour rien. Parle avec lui, Milou, prends des risques, comme tu le dis si bien.

— On verra ça après le mariage. Demain, c'est ton jour !

Je tente de changer de sujet, cette conversation m'a épuisée en quelques minutes et a suffi à faire retomber toute l'euphorie qui m'avait gagnée en me replongeant dans le passé.

— T'as raison, allons dormir !

— Non, future madame ! J'ai reçu un SMS de la maquilleuse pendant que tu chantais *Toxic* de Britney Spears sous la douche.

— Et ?

— Tu dois hydrater ta peau, du coup avant de dormir c'est masque et gommage du visage puis une crème de nuit !

— T'es sérieuse, là ? J'ai horreur de ce genre de machin, je vais finir toute collante.

— C'est non négociable ! Tu fais tout ça, c'est un ordre de témoin !

— OK, alors promets-moi de parler à Nate.

Encore lui…

— Je t'ai dit après le mariage…

— Promets-le…

— OK, je te le promets.

Chapitre 36

Jour J !

Je n'ai pas fermé l'œil de la nuit et ça n'a aucun lien avec Nathanaël… Bon d'accord un petit peu, mais les ronflements de ma meilleure amie y étaient également pour quelque chose. J'ai filé un somnifère à Lara pour qu'elle dorme à poings fermés, le seul souci c'est qu'elle a tellement bien roupillé que ça s'est entendu.

Je me lève et file tout droit en direction de la salle de bains, des poches sous les yeux, les cheveux hirsutes comme si je venais de mettre les deux doigts dans une prise électrique, je ressemble à un véritable épouvantail. Mon Dieu ! Je suis carrément hideuse ! La maquilleuse ne devrait plus tarder et la pauvre va avoir du boulot pour réussir à me faire ressembler à quelque chose. Qu'elle passe directement chez Castorama car c'est tout un pot de peinture qu'elle va devoir me mettre sur le visage pour camoufler tout ça !

— Salut la plus belle, bien dormi ?

Je sursaute, encore à moitié dans les vapes quand Lara déboule dans la salle de bains toute pimpante. Elle n'a jamais eu besoin de maquillage pour être belle, son teint naturellement hâlé lui confère une bonne mine et ses cheveux bruns légèrement ondulés paraissent coiffés même au saut du lit. Je l'envie !

Alors qu'elle dépose un baiser bruyant sur ma joue, je lui offre mon plus beau sourire et me saisis de ma brosse à dents pour faire fuir mon haleine du petit matin. Elle en fait de même et nous nous chamaillons devant la glace pour monopoliser la seule vasque de cette salle de bains. Lara a l'air de bonne humeur et je suis heureuse que le stress qui l'avait gagnée la veille ait disparu. Elle attrape son téléphone et met la musique, de quoi encore une fois nous mettre en forme pour la plus grande journée de sa vie. Pour ne pas changer, elle met notre playlist préférée, celle des années 1990. On s'éclate et on se déhanche tout en se brossant les dents sur *Dieu m'a donné la foi,* le célèbre tube d'Ophélie Winter. Alors que nous rigolons comme des gourdes nous sommes interrompues par des bruits provenant de la porte d'entrée. De peur qu'il ne s'agisse du futur marié, j'oblige Lara à rester enfermée dans la salle de bains en allant voir ce qu'on nous veut.

Les cheveux encore en pétard, je manque de me faire peur en croisant mon reflet dans le miroir du couloir. Bordel, je suis vraiment terrifiante. Deux nouveaux coups se font entendre…

— Une minute, j'arrive.

Je tente de lisser du bout des doigts mes cheveux blonds complètement emmêlés et pince le haut de mes joues pour me donner bonne mine. Malheureusement pour les cernes je ne pourrais pas faire grand-chose.

— Oui ? dis-je avec un peu trop d'entrain en ouvrant la porte.

Je me retrouve nez à nez avec Nathanaël. Il est déjà prêt… Pourtant la cérémonie n'a lieu que dans trois heures. Il est beau à se taper les fesses contre le sol. Il est vêtu d'un smoking bleu marine sur une chemise blanche et pour assortir sa tenue à la mienne comme le veut la tradition il porte un nœud papillon orange. Il est carrément canon.

— Désolé, je te réveille ?

Tête baissée, il m'offre un sourire gêné. Étrangement, son comportement est différent d'hier. A-t-il lui aussi eu une conversation avec Pierre ?

— Non, t'inquiète pas, je n'ai pas beaucoup dormi cette nuit et je suis levée depuis une bonne heure.

Piètre mensonge et je réalise qu'en disant ça je ne peux même pas mettre ma tête cadavérique sur le compte du réveil ! Je ne suis vraiment pas douée pour raconter des salades. Mais je n'avais pas envie qu'il culpabilise et je préfère partir du bon pied aujourd'hui, hors de question qu'on se crêpe le chignon.

— J'ai pas beaucoup dormi non plus.

Pourquoi ne puis-je m'empêcher de m'imaginer tout un tas de scénarios ? Est-ce parce que lui aussi a pensé à moi ? Est-ce que Pierre a également ronflé ? Ou bien est-ce simplement car il a passé la nuit avec l'une des cousines ? Bordel ! J'en ai ma claque d'énumérer sans arrêt tout un tas de possibilités sans me laisser vivre, comme dirait Lara.

— Tu voulais me voir ?

— Euh… en fait, je voulais voir Lara. Pierre m'a demandé de lui remettre ce bracelet, tu sais la tradition, tout ça… Il fallait quelque chose de neuf et il souhaitait lui offrir ce bracelet et comme elle ne peut le voir avant la cérémonie…

— Ah… dis-je légèrement déçue, tu veux que je lui donne ou je l'appelle ?

— Si ça ne t'embête pas de lui remettre, le voici.

Il me tend un petit écrin de velours rouge. Nos doigts se frôlent, nos regards s'aimantent. Je suis aspirée par ses deux billes sombres. Mon corps vibre, ma respiration se bloque. J'aimerais tellement pouvoir l'embrasser, lui présenter mes excuses, mais est-ce qu'il voudra m'écouter ? J'ai promis à Lara de prendre des risques et je crois qu'il est temps que j'honore ma parole.

— Je te demande pardon, Nathanaël…

Voilà c'est fait, c'était aussi difficile que libérateur. J'inspire un bon coup et me sens soudainement plus légère.

— Tu n'as pas à t'excuser, c'est oublié. Tout ça, c'est de l'histoire ancienne, aujourd'hui nous devons jouer notre rôle et être présents pour nos meilleurs amis. On se voit à la cérémonie.

Il se retourne et m'abandonne. Encore une fois, je me retrouve seule, avec ce joli écrin qui contient le cadeau de Lara. De nouveau, une boule se forme dans ma gorge et les larmes me montent aux yeux mais il est hors de question que je pleure. Non. Pas aujourd'hui. Aussi, j'inspire un bon coup, me force à sourire et retourne auprès de ma meilleure amie. Aujourd'hui, c'est son jour ! Le reste, on aura bien le temps de le gérer plus tard.

Chapitre 37

H-2

Je suis partagée entre l'envie de rire et de pleurer. Lara est assise devant le miroir alors que la maquilleuse vient de terminer le travail. Elle est resplendissante mais, vu la tête qu'elle fait, je crois qu'elle ne partage pas mon avis.

— Qu'est-ce que tu as ? demandé-je discrètement.

— Non mais t'as vu la tronche que j'ai ?

— Oui, tu es vraiment magnifique.

— Non mais t'as fini, oui ? T'es mon amie, tu dois être sincère.

— C'est exactement ce que je fais.

— Milou, je suis bonne pour aller chanter un playback chez Michou et non pas pour aller me marier.

Elle se lève, s'évente avec ces mains. Merdouille ! Elle nous fait encore une crise de panique.

— Ça ne va pas, madame ? s'inquiète la maquilleuse.

— Alors déjà c'est mademoiselle, le futur marié ne m'a toujours pas foutu la bague au doigt et avec le maquillage que je me tape je crois que je vais le rester ! Je ressemble carrément à un travesti !

— Euh Lara… calme-toi, je pense que tes mots dépassent ta pensée.

— Non, je ne me calme pas ! Je suis censée me rendre à l'église dans une heure, je ne suis toujours pas habillée, ni coiffée et Pierre n'acceptera jamais de se marier avec moi, vu la tronche que je me paie.

Je demande gentiment à la maquilleuse, qui ne sait plus où se mettre, de nous laisser un instant et force Lara à s'asseoir sur le bord du lit. Elle est nerveuse, son pied tape frénétiquement sur le sol et ses yeux commencent à s'humidifier. Si elle pleure, la maquilleuse est bonne pour tout recommencer.

— Écoute-moi, Lara. je suis ta meilleure amie, non ?

— Hum… opine-t-elle.

— Tu penses réellement que je te laisserais apparaître sur des photos en étant hideuse comme tu dis ? T'es carrément sublime ! Bien sûr que tu as beaucoup de maquillage et ça te surprend toi qui es belle naturellement mais crois-moi ce n'est pas superflu, t'es juste magnifique ! Pierre va craquer et je suis sûr qu'il ne tiendra pas jusqu'à ce soir pour te sauter dessus.

— Tu dis ça juste pour être gentille…

Elle affiche une mine boudeuse, semblable à celle d'une petite fille. Je souris et dépose un baiser affectueux sur sa joue.

— Allez, je vais faire rentrer la coiffeuse pour qu'elle s'occupe de ton chignon et moi je vais passer au maquillage.

— Oh fait, pourquoi tu ne t'es pas fait coiffer ? remarque enfin Lara.

— J'avais envie de laisser mes cheveux lâchés, finalement.

— Et c'est parfait ! Tu es beaucoup plus belle avec les cheveux détachés.

J'éprouve le besoin de la serrer dans mes bras. Lara, c'est ma sœur de cœur, celle qui peut aussi bien être la plus petite des deux quand elle pète un câble comme il y a cinq minutes, mais elle peut tout aussi bien être la plus grande quand elle me sermonne comme hier soir. Elle fait partie de ma vie, de ma famille et je l'aime d'un amour inconditionnel.

— Je t'aime, Lara.

— Et moi encore plus fort, Milou !

— Tu vas être sublime aujourd'hui, je suis très heureuse pour toi. Pierre est un homme merveilleux et je suis certaine que vous finirez tous les deux ensemble tout fripés à cause de votre marmaille qui vous en aura fait voir de toutes les couleurs.

— Des marmots, tu dis ? Hors de question ! Faut que je lui en parle d'ailleurs, ça sera un seul et unique enfant et ça, pas avant cinq ans !

— Ralala Lara, tu es irrécupérable.

*

Je tiens fermement le bouquet de roses blanches entre mes mains. Je suis horriblement stressée, j'ai l'impression d'être celle qui va dire oui et pourtant ma vie sentimentale est aussi dépeuplée que le désert de Gobi.

— Prête, Lara ?

— Bordel, je suis aussi stressée qu'un homard près d'une marmite d'eau chaude.

Je ne peux m'empêcher de pouffer.

— Allez ! C'est parti !

Je prends une profonde inspiration et ouvre la portière. Punaise, mes jambes flageolent.

Garde ton calme Emilie !

Manquerait plus que je me rétame devant tout le monde ! Un pas, puis un second. Je remarque dès ma sortie les cousines de Lara. Elles sont très jolies elles aussi, elles portent des robes de la même couleur que la mienne et tiennent dans leurs mains un bouquet similaire au mien. Étrangement, pour une fois, elles me regardent avec un sourire sincère, ce qui m'encourage à aller vers elles. Une bise, puis une autre.

L'atmosphère est étrange. Je lève la tête vers la grande église qui me fait face. Nous avons de la chance, bien que nous soyons en plein automne, l'air est doux et un beau soleil perce dans le ciel. J'avais vu avec la fleuriste il y a quelque temps pour faire installer des fleurs à l'entrée. C'est vraiment beau et tout ça donne une ambiance romantique au lieu.

Je m'approche de la grande porte en bois pour ouvrir la marche. Je sursaute. Une main vient de se loger délicatement au creux de mes reins. Je me tourne, relève le visage, surprise, et je suis comblée de constater qu'il s'agit de Géant Vert.

— Je t'avais dit que tu serais heureuse d'avancer à mon côté, me nargue-t-il avec un clin d'œil.

L'espace d'un instant, j'ai l'impression de faire un bond en arrière. De nous revoir lors de notre première chamaillerie dans le couloir de l'hôpital. Ce jour-là, je n'avais qu'une envie : le baffer. Aujourd'hui, je ne veux qu'une chose : l'embrasser. Comment en sommes-nous arrivés là ? Comment les sentiments que j'éprouve pour lui se sont transformés pour exploser en moi comme un véritable feu d'artifice ? Toutes nos joutes verbales me manquent et, en entendant ces paroles, je suis heureuse de partager tout ça une dernière fois avec lui.

— Ça va, tes chevilles ? rigolé-je.

— Elles se portent à merveille !

Il me sourit de toutes ses dents. Sa bonne humeur est si communicative que je sens mes joues me brûler et me faire mal tant je souris.

— Tu es très belle, Emilie.

Je ne sais plus où me mettre, il dépose un baiser sur le haut de mon crâne et m'offre son bras. L'un contre l'autre, nous avançons et ouvrons la marche. Mon cœur se gonfle de bonheur, je sais qu'à l'instant présent il joue un rôle, qu'il se montre sous son meilleur jour pour donner bonne impression, d'une entente parfaite entre nous et pourtant je sais que tout est faux. Ce matin il a été clair, lui et moi, c'est fini, et nous devons juste donner la réplique aujourd'hui pour être ce pourquoi nous sommes là : être les témoins. Malgré le monde autour de nous j'occulte tout. Je savoure sa présence près de moi et la douce chaleur qui émane de lui. Je profite de chaque instant à ses côtés car je sais que ça ne va pas durer.

Des chants s'élèvent. Pour l'occasion un groupe de gospel a fait le déplacement pour animer la cérémonie. Ma gorge se serre soudainement. L'émotion. Je suis si émue que je m'agrippe au bras de Nathanaël de toutes mes forces, de peur de tomber. Des dizaines de visages se tournent vers nous, certains que je reconnais, d'autres qui me sont inconnus. Je me sens tout d'un coup intimidée et la présence du petit con à mon côté me rassure.

Le sol de la nef de l'église est recouvert de pétales et j'avance portée par l'émoi de l'instant.

Je fais abstraction de tout autour et ne vois que Nathanaël. *All You Need Is Love* des Beatles résonne. Un orgue, des trompettes et les voix si mélodieuses ne font qu'approfondir la magie du moment. Cette chanson n'est rien d'autre qu'un petit clin d'œil à ma meilleure amie et à toutes les nombreuses fois où nous avons regardé *Love Actually* en picorant du popcorn. Alors que j'arrive à hauteur de Pierre, lui aussi sublime dans son smoking, les chemins de Nathanaël et moi se séparent. Je me sens comme orpheline tout d'un coup mais je me reprends vite en entendant la fameuse marche nuptiale. Lara avance. Marco, dont je n'avais pas encore remarqué la présence, la suit et la photographie sous toutes les coutures. Elle est splendide, si belle que j'ai l'impression de voir un ange. Son père étant décédé quand elle était jeune, c'est donc son futur beau-père qui l'accompagne jusqu'à l'autel. Mon cœur se gonfle de bonheur car en épousant Pierre, elle obtient également une famille qui l'aime, vu le sourire sincère qu'ils lui offrent.

Devant tout cet amour, mon cœur me pousse à chercher ma mère du regard sur les bancs, et je la repère très rapidement. Elle est accompagnée de sa voisine. Elles me font un signe de main discret. Comme une gosse le jour du spectacle de fin d'année, je suis heureuse de voir ma mère dans l'assistance. Elle a l'air d'être elle-même, pas malade, de me reconnaître et je décide à cet instant que cette journée est juste parfaite ! Soudain, alors que je réponds au signe de ma mère, je vois une seconde main s'agiter juste derrière.

Mon sang se glace dans mes veines. Mon cœur bat la chamade. J'ai la gorge nouée tout à coup et je sens tous les poils de mon corps se hérisser.

Mais qu'est-ce qu'il fout là ?

Chapitre 38

Ça y est, elle va dire oui !

Mon regard ne le lâche pas. Je suis comme pétrifiée. Il est près de sa greluche de dix ans son aîné. Il compte réellement m'humilier devant ma famille, devant mes amis ? Je suis à deux doigts de pleurer et je m'efforce de réguler ma respiration et de lever le visage vers le plafond de l'église pour ne pas fondre en larmes. Tout se bouscule dans mon esprit, sa présence ne fait que s'entrechoquer tous les sentiments que j'éprouve. Comme face à un tsunami susceptible de m'emporter dans une houle dangereuse, je me sens submergée. Impossible de reprendre pied tant le revoir me perturbe. Alors que l'assemblée se lève et applaudit les jeunes mariés qui viennent de s'embrasser, je me tourne enfin vers eux. J'ai carrément tout loupé. Trop préoccupée par mon ex et tous les souvenirs qui m'ont bombardée. Les invités commencent à sortir et je les suis d'une marche rapide pour leur donner tous les confettis à jeter pour accueillir les mariés. Nathanaël est sur mes pas et alors que j'arrive à hauteur de Jonathan, je ne peux m'empêcher de jeter un coup d'œil dans sa direction. Je m'arrête net, choquée.

— Ça va, Emilie ?

La bouche de Jonathan est posée sur celle de sa petite amie. Il l'embrasse d'une manière langoureuse sans aucune retenue. Bordel, il n'a même pas honte de me faire ça. Alors que Nathanaël me prend pas le bras, je le suis sans rechigner. J'ai l'impression d'avoir débarquée sur une autre planète, d'être dans un autre monde. Je ne suis pas loin de m'effondrer et quand je remarque que Nathanaël me tire par le bras à l'écart, je ne comprends pas.

— Qu'est-ce qu'il t'arrive, Emilie ? T'étais si livide pendant la cérémonie que j'ai cru que tu avais vu un fantôme dans l'église. Ton visage est si crispé que tu vas réussir par rester figée.

— Jonathan est là…

— Et alors ? Ne t'en fais pas, j'agirai comme si rien ne s'était passé entre nous.

— Non, tu ne comprends pas…

Incapable de trouver mes mots, je reste silencieuse durant de longues secondes. Les larmes me montent aux yeux, je m'en veux d'être aussi faible, aussi réactive face à son affront. Tout d'un coup, Nathanaël prend mon visage entre ses mains et plonge son regard dans le mien. Si proche de lui, je retiens mon souffle et me concentre sur lui, faisant abstraction du reste.

— Emilie, explique-moi s'il te plaît. Lara et Pierre vont sortir d'ici deux minutes et il est hors de question qu'elle te trouve en larmes. Notre rôle est d'être là pour eux, mais c'est aussi d'être là l'un pour l'autre afin de ne pas craquer. Ces derniers jours ont été éprouvants, je le reconnais, mais je suis là, tu peux compter sur moi.

Comme s'il venait de me libérer d'un poids, je sens mes épaules s'affaisser et se détendre. Je peux compter sur lui, me dit-il, mais puis-je réellement lui faire confiance ?

Prends des risques, me disait Lara il y a à peine quelques heures…

— Je t'ai menti depuis le départ… j'ai menti à tout le monde, dis-je, la voix entrecoupée par mes sanglots.

— Sur quoi, Emilie ? Je ne comprends pas.

— Jonathan et moi c'est fini depuis des lustres. Il m'a larguée la veille de la demande en mariage de Pierre. Je ne voulais pas le dire à Lara car j'avais peur qu'elle annule tout pour moi.

— Hum… Donc depuis le départ tu étais célibataire.

J'opine, honteuse. Alors qu'il me fixe avec insistance, je n'arrive pas à soutenir son regard. Il pèse sur moi et je sens le poids des reproches. Pourtant, après une longue inspiration, il reprend :

— Ce n'est qu'un con s'il n'a pas su saisir l'opportunité d'être avec toi. Passe à autre chose poupée, t'en as rien à battre de ce minable.

Je souffle de soulagement et réussis à enfin lui faire face.

— C'est plus difficile à dire qu'à faire. Il est là et il est accompagné de la fille avec laquelle il m'a trompée.

— Et alors ? On s'en moque…

— Mais…

Je n'ai pas le temps de terminer ma phrase que nous entendons les invités crier : « Vive les mariés ! » Bordel ! On a oublié Lara et Pierre. Les pouces sur le coin de mes joues, il essuie les quelques larmes qui s'étaient échappées de mes yeux. D'un sourire qui se veut rassurant, il me demande mentalement si je suis prête à affronter toute cette merde. Je prends une profonde inspiration et opine du chef. Si je le fais, c'est uniquement pour Lara et Pierre, je ne dois pas être égoïste et remplir mon rôle !

— Je serai là, Emilie, je te promets que je ne te laisserai pas tomber.

Ses lèvres se rapprochent. Je suis certaine qu'il est sur le point de m'embrasser et je sens mes joues s'enflammer. Sans que je le calcule, je me hisse sur la pointe des pieds pour que ma bouche soit à la hauteur de la sienne, mais pour le coup Nathanaël et moi ne sommes pas sur la même longueur d'onde car il dépose ses lèvres contre mon front. Son baiser se fait plus long que la normale. Je savoure la douceur de ses lèvres, il m'entoure de sa force et j'arrive enfin à respirer convenablement.

On se sépare et on se dépêche d'arriver jusqu'à la sortie de l'église. Sa main reste accrochée à la mienne et, tel qu'il me l'avait promis, il reste près de moi. Nous rejoignons vite les convives, jetons les confettis sur les jeunes mariés et je tente de sourire.

Rapidement, les invités se saluent et ma mère arrive près de nous.

— Emilie, qu'est-ce que je suis contente de te voir ! Ça fait tellement longtemps !

— Avant-hier maman, on s'est vues avant-hier, dis-je, lasse.

— Ah bon ? Roh… excuse-moi. Et vous, Nathanaël, comment allez-vous ?

Je manque de m'étouffer. Elle se souvient de Géant Vert… De nouveau mes yeux s'humidifient et j'ai l'impression d'être une véritable pleurnicheuse à geindre dès que quelque chose me perturbe. Sauf que là, ce sont des larmes de joie. Ma mère se souvient de lui. Je suis extrêmement touchée de voir qu'il l'a marquée.

— Comment allez-vous, madame Moreno ?

— Oh tu peux m'appeler belle-maman, hein, bientôt tu seras marié à ma fille.

Saperlipopette ! Je ne sais plus où me mettre, mais au moins ses réflexions ont l'avantage de me faire sourire et presque de me détendre. J'ai bien dit *presque*, car j'avoue que je suis tout de même légèrement mal à l'aise.

— Ma petite Emilie ! Que tu es belle !

Mama Sabourin arrive et me prend dans ses bras, je suis tellement heureuse de la voir. Alors que nous entamons les banalités et que, à mon grand soulagement, Géant Vert reste avec nous, je me crispe. Jonathan fend la foule et s'avance dans ma direction. Ma mère l'a déjà rencontré et j'ai un peu peur de la tournure que va prendre la conversation.

— Bonjour Emilie, me salut-il tout pimpant.

Il est toujours aussi beau et pourtant j'ai du mal à le trouver encore séduisant. Bien que son costume – probablement taillé sur mesure – lui va à ravir, quelque chose chez lui me dégoûte. Sa gourde l'accompagne et me sourit, gênée.

T'as raison de te sentir mal à l'aise, ta place n'est pas ici, pensé-je.

— Comment allez-vous ?

— On se connaît ? demande ma mère.

Comme je suis heureuse que, pour une fois, elle ne se souvienne pas ! Jonathan paraît décontenancé. S'il avait été un peu plus présent pour moi et qu'il m'avait écoutée plutôt que de s'écouter lui-même, il saurait pour ma mère…

— On s'était rencontrés il y a quelque temps, répond-il gêné. Alors quoi de neuf, Emilie ? Tu ne me présentes pas ? demande-t-il en pointant du menton Nathanaël.

— Si, bien-sûr… Jonathan, Nathanaël, c'est le témoin de Pierre.

— Enchanté.

Il tend la main en direction de Géant Vert qui étrangement a l'air aussi tendu que l'arc de Katniss Everdeen dans *Hunger Games*.

— C'est le fiancé d'Emilie, reprend fièrement ma mère.

— Ah bon ? dit-il, choqué.

J'ai l'impression que les yeux de Jonathan sont sur le point de lui sortir de la tête et il s'éloigne quelque peu de sa Caroline.

Pitié… Creusez-moi une tombe… Je suis sur le point de défaillir.

— C'est vrai ? me demande de nouveau Jonathan.

— Oui, tout à fait. Entre elle et moi, ça a été un véritable coup de foudre, répond Nathanaël à ma place.

Hein ? Quoi ? Comment ? Punaise… Ce mariage prend une tournure pour le moins inattendue…

Chapitre 39

Nous sommes rapidement appelés par Lara et Pierre pour entamer la séance photo. Marco m'offre des sourires chargés de sous-entendus et Nathanaël n'a pas dit un mot de plus.

— Pourquoi tu as fait ça ? lui demandé-je.

— De quoi ? Tu parles de te sauver les miches ? Ce mec est un petit con arrogant qui était fier de fanfaronner avec sa nouvelle conquête devant tes yeux, j'ai cru bon de continuer dans le mensonge de ta mère plutôt que de te laisser t'afficher. À moins que tu n'aies encore l'espoir qu'il revienne ?

Sa voix sonne presque comme un reproche et je réalise qu'il faut vite que je désamorce la bombe qui est prête à exploser. Hors de question qu'on se chamaille et encore moins maintenant qu'on est censé être « fiancés ».

— Non, ça n'a rien à voir, mais tu n'étais pas obligé.

Je suis gênée. Je me balance d'un pied sur l'autre et si je n'étais pas forcée de rester à son côté pour les photos j'aurais déjà pris mes jambes à mon cou et fui.

— Écoute, je ne suis obligé de rien mais on va lui faire fermer sa grande gueule à ce petit con et après chacun de nous reprendra le cours de sa vie, ça te va ?

— Hum… merci.

J'opine. Pourtant, je ne suis qu'à moitié convaincue. On fait semblant le temps d'une journée puis tout redevient normal ? Mais mes sentiments pour lui sont bien réels et je ne suis pas sûre de réussir à faire la différence…

Je n'ai pas le temps de réfléchir, Marco nous mitraille et nous posons en compagnie de Lara et Pierre, plus amoureux que jamais. Ils sont vraiment magnifiques, tous les deux.

Tous les invités ont droit à leur photo avec les jeunes mariés. La famille, les amis, mon ex et sa greluche… Je suis à deux doigts de vomir mais heureusement Nathanaël ne m'abandonne pas. Même s'il doit juste se forcer pour la forme…

— Ça va, poupée ? À moins que je doive t'appeler bébé pour l'événement ?

— Emilie, c'est bien aussi.

— Rabat-joie !

En unique réponse, je lui tire la langue et rigole. Ça fait du bien de le retrouver.

— Photos de couples, messieurs dames, crie Marco.

— Allez bébé, c'est à nous !

Je n'ai pas le temps de répliquer que Nathanaël me tire par le bras. Il se dépêche tellement que l'un de mes talons se prend dans un pavé au sol et que je manque de m'étaler la tête la première. Heureusement, comme lors de notre première soirée en tête-à-tête, Nathanaël me rattrape de justesse et me colle contre lui. Son parfum devenu si familier flatte immédiatement mes narines. Il sent… lui, et l'envie de glisser ma tête dans son cou pour venir m'y blottir est plus que tentante. Alors que je remarque Jonathan juste à côté, Nathanaël vient me murmurer dans le creux de l'oreille :

— Allez poupée, acte I ! Montre-moi tes talents d'actrice !

Je n'ai pas le temps de répliquer que Nathanaël prend mon visage en coupe. Son souffle chaud contre mes lèvres, je meurs d'envie de l'embrasser et finalement je craque la première. Après tout, nous sommes censés être fiancés, pourquoi ne pas profiter de l'instant ? J'agrippe le col de sa veste et le force à venir plaquer sa bouche contre la mienne. Nos lèvres se rencontrent, nos langues se trouvent rapidement, déclenchant au passage tout un feu d'artifice au creux de mon ventre et faisant hérisser les poils de mes avant-bras. Toutes mes tensions s'évaporent à son doux contact. Mon corps vibre d'une étrange manière. Un frisson délicieux me court le long de l'échine et alors que Nathanaël approfondit notre baiser, je sens sa main se poser sur la cambrure de mes reins pour me rapprocher de lui. Elles descendent à la lisière du haut de mes fesses, m'excitant aussitôt. J'ai terriblement envie de lui et, même si je sais que ce n'est pas possible, je ne peux refouler ce que je ressens. Mes mains plongent dans ses cheveux et je tire dessus à mesure que ma fébrilité s'accentue.

— Doucement poupée, on ne tourne pas un film porno non plus, plaisante-t-il contre mes lèvres.

Je sens les siennes s'étirer dans un sourire et je réalise que cette parenthèse hautement érotique est terminée.

— Allez viens, c'est à nous.

Alors qu'il se décolle de moi pour nous mener jusqu'au lieu de la prise des photos, je trouve Jonathan juste à côté, la bouche grande ouverte, la mâchoire à la limite du déboîtement. Je jubile, mon sourire s'élargit et ma main resserre celle de Nathanaël en signe de remerciement.

Punaise, je ne sais pas où je mets les pieds dans cette histoire mais franchement, je m'éclate !

Alors que nous passons à proximité de Lara et Pierre, ma meilleure amie m'attrape et me prend à l'écart.

— Je suis désolée Emilie, je te jure que j'avais complètement zappé. J'avais envoyé les invitations avant de savoir que vous étiez séparés et…

Je ne la laisse pas finir et la prend dans mes bras.

— T'en fais pas, tout va bien.

— T'es sûre ?

— Certaine !

*

Une coupe à la main, Nathanaël à mon côté, je me sens à la fois fébrile et heureuse. Près de lui, j'ai l'impression d'avoir la force et le courage nécessaire pour affronter cette journée. Malgré tout, j'ai horriblement mal aux pieds et Géant Vert doit le remarquer car il me murmure à l'oreille :

— Qu'est-ce que tu as poupée ? Tu n'arrêtes pas de gesticuler, c'est d'être près de moi qui te met dans cet état ? me dit-il en me lançant un clin d'œil.

Comme une cruche, ou peut-être à cause de l'alcool qui commence à s'insinuer doucement dans mon être, je rigole et commence à rougir.

— J'ai surtout très mal aux pieds…

— Pourquoi tu ne changes pas de chaussures ? C'est clair qu'avec tes talons tu dois pas être très à l'aise.

— Je n'ai qu'une paire de Converse.

— Et alors ? Tu pourrais porter des moonboots que tu serais sexy ! L'important c'est que tu te sentes bien. D'autant que le lancer de bouquet ne devrait plus tarder.

Son compliment me touche bien plus qu'il ne pourrait l'imaginer, d'un rapide baiser sur la joue je m'enfuis pour retrouver la douceur de la semelle en coton de mes incontournables baskets !

Une fois à plat pour mon plus grand bonheur, je rejoins Géant Vert, Lara et Pierre toujours un verre à la main – bordel, dans quel état vont-ils finir ? ! Abrités sous un barnum chauffé, nous sommes dans un cadre idyllique. Lara a bien fait de choisir l'orange, qui ressort sur le blanc des lieux et donne vraiment une touche plus authentique, un petit peu plus rustique et campagnard chic. D'immenses bouquets de fleurs orange accompagnées de feuillage jaune avec des roses blanches nous donnent l'impression d'être dans un véritable parc en plein automne, mais le tout sans la boue et les feuilles toutes moches !

— Bonsoir à tous, j'espère que vous passez un agréable moment.

Un grand black en costume qui est très probablement le DJ tente d'attirer l'attention des convives. Nous nous tournons vers lui dans l'attente de son annonce :

— Je vais demander à la nouvelle Mme Romary de venir me rejoindre. J'appelle ensuite Emilie, Lise,

Stéphanie, Jessica, clame-t-il tout en continuant d'énumérer toutes les femmes célibataires.

Nous nous positionnons tous en cercle, Lara en son centre, Dj Will nous remet à chacune un ruban de couleur relié directement au bouquet que Lara maintien au-dessus de sa tête. Le Dj lance *Mambo* de Lou Bega, tous les convives tapent des mains alors que nous tournons en rond autour de Lara. À l'aide d'un ciseau elle coupe un à un les rubans éliminant au fur et à mesure les célibataires.

Nous ne sommes plus que deux, sans surprise Stéphanie et moi sommes face à face et je ressens son envie de gagner le bouquet. Pour ne pas tricher, Lara ferme les yeux et coupe le dernier lien qui n'est pas le mien. Heureuse, j'exhale ma joie et alors que ma meilleure amie rouvre les yeux elle me jette le bouquet que j'attrape en vol. Émue, je découvre qu'il contient deux médaillons de style baroque, chacun avec un portrait de son père et de sa mère.

J'arrive, heureuse, près de Géant Vert qui me félicite :

— Tu peux me remercier tout ça c'est grâce aux Converse ! Bon maintenant il nous reste qu'un an pour nous marier ! se marre-t-il.

Pourquoi cette simple éventualité me plaît plus qu'elle ne le devrait ?

La fête bat son plein. Après les animations, les futurs mariés ouvrent le bal. La musique n'est autre qu'une valse, l'air de *La Belle et la Bête*. Ma gorge se serre d'émotion. Ils sont si beaux. Ils évoluent sur la piste recouverte d'une épaisse fumée au sol. On dirait des anges qui dansent sur des nuages. C'est juste magnifique. Je n'arrive pas à décrocher mes yeux de ce couple si beau, dont l'amour sincère éblouit autour d'eux. Je suis si absorbée que je ne remarque pas Géant Vert qui tend sa main vers la mienne. Lara et Pierre se tournent vers nous alors que la musique change.

— C'est à nous de les rejoindre.

— De quoi ?

Now I've had the time of my life…

— « On ne laisse pas Bébé dans un coin », rigole-t-il.

— Non mais qu'est-ce que tu fous ? T'es pas sérieux là ?

— Oh si ! Très sérieux !

Il me tire par le bras et m'entraîne sur la piste de danse. *Oh my God !* Qu'est-ce qu'il compte faire au juste ?

— Nathanaël… Attends, crié-je en tentant de récupérer mon bras.

— Tu ne te défiles pas ! Allez !

Il s'éloigne, me laissant seule au milieu, avec tous les regards braqués sur moi. Je le regarde s'avancer dans une démarche à la fois sensuelle et joueuse. Bordel, ce mec va me tuer ! Un rictus rieur naît sur son visage et j'arrive à lire sur ses lèvres bien que je ne l'entende pas :

— Fais-moi confiance.

D'un signe du doigt, il me demande de m'approcher de lui, de la même manière que Patrick Swayze dans *Dirty Dancing*, et je réalise qu'il s'apprête à reproduire la chorégraphie du film. Mince ! Se pourrait-il que Lara lui ait dit que j'avais passé mon enfance à m'entraîner avec elle sur cette danse dans l'espoir de la reproduire un jour lors de mon mariage ? Faut dire que cette information était notée dans le gros classeur rose que je lui ai prêté. Mais alors… ça signifierait qu'il ait appris la danse rien que pour moi ? Non, impossible…

Alors qu'il se place face à moi, devant Lara et Pierre qui sont retournés s'asseoir, Nathanaël m'attrape par la taille et me force à me balancer. Je reproduis le mouvement, et entends par la même occasion les sifflements des convives. J'ai terriblement le trac et je suis sur le point de vomir tant mon ventre s'est noué. Aussi, je fixe mon regard dans celui de Géant Vert et ne regarde que lui. Je suis comme hypnotisée par lui, la musique prend possession de mes mouvements et je commence à entamer la chorégraphie. Il se met derrière moi, comme Bébé, je lève mon bras à hauteur de son visage et plonge mon regard dans le sien. Ma bouche est si proche de la sienne et je pourrais très bien l'embrasser. Sa main frôle mon bras, descend près de ma poitrine, beaucoup trop près de mes seins. Je sens mon cœur battre de manière chaotique dans ma poitrine, tout se mélange, tout s'emballe et alors qu'il attrape ma main droite et me fait tourner, tout s'enclenche.

Il me fait tourner, un pas en avant, un pas en arrière. Les épaules relevées, je me tiens droite. Mes cheveux volent autour de nous et j'oublie tout. Je ne vois que lui. Il s'éloigne, pour mieux me tirer à lui. Nos bouches se frôlent à chacun de nos mouvements et je n'attends qu'une chose : que nos lèvres se trouvent enfin. Vient le moment du porté et je me demande s'il est vraiment sérieux lorsqu'il s'éloigne de moi et m'attend.

— Allez bébé, m'encourage-t-il.

Dans son dos, Lara jubile. Elle frappe dans ses mains, son sourire est étincelant. Je prends une profonde inspiration et cours. Je cours en direction de ce petit con qui me rattrape mais au lieu de réaliser le porté, il me prend dans ses bras et me fait tourner si vite que mes jambes volent et que je perds la tête. Je rigole. Je suis heureuse.

— Chiffe molle ! me moqué-je.

— T'as quand même pas cru que j'allais risquer de me faire un tour de reins ?

Faussement outrée, je lui affiche une mine boudeuse mais il ne me laisse pas le temps de faire la tête qu'il s'empare de mon visage alors que les autres invités nous rejoignent sur la piste de danse. Dans un déhanché qui suit le rythme endiablé de la musique, Nathanaël s'approprie mes lèvres dans un rapide baiser. J'en veux plus mais il continue de me faire danser. Lara et Pierre à nos côtés, nous continuons de nous trémousser et nous éclatons jusque tard dans la nuit.

Chapitre 40

Je marche de travers. Entre la fatigue accumulée au cours de cette journée de malade et l'alcool de la soirée, j'ai du mal à y voir clair. Nathanaël a l'air d'être dans le même état car il m'accompagne jusqu'à ma chambre en rigolant. Il est complètement débraillé. Ses cheveux sont coiffés d'une manière d'après baise qui le rend terriblement excitant, sa chemise est sortie de son pantalon et il porte sa veste de costume avec nonchalance. Alors que j'avance vers ma chambre, Nathanaël passe son bras par-dessus mes épaules et me serre contre lui en déposant un baiser bruyant sur ma tempe.

— Putain, on a assuré, poupée !

— Ouais, c'était franchement génial.

— Alors, heureuse d'avoir réussi à foutre les nerfs à ton connard d'ex ?

— Parce que ce n'était que ça pour toi ?

Mon humeur change soudainement. J'ai envie de le claquer. Mais Nathanaël sourit et me colle contre le mur du couloir. Ses yeux se plantent dans les miens avec une telle intensité que je deviens fébrile.

— Non ce n'était pas que ça. Et pour toi ?

Sa voix rauque est terriblement sexy. Bordel de merde ! J'ai terriblement envie de lui. Je ne tiens plus. Je tire sur sa chemise et l'attire à moi. Ma bouche trouve rapidement la sienne et je l'embrasse avec fougue. L'une de ses mains glisse dans mes cheveux alors que la seconde s'empare de mes fesses qu'il presse pour me rapprocher de lui et me montrer l'ampleur de son désir pour moi.

— Bordel, Nathanaël, soit ta chambre soit la mienne… gémis-je contre sa bouche.

Je sens ses lèvres s'étirer et alors que nos chambres se trouvent l'une en face de l'autre il sort la clé de la sienne et me pousse à l'intérieur. D'un geste du pied il claque sa porte sans détacher sa bouche de la mienne. Il me dévore, me goûte. Je veux le sentir partout sur mon corps. Nos lèvres sont soudées, nos langues se trouvent et se caressent de manière sensuelle. À bout de souffle, je m'éloigne et bascule la tête en arrière, lui laissant le loisir de venir me dévorer le cou. Sa bouche m'embrasse, sa langue me lèche, ses dents me mordent. Mince, si ça continue je vais défaillir !

Brusquement, il me retourne et se colle contre moi. Les deux mains à plat contre le mur, je sens sa rigidité pulser contre mes fesses que je tends malgré moi vers lui. Bordel, je ne me reconnais pas ! Il enfouit son visage dans mon cou, décale ma tignasse blonde sur le côté de mon épaule, dépose un baiser à hauteur de ma bretelle qu'il fait glisser le long de mon bras, il entreprend le même manège avec la seconde et rapidement le fin tissu tombe à mes pieds. Je suis à sa merci. Totalement soumise aux sensations qu'il fait naître entre mes cuisses.

Ses mains glissent le long de mes bras puis il dessine du bout des doigts les contours de mon corps en effleurant mes seins. Il me retourne de nouveau et plante son regard dans le mien. Je le vois peu, la pièce est baignée dans l'obscurité et seule la lune offre un peu de lumière me permettant de distinguer les formes de son corps.

— J'ai très envie de toi, Emilie.

Je n'arrive plus à parler, murée dans le silence par toute l'excitation que j'éprouve, je n'arrive qu'à l'embrasser et à gémir contre sa bouche en sentant sa langue me taquiner. Sa bouche me quitte, dévorant ma mâchoire puis se dirige vers mes seins. Tout s'accélère, il retire rapidement mon soutien-gorge, dévoilant ma poitrine à hauteur de ses lèvres. Il me torture, descend la bouche sans pour autant toucher à mes seins. Je me cambre contre le mur, je l'invite à aller plus loin, à me savourer entièrement. Il s'empare de l'un de mes seins qu'il taquine du bout de la langue alors qu'il malaxe le second. J'en veux plus, je ne tiens plus. Un gémissement s'extrait de ma bouche et je le sens sourire contre ma peau. Ses lèvres brûlantes abandonnent ma poitrine et descendent plus bas, je sens ses doigts venir frôler ma lingerie.

— Prête pour l'acte II, bébé ? dit-il en découvrant probablement que je suis trempée.

Je n'ai pas le temps de réagir qu'il fait glisser ma lingerie le long de mes cuisses. Il souffle contre mes chairs humides et tout mon corps se contracte dans l'attente de sa caresse. Mon désir devient ingérable, j'ai mal et terriblement envie de lui. Il se saisit de ma cuisse qu'il m'invite à passer par-dessus son épaule. Ses mains s'accrochent à mes fesses tandis qu'il approche mon bassin contre sa bouche. Sa langue avide se jette sur mon sexe qu'elle explore. Il me goûte tout d'abord timidement puis tourne autour de mon clitoris avant de l'emprisonner entre ses dents.

Je hurle. Je n'arrive pas à me contrôler. Mes doigts glissent dans ses cheveux, le forçant à continuer. Je tremble sous son emprise et je tiens difficilement sur la seule jambe qui me maintient encore debout. Alors que je suis à la limite d'imploser, Nathanaël insère deux doigts en moi. Je hurle, crie, des spasmes m'envahissent et suffisent à me faire perdre pied.

Nathanaël se redresse rapidement et me saisit sous les cuisses. À moitié dans les vapes, je me laisse faire alors qu'il me fait retomber sur son lit. Son odeur flotte tout autour de moi. Le lit étant plus proche de la fenêtre, je le distingue plus facilement. Je me redresse, j'ai envie de le voir… Non, j'ai besoin d'admirer son corps si magnifique. Je déboutonne sa chemise, mes doigts tremblent. Alors que je me débrouille comme une débutante, Nathanaël prend le relai, dévoilant son torse musclé et tatoué. Il est une véritable œuvre d'art à lui tout seul, pourtant je n'arrive pas à décrocher mes yeux des siens. Les dents plantées dans ma lèvre, j'ai envie d'embrasser chaque parcelle de sa peau. Son pantalon et son boxer suivent rapidement le même chemin, révélant complètement sa nudité. Je me redresse et tombe à ses genoux. Il se baisse et sort un sachet argenté de la poche de son pantalon et je ne peux m'empêcher de rire.

— Acte III ?

— T'as tout compris, bébé !

Son sexe recouvert de latex, Nathanaël s'effondre contre moi. Sentir sa peau nue et chaude suffit à m'enflammer de nouveau. J'ai tant envie de le sentir en moi, il m'écarte les cuisses et vient frotter son sexe doux contre le mien. Je ne peux me retenir d'enrouler mes jambes autour de ses hanches l'invitant à venir me rejoindre. Il ne se fait pas prier et, alors qu'il dévore de nouveau ma bouche, je le sens s'introduire entre mes cuisses, me volant des gémissements que je ne contrôle pas. Il va et vient sans cesser de m'embrasser, et j'adore ça. Il me bascule. Je me retrouve au-dessus de lui et le contemple. Son regard ne m'intimide pas le moins du monde, bien au contraire, je prends du plaisir à voir ses yeux briller d'excitation en me regardant. Alors qu'il me donne le rythme, je monte et descend le long de sa rigidité. Il se redresse et dévore ma poitrine. Nous sommes si liés. L'un contre l'autre dans une danse sensuelle. En transe, il me pénètre de plus en plus fort, nous arrachant des cris de plaisirs. Je l'emprisonne en moi, je le sens palpiter à son tour et basculer rapidement dans un orgasme vertigineux. Alors que je ferme les yeux savourant ses derniers coups, il m'attrape le visage pour me regarder. Tout est si puissant, tout est décuplé. Il établit une réelle connexion comme je n'en ai connu avec personne d'autre et m'entraîne avec lui dans le gouffre de la jouissance.

Je suis à bout de souffle. Je me laisse tomber contre lui et je sens ses bras se refermer sur moi. Il m'enlace tout en plongeant son visage dans mon cou. Je ne cesse de sourire, je suis si heureuse que mes joues me brûlent. Je suis complètement vidée, au point que je ne pense plus à rien. Il se retire de moi et enlève la capote. Soudainement je me sens comme abandonnée mais la solitude est de courte durée car Nathanaël revient contre moi et me colle à lui. Ma tête contre son torse, je suis bercée par les battements de son cœur. Je savoure cette plénitude, cet instant de bonheur pur et sans superflu.

Chapitre 41

Je me réveille en sursaut en plein milieu de la nuit ou plutôt devrais-je dire le matin. J'ai trop chaud, j'étouffe et je réalise que c'est uniquement parce que Nathanaël me tient tellement fort contre lui que je suffoque.

— Nathanaël, hé oh…

Je tente de le réveiller mais je pense qu'il est en plein cauchemar. Son visage est fermé, ses sourcils sont froncés. Du coup, je le secoue avec plus de vigueur car je commence vraiment à être mal à l'aise.

— Tu me fais mal…

— Emilie ?

Il sort peu à peu de ses songes et relâche son étreinte. Il regarde rapidement autour de lui et tente de remettre de l'ordre dans ses idées. Ses yeux sont humides, à croire qu'il est sur le point de pleurer.

— Ça va ? me demande-t-il, anxieux. Je t'ai fait mal ?

— Non, ne t'inquiète pas. Tu as fait un cauchemar ?

Il se redresse et me tourne le dos. Une main tendue vers lui, je le caresse dans un geste qui se veut rassurant.

— Parle-moi…

Il se retourne et je distingue à présent son visage torturé. Ça me brise le cœur de le voir si mal et j'aimerais tellement faire taire toute la peine qu'il ressent. Soucieuse de le voir soudainement si pensif, perdu entre son cauchemar et la réalité, je crains qu'il ne mette de nouveau de la distance entre nous. Pourtant, c'est tout le contraire, alors que j'expire bruyamment pour exprimer malgré moi ce que je ressens, Nathanaël m'attrape et me colle contre lui. Son visage plonge dans mes cheveux et j'ai l'impression qu'il hume leur parfum.

— J'ai cru que tu n'étais plus là.

— Comment ça ?

— Dans mon cauchemar.

— Tu veux dire que c'était moi, dans ton rêve ?

Et pas cette fameuse Lucie, m'empêché-je de rajouter.

— Oui, tu étais partie…

Sa voix est semblable à celle d'un enfant. *Bordel, Nathanaël…*

— Je suis là…

Je le prends dans mes bras, il se blottit contre ma poitrine tel un enfant peiné. Il fait exploser toutes mes barrières, mon cœur pulse si fort dans ma poitrine que j'ai l'impression de revivre. Mes lèvres trouvent les siennes rapidement et je l'embrasse de manière passionnée.

— Raconte-moi.

Alors que je m'apprête à l'entendre parler de son cauchemar encore une fois il me surprend et se livre enfin :

— Lucie était ma petite amie au lycée.

Je m'en doutais. J'opine pour l'encourager à continuer.

— On s'est connu tout gosse, on était inséparables au point que notre amitié s'est transformée rapidement en amour. On était immatures, très amoureux et un jour, alors que nous étions sur le point de passer le bac, Lucie m'a annoncé qu'elle était enceinte.

Je me crispe, de peur d'entendre la suite. Malgré l'obscurité, j'arrive à discerner dans la pénombre les yeux brillants de Nathanaël. L'émotion que j'entends dans sa voix me force à resserrer ma prise autour de lui.

— Nos parents étaient contre, bien évidemment, on était trop jeunes, on avait encore toute la vie devant nous et pourtant, ce qu'on ressentait l'un pour l'autre était tellement fort que peu importait ce qu'ils disaient, il était hors de question qu'on abandonne le fruit de notre amour. C'était insensé, c'était peut-être bête mais quand j'ai vu Lucie pleurer de peur de perdre son bébé, tout s'est fissuré en moi et je ne voulais qu'une chose, prendre soin d'elle et de notre enfant.

Sa voix se fissure. J'ai terriblement peur de ce qu'il compte me révéler. J'ai attendu ce moment depuis le fameux jour ou Lara m'a révélé que Nathanaël était une âme brisée, et pourtant à présent je la redoute. J'aimerais pouvoir atténuer toute cette peine qu'il a ressenti car j'en suis certaine, aujourd'hui encore il en souffre.

— Que s'est-il passé ? me risqué-je à demander.

— La grossesse a été compliquée, ses parents ne lui laissaient aucun répit et l'obligeaient à faire toutes les tâches ménagères. Nous étions mineurs et nous ne pouvions pas encore emménager ensemble. Il ne restait que quelques semaines pour que nous atteignions la majorité et pour que notre bébé voie enfin le jour. Mais ce temps, elle ne l'a pas eu. À force d'effectuer toutes les corvées de la maison,

Lucie s'est épuisée à tel point qu'on a dû filer en urgence à la maternité.

Une boule se forme dans ma gorge, mon cœur bat à tout rompre dans ma poitrine. Je crains d'entendre la suite…

— Elle n'a pas survécu, et notre enfant non plus… dit-il la voix brisée.

Mon cœur se comprime. Les larmes me montent aux yeux. Prenant mon visage en coupe, il sonde mon regard pour tenter d'y percer mes pensées. Pour unique réponse, je le serre contre moi de toutes mes forces et nos bouches se trouvent rapidement.

— Je suis tellement désolée…

— Tu n'y es pour rien, c'est la vie…

— Mais alors ?

— Si tu as souvent pensé que j'enchaînais les conquêtes les unes après les autres, c'est tout simplement car je ne suis pas prêt à aimer de nouveau. Je ne veux pas la remplacer, j'ai peur de l'oublier.

— Je ne veux pas la remplacer non plus, mais je tiens à toi, Nathanaël.

— Moi aussi, mais je ne suis pas sûr de pouvoir t'offrir quoi que ce soit.

— Je ne te demande rien, on verra ce que l'avenir nous réserve.

— C'est toi qui dis ça ? rigole-t-il enfin.

— Eh ouais, il n'y a que les imbéciles qui ne changent pas d'avis.

Alors que Nathanaël embrasse les larmes qui ont coulé sur mes joues, il s'attaque ensuite à ma bouche et me colle contre lui. Je sens qu'il est prêt pour un second round et j'avoue que moi aussi.

*

Je me réveille à cause de la lumière du soleil qui perce à travers les rideaux. Nathanaël est profondément endormi entre mes jambes et sa tête repose contre mon ventre. Je glisse une main dans sa tignasse désordonnée tout en prenant soin de ne pas le réveiller. C'est si bon d'ouvrir les yeux en le trouvant près de moi dans le lit. Mais les gargouillements de mon ventre et l'envie pressante de faire pipi me poussent à en sortir. Je tente de m'extraire de sa prise autour de moi tout en douceur. Alors qu'il grogne en me sentant partir, je dépose un délicat baiser sur son crâne.

— Je reviens, j'ai faim.

— Hum…

— Tu veux que je te ramène quelque chose ?

— Ton corps ne serait pas de refus.

Je glousse comme une gourde et m'éloigne avant qu'il ne souhaite remettre ça. Hors de question que je l'embrasse avec l'haleine de chacal que je dois me taper et j'ai franchement très envie d'aller aux toilettes. Je récupère mes vêtements et me saisis de la chemise de Nathanaël que je passe autour de moi. Punaise, avoir son odeur contre moi me comble. Juste avant de sortir, je ne peux m'empêcher de regarder Géant Vert allongé sur le lit. Il est si beau…

Je jette un rapide coup d'œil dans le couloir et me précipite dans ma chambre. Après un rapide pipi et un brossage de dents express, je mets un jean mais garde la chemise de Nathanaël sur moi. Avec, c'est comme si une partie de lui était toujours près de moi. Je suis sur le point de sortir quand je croise mon reflet dans le miroir. Mes cheveux détachés encadrent mon visage rayonnant. Même si je le voulais, je ne suis pas sûre que je réussirais à retirer ce sourire figé sur mon visage. J'ai passé une nuit fabuleuse près de lui. Tout à l'heure, alors que je m'éloignais, il m'a dit qu'il me voulait encore, mais va-t-il changer d'avis ? Hier quand nous avons orchestré cette mascarade il m'a bien dit que nous prendrions des chemins séparés après le mariage. Mais tout ça c'était avant que nous tombions dans les bras l'un de l'autre. Mais alors que va-t-il faire ? Soudain, la panique me gagne et je commence à stresser. Pourtant, je dois garder espoir. Mon ventre se met à gronder de nouveau et je décide d'aller manger et prendre un café avant de découvrir par moi-même si Nathanaël m'attend bel et bien.

Je descends et croise Lara qui est déjà debout.

— Alors ma poule, cette nuit de noces ?

— Bon franchement… j'ai connu mieux ! Au moins Pierre a respecté ses engagements, même si je n'avais qu'une hâte, moi, dormir. Après la journée de dingue qu'on avait vécue j'étais épuisée.

Je ne peux m'empêcher de rire, imaginant Pierre à moitié pété qui tenait à assumer sa première nuit d'homme marié et ma copine qui voulait dormir. *Et voilà les joies de la vie d'époux !* pensé-je.

— Et toi alors coquine, c'est à qui cette chemise ?

— Allez viens, on va prendre un café et je te raconte.

Mes joues doivent probablement s'empourprer mais je ne mens pas. Je lui raconte tout ainsi que les détails croustillants alors que nous prenons le petit déjeuner à une heure proche du déjeuner.

— Alors, t'en penses quoi ?

Son avis est vraiment capital pour moi.

— Je suis aussi heureuse que Superman dans un magasin de collants !

— T'es bête, rigolé-je.

— Non mais c'est génial ! Nos deux meilleurs amis ensemble ! Et je ne suis pas peu fière de dire que c'est un peu grâce à moi.

— Comment ça ?

— Bah oui, si je ne vous avais pas chargés d'organiser mon mariage, vous n'auriez jamais réussi à vous entendre ! Putain, je devrais me reconvertir en agence matrimoniale !

— Espèce de petite comploteuse !

— Ouais, je reconnais !

Nous rigolons et finissons notre déjeuner. La bouche pleine du croissant que je mange, je sens une main se poser sur mon épaule. Le visage de Lara se ferme tout d'un coup et j'ai peur de me retourner.

— Qu'est-ce que tu fiches ici ? s'énerve-t-elle.

— Je veux simplement lui parler. Em', tu peux venir deux minutes ? demande mon ex.

— Elle n'a rien à te dire, tu n'aurais jamais dû venir !

— J'ai été invité et je pense qu'elle est assez grande pour me parler elle-même.

Lara, toujours prête à prendre ma défense, est sur le point de se lever pour lui mettre une tarte mais je l'en empêche et me lève de ma chaise.

— Ça va Lara, je vais régler ça. T'as cinq minutes, lui dis-je d'un ton ferme.

— Ça sera assez, viens.

Jonathan me prend par la main et me conduit à l'extérieur. Les bras croisés contre la poitrine, je sens le tissu de coton blanc de Nathanaël contre moi et je ne peux m'empêcher de me dire que cette chemise est similaire à un bouclier. Quoi qu'il me dise, il ne pourra rien changer à ce que je ressens pour l'homme qui dort là-haut. Si je ne lui ai pas dit cette nuit, j'en suis certaine à présent. J'aime Nathanaël. Ce que j'ai ressenti il y a quelques heures dépassait tout ce que j'ai pu éprouver dans ma vie. Il surpasse tout, et a réussi à abattre toutes les barrières que j'avais bâties autour de mon cœur.

— C'est sérieux avec ce mec ? débute-t-il.

— Je ne vois pas en quoi ça te regarde, dis-je, inflexible.

— Écoute, Emilie, on était bien ensemble, j'ai fait une connerie. D'ailleurs j'ai largué Caroline hier soir, j'ai réalisé en te voyant hier que je t'aimais toujours et que j'avais fait la plus grosse connerie de ma vie en te quittant.

Je n'ai pas le temps de réagir qu'il m'attrape par le cou et m'embrasse. Du dégoût, voilà ce que je ressens à l'instant présent. C'est comme s'il profanait une partie de mon âme en déposant ses lèvres contre les miennes. Son geste a été si brusque qu'il me faut quelques instants pour reprendre contenance et le repousser. Je ne me contrôle pas et ma main atterrit directement sur sa joue. J'ai eu mal et pourtant ce n'est rien en comparaison de ce que j'ai ressenti quand il m'a forcée à l'embrasser.

— Ne t'approche plus de moi, Jonathan, toi et moi, c'est fini. Tu as mis un terme à cette histoire et finalement c'était la meilleure chose qui me soit arrivée. Casse-toi et ne reviens jamais.

— Mais Em'…

— Fous-moi la paix !

J'enrage. Je n'ai qu'une envie, me précipiter dans les bras de Nathanaël mais je suis tellement sur les nerfs que j'ai besoin de quelques instants pour recouvrer mon calme. Je m'assois sur les marches de l'escalier, inspire profondément et tente de remettre de l'ordre dans mes idées. Tout s'embrouille et pourtant il n'y a qu'une chose dont je suis certaine, celui que je veux dans ma vie c'est lui… Nathanaël…

Je me lève, me dépêche de le retrouver. La porte est close, mon cœur bat fort, en rythme avec les coups que je porte contre le morceau de bois qui ne me cède pas.

— Nathanaël, c'est moi, ouvre !

Aucun bruit, la porte est fermée à clé. Je me dépêche de retrouver Lara dans la salle à manger.

— Lara, tu as vu Nathanaël ?

Je ne sais pas pourquoi, mais j'ai un mauvais pressentiment. Une boule obstrue ma gorge et je suis à la limite de rendre mon petit déj'.

— Il est parti Milou… Il est passé nous faire un bisou et il est rentré.

Reprendre le cours de sa vie… c'est ce qu'il avait dit. Il n'avait pas menti… Pourquoi ai-je cru à plus ?

Chapitre 42

Nathanaël

J'ai faim… Mon ventre gronde depuis son départ et le froid dû à son absence commence à me peser. Je me retourne, les mains derrière la tête, et fixe le plafond, perdue dans mes réflexions. C'est la première fois depuis Lucie que je me sens aussi connecté à une femme. Ce petit bout plein de vie n'a eu de cesse de me casser les pieds et pourtant dès notre première rencontre je suis tombé sous le charme.

Alors qu'elle courait dans les couloirs de l'hôpital pour monter dans l'ascenseur, que les portes se refermaient sur ce regard aussi bleu que l'océan, j'ai senti mon cœur bondir dans ma poitrine. Je sais, ça peut faire gonzesse de parler de coup de foudre et tout et tout, et pourtant à cet instant c'est exactement ce que j'ai ressenti. Les portes étaient sur le point de me séparer de cette femme que je ne connaissais pas, que je ne reverrais probablement jamais et j'étais incapable du moindre geste. Quelques minutes après, j'ai découvert qu'elle était la meilleure amie de la future femme de mon meilleur pote, et elle est devenue une obsession. Il fallait que j'apprenne à la connaître, il fallait que je sache si ce que je ressentais était réel.

Aussi, j'ai forcé Lara à m'inclure dans les préparatifs du mariage, elle n'a pas eu le choix, j'étais le témoin de Pierre. M'occuper des préparatifs était la clé pour passer du temps près de cette blondinette trop guindée et trop sérieuse pour être une fille qui me correspondait. Pourtant, j'ai compris rapidement que tout ce côté strict n'était qu'une façade, une façon pour elle de se protéger. Je dois avouer que lorsqu'elle m'a annoncé être en couple, j'ai été déçu et j'ai bien tenté de m'envoyer pas mal de nanas pour l'oublier. Néanmoins, je devais continuer de l'accompagner et plus nous passions du temps ensemble, plus je l'appréciais.

D'autant que son histoire avec son « Jonathan » était bancale. Si Emilie avait vraiment été amoureuse, nous n'aurions pas partagé autant de bons moments ensemble. Dans le cas où ce mec l'aurait comblée comme il se doit, elle aurait été avec lui et non pas avec moi. On passait des heures au téléphone à parler des préparatifs, on se chamaillait, on se cherchait et enfin on se rapprochait. Puis elle m'a enfin avoué que tout n'était que mensonge, mais elle était trop bourrée pour que j'accepte de coucher avec elle. Mes sentiments, eux, étaient véritables et j'avais peur qu'elle ne soit pas sincère ni prête. Mais cette nuit tout a changé. Je suis certain qu'elle ressent la même chose que moi. Je me suis ouvert à elle, sans aucune pudeur. Lui livrant mon passé pour l'inviter dans mon futur. Je veux plus d'Emilie. J'aimerais essayer…

Je file sous la douche pour aller la rejoindre, elle doit probablement être en train de se goinfrer de croissants avec sa meilleure amie et de lui raconter tous les détails croustillants de notre nuit.

Une fois prêt, je descends les marches deux par deux, aussi léger qu'un nuage. Je trouve Lara assise à une table, seule, en train de boire son café. Euphorique, je dépose un baiser bruyant sur sa joue et prends place en face d'elle.

— Elle est où ma poupée blonde ?

— Emilie ?

— Bah oui, de qui veux-tu que je parle ?

Elle paraît gênée. Son visage est fermé. Merde, qu'est-ce qu'il se passe ?

— Lara, qu'est-ce que tu ne me dis pas ? Elle est où, Emilie ?

— Euh… Elle arrive.

Elle ment. J'en suis sûr. Je me lève et la cherche. Elle n'est pas à la cuisine, ni dans la grande salle. Je suis sur le point de retourner à sa chambre lorsque j'entends des voix qui proviennent de dehors. Emilie parle à Jonathan, j'ai dû mal à entendre parfaitement leur conversation et je suis forcé de m'avancer pour rendre leurs voix plus audibles mais je m'arrête. Comme si je venais de me prendre un mur en pleine gueule, mes pieds s'immobilisent. Jonathan vient de coller sa bouche contre celle d'Emilie. Elle ne bouge pas, ne le repousse même pas. Comme un coup de poignard qu'on viendrait de me planter en plein cœur, je perds tous mes moyens. Je ne peux rester plus longtemps. Les voir tous les deux, bouche contre bouche, est au-dessus de mes forces. Je rentre de nouveau, rouge de colère, et croise le regard paniqué de Lara. Je ne lui offre qu'un signe de tête, elle a compris. Hors de question que je fasse un esclandre le lendemain de son mariage, les invités sont encore là et je compte bien être toujours le meilleur témoin de l'année malgré le fait que sa connasse de meilleure amie vienne de me briser le cœur.

*

Je ne peux m'empêcher de penser à Emilie. La colère a laissé la place à la tristesse. Je me sens de nouveau seul, abandonné. Cette femme si fermée, si froide avait réussi à atteindre mon cœur. Elle avait réussi à faire disparaître Lucie de mes pensées, celle qui comptait le plus, que j'ai aimée d'un amour inconditionnel, celle qui m'a fait découvrir qui j'étais réellement. Je m'étais toujours juré de ne jamais la remplacer et pourtant ces derniers temps Emilie avait réussi à me la sortir de la tête.

Voilà déjà quatorze ans qu'elle est morte, que ma vie a basculé. Pierre était là heureusement, il m'a soutenu alors que je me noyais dans l'alcool. Des litres, j'en ai bu, dans l'unique but d'oublier et de me perdre dans mes propres songes. Quand j'étais assez bourré, j'arrivais encore à la sentir, je réussissais à percevoir le son de sa voix mais le lendemain le retour à la réalité était encore plus brutal. Du coup, je me suis enfermé dans mon travail. Creuser le bois, le polir. Cette activité que j'exerçais seul et dans lequel je réussissais à occulter le reste du monde.

Puis est apparue cette femme qui ressemblait terriblement à celle que j'avais perdu. Je n'avais rien calculé, j'étais seulement trop obnubilé par cette ressemblance physique flagrante. J'ai tenté de la connaître, de savoir quels étaient les autres points communs et finalement je me suis attaché à elle.

J'ai culpabilisé d'être attiré par Emilie, je ne voulais pas que mon cœur ressente ce que j'avais éprouvé pour Lucie, mais je n'ai pas pu me résoudre à passer à autre chose et j'ai continué.

Mais désormais, la colère a pris le dessus sur la tristesse et la déception. Pourquoi l'a-t-elle laissé l'embrasser ? Est-ce que je compte réellement ou bien n'étais-je qu'un passe-temps ou un moyen pour elle de rendre jaloux son ex pour au final le récupérer ? Pourquoi une fille comme elle resterait avec un paumé comme moi ? Un mec qui court après un fantôme et qui n'a eu de cesse de la repousser dès le moment où elle, elle s'ouvrait.

Putain !

De rage je frappe dans ce foutu de pot de fleurs qui repose sur la tombe de Lucie. Je culpabilise tellement et me voilà à pleurnicher sur la pierre tombale de la femme que j'ai terriblement aimé, à cause d'une autre. J'ai besoin de me sentir libre. J'ai besoin de ressentir son aval pour refaire ma vie. Je me sens si seul, je ne veux pas continuer à attendre quelque chose qui n'arrivera pas. Soit je crève et je la rejoins, soit je vis.

— Je t'aime, Lucie, mais c'est si dur… Tu me manques tellement.

J'aimerais qu'elle soit là. Si c'était le cas, elle saurait quoi me dire et quelque part je suis même certain de le savoir moi-même. Si elle était là, elle me dirait de continuer ma vie, alors pourquoi je culpabilise tant ?

Je dépose sur sa tombe les fleurs que je viens d'acheter. J'embrasse ma main et caresse la pierre de granit froide comme si c'était elle.

Je dois vivre… Je dois passer à autre chose et si ce n'est pas avec Emilie, ça sera avec une autre. Un deuil en remplace un autre…

Chapitre 43

Seule, je m'effondre. Mes jambes flanchent et je m'écroule à terre, en pleurs. Mes larmes affluent au point de rendre ma vue complètement trouble. Elles sont incontrôlables, elles mouillent mes joues tandis que mon chagrin m'étouffe. J'ai envie de hurler, de crier. Je mords dans mon poing pour empêcher de sortir ce qui menace de s'échapper. J'ai tellement mal… Pour une fois, j'aimerais être celle qui oublie.

— Pourquoi, Lara ? Pourquoi il m'a laissée ? Il t'a dit quelque chose ?

— Euh non, je ne comprends pas, tout s'est passé très vite.

Elle n'a pas l'air très sûre d'elle, mais j'en suis certaine, si elle réagit comme ça c'est uniquement car elle est aussi secouée que moi.

J'attrape mon téléphone et l'appelle. Sans surprise il ne me répond pas, du coup je tente de lui envoyer un SMS. S'il ne veut pas me parler, il pourra peut-être au moins me donner les raisons soudaines de son départ.

> Pourquoi tu es parti si vite ? Où es-tu ?

— Putain mais tout ça c'est ta faute !

Je pointe du doigt Jonathan qui fait tout d'un coup irruption dans la pièce. Soudain plus forte, je me redresse, m'avance vers lui. Les larmes qui se déversent sur mes joues accompagnent toute la hargne et l'aversion que je ressens pour cet homme. Lara tente de me maintenir à distance mais j'en décide autrement et la fais valser malgré moi. Je réduis la distance entre nous tandis que ce crétin recule, apeuré, mais je suis plus rapide et le frappe.

— Je te déteste ! Tout est ta faute !

Je le frappe, déversant ma rage alors qu'il tente de se protéger. Pierre arrive, ses cousins également. Alors que les cousins embarquent Jonathan à l'extérieur, Pierre me prend dans ses bras pour tenter de me calmer. Mais je suis tellement en colère que même sa présence n'atténue pas ce que je ressens. Il m'a abandonnée, il avait dit qu'il tenterait d'essayer et pourtant il s'est cassé.

Alors que mes pleurs commencent à diminuer, mon portable vibre dans ma poche. Je l'extrais à toute vitesse dans l'espoir que Nathanaël s'explique enfin.

> Le mariage est fini, nous aussi. Reprends le cours de ta vie, Emilie, tu mérites d'être heureuse pas d'être avec un mec comme moi.

Il m'avait dit qu'il reprendrait le cours de sa vie…

Je m'effondre de nouveau. Le désespoir prend le dessus sur la tristesse. Ma hargne s'est transformée en jalousie. Lucie, cette femme dont il m'a raconté l'histoire, celle qui a été le seul et unique amour de sa vie et à aucun moment il n'avait prévu de m'inclure dans son futur. Il préfère se terrer dans le passé plutôt que d'avancer peut-être à mon côté. J'étais prête à lui dire que je l'aimais, prête à m'offrir à lui totalement mais il ne m'en a pas laissé l'occasion. Je suis tellement en colère que je m'en prends à Pierre. Je le frappe sur le torse. Immobile, il ne me retient pas et me laisse faire.

— Vas-y, Emilie, défoule-toi sur moi si ça peut te calmer.

— Pourquoi, Pierre ? Pourquoi l'avez-vous fait entrer dans ma vie si c'est pour qu'il piétine mon cœur comme il l'a fait ? Tu savais qu'il n'était pas prêt, alors pourquoi m'avoir laissé y croire ?

— Je le pensais réellement, tout ça s'est passé il y a tellement longtemps, il allait mieux.

Je continue de frapper mon ami. La fureur et mon cœur brisé prenant le pas sur ma raison. Je déverse tout le chagrin dans mes poings mais il s'en saisit et me serre dans ses bras. À bout de force, épuisée, je me laisse aller et déverse un flot de larmes sur son épaule. J'aimerais ne plus revoir son visage en fermant les yeux. Je souhaiterais oublier tous les bons moments que nous avons passés ensemble. Pour une fois, j'aimerais être à la place de ma mère et ne plus me rappeler. Tout oublier, et tout recommencer.

— Pourquoi Pierre ? répété-je.

— Je ne sais pas Emilie, mais je suis sûr qu'il ne s'agit que d'un malentendu, va lui parler.

Je pensais avoir eu le cœur brisé quand Jonathan m'avait quittée et pourtant à l'instant présent ce que je ressens dépasse largement ce que j'ai pu endurer il y a quelques semaines. Comme si on venait de m'arracher une partie de moi-même. Pire… Comme si cette partie de moi-même avait décidé de s'arracher à moi…

— Va le voir, m'encourage-t-il.

Mais à quoi bon ?

Je m'enfuis et alors que je sors de la salle, la pluie s'abat sur moi. Les gouttes d'eau ruissellent sur mon visage et se confondent avec mes larmes. Ma peau se couvre de chair de poule. J'ai si froid… Je me sens si seule.

*

Je roule en direction de l'appartement de Nathanaël. J'ai tenté d'écouter les conseils de Pierre et de Lara. Il pleut à verse et les larmes coulent sur mes joues comme la pluie se déverse sur mon pare-brise. Son visage s'imprime dans mon esprit, j'ai besoin de le revoir, de mettre des mots sur ce qui s'est passé. *Let Me down Slowly* de Alec Benjamin accompagne mon chagrin. J'attrape mon téléphone, ne regarde plus la route et tente de l'appeler. Je pile au dernier moment alors qu'une voiture s'arrête devant moi. La route est trempée et je manque de perdre le contrôle du véhicule. Mon cœur bat à tout rompre, mon souffle devient chaotique et les sanglots qui persistent dans ma voix ne sont pas pour m'aider alors que je lui laisse un message sur sa boîte vocale.

— Nathanaël, s'il te plaît rappelle-moi, nous devons parler.

J'en ai marre, de rage je balance le portable sur le tableau de bord.

— Putain !

J'ai toujours été forte, tenté de faire bonne figure et de gérer tous les problèmes des autres, mais au final, qui est là pour moi ? Je me démène comme une folle pour me retrouver à présent seule derrière mon volant à rouler vers celui que j'aime et qui vient de m'abandonner.

La pluie bat de plus en plus fort, le pare-brise est recouvert d'eau, ma vue est trouble à cause des larmes. Je ne vois plus rien, tout est flou. Une lumière rouge devant moi... Tout va très vite. Trop vite...

Je perds le contrôle, freine de toutes mes forces mais la route est trempée et la voiture glisse. Je sens la pédale de freins vibrer sous la plante de mon pied et pourtant tout continue. Un choc, mon cœur bat. Tout explose, je ne vois plus rien. J'ai mal... terriblement mal...

Je sens mon corps partir, la fatigue me gagner. Mes jambes me font horriblement souffrir mais ce n'est rien en comparaison de ce que je ressens à l'intérieur de la poitrine. Mon cœur est en miettes et je réalise à présent que je serai seule pour panser mes blessures.

Mes paupières se font de plus en plus lourdes. J'entends beaucoup de bruit autour de moi mais la seule chose que j'arrive à distinguer parmi toute cette eau et ce chaos, c'est un message sur mon téléphone. Je tends le bras, souffre en l'allongeant. Mon visage se crispe de douleur et mes boyaux se serrent si fort en voyant son nom apparaître.

Nathanaël.

J'utilise le peu de force qu'il me reste, fais mon possible pour lire son message même si c'est difficile. J'attrape l'appareil et tache l'écran de mon sang. Je le déverrouille avec difficulté mais réussis tout de même à lire ces quelques mots :

> On s'était dit que chacun reprendrait sa route...
Ne m'appelle plus, s'il te plaît.

Je n'ai plus la force d'avancer… Plus le courage… Je laisse la douleur me consumer et les larmes me noyer.

Tout est fini… Pour moi aussi…

Chapitre 44

Nathanaël

Je creuse le bois, le polis. À l'aide d'une feuille de papier de verre, je tente de rendre la surface aussi lisse qu'une dalle de marbre. J'éponge à l'aide de ma manche l'humidité qui perle sur mon visage. Il fait horriblement chaud dans mon atelier, malgré l'immense espace dont je dispose, tous les meubles que j'accumule et les morceaux de bois que je me fais livrer prennent énormément de place.

J'appuie, frotte si fort que je m'en abîme la paume de la main et le bout des doigts. Pourtant, malgré la rougeur qui teinte ma peau, je ne ressens pas la douleur. Seules mes pensées s'embrouillent dans mon esprit et suffisent à me faire monter les larmes aux yeux. Elle me manque… Terriblement.

Je continue de frotter encore et encore, allant jusqu'à entamer la deuxième couche de la planche de bois. Comme une tâche invisible que je souhaiterais effacer, je gomme la moindre trace du haut du meuble pour le rendre parfait. Mais est-ce vraiment ce guéridon que je tente de remettre en état ou bien est-ce simplement mon âme ?

Je culpabilise, je m'en veux horriblement. Je ne suis qu'un sombre connard et j'ai l'impression de subir ma pénitence.

Pourquoi n'ai-je pas cru en elle ? En nous ? En mes sentiments, aux siens ?

Seul, avec comme unique fond sonore Alec Benjamin, je tente de faire le vide et de laisser mes mains s'exprimer. Je suis dans une sorte de transe grâce à laquelle j'occulte le reste du monde. Pourtant les larmes coulent le long de mes joues. J'ai l'impression d'être en confession avec moi-même. De livrer mes péchés.

Concentré sur mon œuvre, je ne vois ni le temps passer ni la vie qui continue autour de moi. Voilà plusieurs jours qu'Emilie a eu son accident. Tout est allé très vite. Beaucoup trop vite. Lara a dû tout gérer à sa place, il était hors de question que sa carrière en pâtisse. Elle l'a remplacée à son poste de décoratrice et nous avons travaillé main dans la main pour honorer l'énorme contrat qu'elle avait réussi à décrocher. Heureusement, il y avait beaucoup de notes sur son bureau – rien d'étonnant la connaissant, elle qui est si organisée. Elle avait créé d'énormes dossiers pour expliquer ce qu'elle projetait de faire dans cet appartement. J'ai adoré découvrir les petits dessins qu'elle devait probablement gribouiller en étant au téléphone avec moi, surtout cet énorme bonhomme tout vert entouré d'épis de maïs. M. Dupré a été extrêmement compréhensif et touché. J'ai cru l'espace d'un instant qu'il y avait eu un peu plus qu'un simple contrat professionnel entre eux ; tout du moins, il n'avait pas la réaction d'un client lambda quand nous lui avons appris l'état dans lequel se trouvait Emilie.

Lara s'est occupée de la partie opérationnelle alors que moi j'ai géré la partie fonctionnelle. Pour les meubles, j'ai tenté de rendre son projet plus créatif et original, je les ai confectionnés moi-même tout en conservant son idée de base. J'ai contacté ses fournisseurs pour le tissu, les objets de décoration et je pense que M. Dupré sera très heureux de découvrir des meubles réalisés sur-mesure et uniques. J'ai passé de nombreuses nuits blanches pour réussir à finir à temps, mais je lui devais au moins ça et, de plus, ça m'évitait de cogiter et de broyer du noir.

Il ne me reste plus que ce petit guéridon à terminer. Du coup, je m'acharne dessus, prends un temps infini pour le terminer car je sais que quelque part, ce meuble, c'est la dernière chose qui me raccroche à elle. Elle m'a brisé le cœur. Deux fois. La première quand je l'ai surprise la bouche collée à celle de son ex, la seconde quand j'ai appris pour l'accident. Pourtant, à chaque fois, elle n'y était pour rien. Je culpabilise tellement ! Si seulement je ne m'étais pas enfui… Si seulement je lui avais laissé la chance de s'expliquer, si seulement j'étais resté pour voir la baffe qu'elle lui a collée. À cette simple pensée, j'ai envie de sourire.

Le soir de l'accident, Lara m'a appelé. J'ai refusé chacun de ses appels jusqu'au fameux SMS :

> Emilie a eu un accident de voiture,
son pronostic vital est engagé.

À cet instant, j'ai eu l'impression qu'une fois de plus la vie m'envoyait un gros FUCK et qu'elle se moquait de moi. Pourquoi m'imposer deux fois de suite ce genre d'épreuves ?

Lara a beaucoup culpabilisé également et je pense que c'est aussi pour cette raison qu'elle a aussi bien géré ses affaires. Elle avait honte de ne pas lui avoir avoué que j'étais au courant de tout, que je l'avais surprise avec son ex, elle s'en voulait car quelque part si elle m'avait prévenu je ne serais peut-être jamais sorti ou du moins j'aurais tenté de connaître la version d'Emilie et alors jamais elle ne serait montée dans sa voiture dans cet état. Pourtant, on ne peut pas refaire la vie, on ne peut pas changer le passé et à présent, nous faisons tout notre possible pour réparer des dégâts qui sont peut-être irrémédiables.

Je suis aussi devenu très proche de sa mère, en l'espace de quelques jours. Elle a été très affectée par l'accident de sa fille. Pourtant, par moment, sa maladie la rattrape et je comprends à quel point Emilie doit être épuisée psychologiquement. Chaque jour, elle me demande pourquoi sa fille ne vient pas et la raison de ma présence pour lui ramener ses courses. Chaque jour, je dois lui expliquer de nouveau ce qu'il s'est passé, brisant mon cœur un peu plus.

Je n'ai pas passé une seule journée sans aller voir Emilie à l'hôpital. Ses cheveux blonds éparpillés autour de son crâne bandé, ses yeux fermés, son visage abîmé… Cette lèvre fendue, je l'ai embrassée. Ô combien j'ai espéré que le fait de poser mes lèvres contre les siennes suffirait à lui faire ouvrir les yeux. Si elle était réveillée, elle se moquerait probablement en me traitant de gonzesse, mais ses yeux sont restés clos tandis qu'elle restait plongée dans un profond sommeil. Mais j'ai lu toutes les revues possibles sur Internet, et la stimulation sensorielle est souvent évoquée. Du coup, je lui ai parlé. Énormément.

Je lui ai dit combien elle comptait pour moi, je lui ai expliqué combien j'aimerais qu'elle soit là, réveillée. Je lui ai parlé de Lucie, des raisons pour lesquelles je souhaitais rester à distance des femmes, émotionnellement parlant. Je prenais ce qui m'intéressait, donnais de ma personne autant que je le pouvais, mais n'ouvrais jamais mon cœur. Pour Emilie, ça a été différent, elle ne l'a pas demandé, et bien que j'aie souhaité le garder, il s'est ouvert à elle de lui-même.

Inopinément, je sors de ma transe et reviens au monde réel. Mon téléphone se met à vibrer dans ma poche, me ramenant les pieds sur terre. Je retire les écouteurs que j'avais dans les oreilles et extrais l'appareil de la poche arrière de mon jean. Lara… Comme à chacun de ses appels, mon souffle se bloque dans ma poitrine. Comme si l'espace d'un instant je cessais de respirer, j'arrêtais de vivre. J'ai tellement peur de connaître l'objet de son appel. En règle générale, on s'envoie un SMS, sauf quand on souhaite parler d'elle. Aujourd'hui ne fait pas exception, c'est encore si difficile.

— Allô ? dis-je, tendu.

— Nate, c'est moi…

— Qu'est-ce qu'il y a ?

— C'est Emilie…

La voix de Lara se brise au téléphone. Mes doigts se crispent autour de l'appareil. Quand Emilie a eu son accident, elle a été très rapidement emmenée en soins intensifs. Elle est restée de nombreuses minutes bloquée dans son véhicule, jusqu'à l'arrivée des secours. Ils ont dû scier une partie de la tôle pour l'extraire. Elle était à moitié consciente. Ses pupilles étaient réactives mais elle perdait souvent connaissance sur la route. Selon le médecin que nous avons vu aux urgences, elle avait subi un très gros choc à la tête, provoquant une hémorragie cérébrale. Ils ont été forcés de la plonger dans un coma artificiel. Nous attendons toujours qu'elle se réveille. Le médecin nous a prévenus il y a deux jours que, dans ce genre de cas, le risque de mortalité est important. Et il y a de fortes chances qu'elle garde des séquelles, à condition qu'elle se réveille…

— Est-ce que c'est la fin ? Dis-le-moi, Lara, ne tourne pas autour du pot.

Ma voix se brise en même temps que mon cœur. J'ai si mal. Telle une dague plantée en pleine poitrine, j'ai l'impression de sentir mon cœur cesser de battre et le sang couler à l'intérieur de mon corps.

— Non, Nate, elle est réveillée…

Chapitre 45

— Emilie ? Tu m'entends ?

J'ouvre les yeux avec difficulté. Ma gorge me fait horriblement mal et j'ai très soif. La bouche pâteuse et sèche, je ne rêve que d'une chose : un verre d'eau. J'ai l'impression d'avoir dormi des heures, d'avoir fait un rêve dans lequel je me sentais bien. Des voix, des sons, des sensations me reviennent mais tout reste flou. Mes membres sont endoloris, comme après une longue sieste durant laquelle je serais restée endormie trop longtemps du même côté. J'aimerais m'étirer mais j'en suis incapable. Comme si mon cerveau ne suivait pas avec le reste de mon corps.

— Emilie, est-ce que ça va ?

Cette voix… Je la reconnais… Mes sourcils se froncent en tentant d'analyser d'où vient ce timbre familier. Je tourne la tête, mais je n'arrive pas à voir clair. J'ai horriblement mal au crâne.

Je bats des paupières à plusieurs reprises et m'acclimate à la lumière. Elle est vive, beaucoup trop intense pour me permettre de garder les yeux ouverts. Tout est blanc et m'éblouit. Je tente de lever le bras pour me protéger mais c'est difficile. Il pèse une tonne et malgré tout, j'ai l'impression qu'il est terriblement mou. Je sens une douleur au niveau de mon poignet, je tourne ma tête et découvre un tube en plastique transparent relié à une poche.

— Où... murmuré-je.

Je n'arrive pas à finir ma phrase. Parler m'est compliqué. Je regarde autour de moi et découvre une femme brune. Je la reconnais aussitôt, Lara. Ma meilleure amie. La revoir suffit à mon cœur pour se gonfler de bonheur. Je suis si heureuse de la voir et quelque part je me sens rassurée de la savoir près de moi. Elle est en larmes, le visage fatigué, ses cheveux bruns sont en bataille.

Mince ! J'ai dû me foutre dans un sacré merdier pour qu'elle soit dans cet état. Je dois avoir l'air d'une hystérique complètement paumée car elle croit bon de me préciser :

— Tu es à l'hôpital, Emilie, tu as eu un accident de voiture.

Malgré ma vision trouble, je vois les yeux de mon amie s'humidifier. Je tente de parler de nouveau mais ma bouche est beaucoup trop sèche. Lara le remarque et se dépêche de me servir un verre d'eau et de m'aider à boire. Sentir le liquide couler dans ma gorge est à la fois douloureux et agréable. C'est étrange, comme sensation. Je remarque enfin d'autres personnes dans la pièce. Du personnel hospitalier, probablement, mais aussi Pierre qui se tient derrière ma meilleure amie, les mains sur ses épaules en signe de soutien.

Les mots de Lara tournent en boucle dans mon esprit. Accident de voiture ? Je tente de bouger mes jambes, mon cœur s'accélère soudain à l'idée d'être peut-être paralysée. Mais ce qui me surprend le plus, ce sont les douleurs au niveau de ma poitrine. J'ai horriblement mal. Des bips stridents résonnent dans la pièce et je tourne la tête en direction de la machine dont les bruits incessants me cassent les oreilles.

— Calmez-vous, mademoiselle.

J'essaie de ne plus bouger mais tout s'agite dans mon esprit. Que s'est-il passé ? La machine s'affole et les bruits ne diminuent pas. Tout s'emballe à l'intérieur de moi, je panique.

— Je vous prie de sortir de la pièce, ordonne celui que j'imagine être mon médecin. Je vais vous demander de sortir, s'il vous plaît, Mlle Moreno a besoin de calme.

Tout le monde s'exécute, me laissant seule avec lui. Je ne lâche pas Lara des yeux, et elle m'offre juste avant de sortir de la pièce un regard peiné. Une fois seuls, le médecin reprend :

— Vous avez subi de nombreux traumatismes, mademoiselle. Vous avez plusieurs côtes fêlées, ce qui explique vos douleurs au thorax, et vos jambes ont été bloquées par la carcasse du véhicule, d'où la gêne quand vous avez tenté de les bouger. Nous avons été forcés de vous plonger dans un coma artificiel pour résorber l'hémorragie qui s'est formé dans votre cerveau, il y a eu la trace de quelques lésions cérébrales mais nous avons réussi à tout arranger. Vos membres inférieurs sont réactifs ce qui démontre que vous n'avez pas de séquelles, c'est très encourageant.

Je ne comprends rien, mais une seule question persiste dans mon esprit.

— Combien de temps ? réussis-je à dire.

— Hum… C'est encore trop tôt pour le dire, plusieurs semaines ou plusieurs mois. Vos contusions sont légères et le coma a été de courte durée, encore un peu de repos et vous devriez être sur pied très rapidement.

— Non, combien de temps dans le coma ?

— Ah… Cela fait trois semaines, mademoiselle.

Trois semaines… Trois semaines de ma vie que j'ai oubliées. Je suis même incapable de savoir quel jour nous sommes ni même ce qui s'est passé avant mon accident. J'ai du mal à me remémorer avec exactitude les circonstances. La seule chose dont je me souviens, c'est cette musique. Alec Benjamin.

« *Laisse-moi tomber en douceur. Ne me détruis pas, ne me jette pas, laisse-moi me perdre ici…* »

Pourquoi ces paroles me touchent à ce point. Je pense à ces mots qui tourbillonnent dans mon esprit et sens mon cœur se resserrer dans ma poitrine. Mon cœur pleure et les larmes restent bloquées dans ma gorge asséchée. Un frémissement me parcourt alors que j'ai une grosse couverture qui me recouvre. Pourquoi ai-je si froid ?

— Ça va, mademoiselle ? Vous avez besoin de quelque chose ? Je sais que cette annonce est un peu brutale et que vous avez du mal à réaliser tout ce qui s'est passé. Vous souhaitez que je fasse revenir vos amis ?

Je n'arrive pas à bouger, n'arrive plus à parler. Je ne cesse d'entendre cet air qui s'imprime dans mon âme. Est-ce que je deviens folle ?

Le docteur me regarde avec douceur, j'aimerais lui répondre mais je crois qu'à vrai dire j'en ai perdu la faculté en même temps que la mémoire. Je ne prononce pas un mot, au risque de m'effondrer. Ma vue est trouble, mon cœur se brise. Je sens mes yeux se noyer sous l'abondance des larmes qui menacent de jaillir. Je tente de rester forte et de ne pas craquer, mais c'est si difficile.

J'ai l'impression que je n'ai pas tous les éléments pour comprendre, qu'il me manque quelque chose pour que tout soit plus clair. Comme un puzzle que j'essayerais d'assembler où la pièce centrale serait absente. Je cherche, fouille dans mes souvenirs à la recherche d'un indice mais j'en suis incapable. Ça m'est pénible, ça m'est douloureux, et quelque part je ne peux m'empêcher de comparer ma condition avec celle de ma mère.

— Ma mémoire, dis-je en montrant ma tête.

— Vous savez en quelle année nous sommes ?

L'année… Sommes-nous à la fin 2018 ou bien au début 2019 ? Je ne sais plus, c'est compliqué. Je secoue la tête négativement, trop perdue pour pouvoir y répondre. Et sens de nouveau une vive douleur dans mon crâne.

— Nous sommes en novembre 2019.

Mon anniversaire… l'aurais-je loupé ? J'étais censée fêter mes trente ans.

— Reposez-vous, mademoiselle, vous en avez besoin, je vais demander à vos amis de repasser.

Me reposer ? Il vient de m'annoncer que j'avais dormi pendant plus de trois semaines et il me conseille de dormir encore ? Je dois lui concéder une chose, malgré mon réveil récent, je suis épuisée. Peut-être est-ce uniquement à cause de toutes les informations que je viens de me prendre en pleine tête, peut-être aussi car mes membres me font horriblement souffrir. Je n'en sais rien mais tout ça me fatigue.

— Je veux le voir… dis-je malgré moi.

— Qui ?

— Mon petit ami, Jonathan…

Chapitre 46

Nathanaël

Je pars comme un fou en direction de l'hôpital. Après l'appel de Lara, j'ai tout lâché. Le meuble. Le téléphone. Plus rien n'avait d'importance à part elle.

Je ne prends pas la peine de me changer, je n'ai pas le temps. Je pars avec mon jean déchiré et le T-shirt couvert de petits copeaux de bois. J'ai attendu ce moment comme la pluie en plein désert et pourtant une boule de stress se forme dans mon estomac. Comment va-t-elle réagir en me voyant ?

Les doigts crispés autour du volant en cuir, j'aimerais pouvoir rouler plus vite. La circulation est dense et les feux rouges m'emmerdent.

Fait chier !

L'autoradio est éteint et je me retrouve confronté à mon angoisse qui s'intensifie au fil des kilomètres qui se réduisent. Mon rythme cardiaque s'accélère et pulse dans mes tympans. Ma respiration est si rapide que j'ai l'impression d'être en train de courir un marathon alors que je conduis. J'ai envie de la voir, j'ai besoin de la serrer contre moi et de m'excuser. Pourtant je flippe à mort !

Déstresse… Avant l'accident elle voulait te voir, tenté-je de me persuader.

Ça fait plus de trois semaines que je fais ce chemin. Toujours le même. Tout ça dans l'unique but de tenir sa main dans la mienne durant quelques minutes. Ça pourrait être bête pour beaucoup de personnes, mais à mes yeux c'était important. Elle n'est pas morte, seulement inconsciente.

Je n'ai pas eu cette chance avec Lucie et il était hors de question que je ne saisisse pas l'opportunité de la garder près de moi encore quelque temps.

Je n'ai cessé de caresser ses mains, d'embrasser le bout de ses doigts dans l'espoir de la voir réagir. Un battement de paupière, un mouvement, une réaction. J'étais attentif à chacun de ses mouvements mais malheureusement ça ne signifiait rien, selon le docteur. J'ai dû le rendre dingue durant ces trois semaines. À chaque fois je l'appelais en pensant que son état s'améliorait.

Pourquoi n'étais-je pas là à son réveil ?

De nouveau, la culpabilité m'assaille et mon estomac se tord de façon très désagréable. Les nerfs mis à rude épreuve ces derniers temps, je suis à deux doigts de pleurer. Si j'ai su rester fort durant toutes les épreuves mises sur mon chemin, je suis à présent épuisé. Je n'ai plus la force de combattre ce qui me dépasse.

Son médecin nous a conseillé de stimuler ses sens. Il fallait beaucoup lui parler, la toucher, la masser. Du coup, je lui ai mis des écouteurs dans les oreilles pour lui faire entendre de la musique. Je lui ai raconté mes journées et l'avancée des projets professionnels que nous gérions à sa place. J'espérais fortement que dans le cas d'un miracle, car à mes yeux ça l'était, elle serait capable de m'entendre et de se souvenir de tout ça à son réveil. Peut-être que, grâce à ça, elle me pardonnerait.

Dans quel état va-t-elle être ? Lara a été brève, elle ne m'a pas donné beaucoup d'indications. La seule chose dont je suis certain c'est qu'elle était consciente, qu'elle bougeait et réussissait à parler. Malheureusement, le médecin leur a demandé de sortir, à elle et Pierre, et du coup Lara n'a pas été en mesure de m'en dire plus.

J'arrive enfin à l'hôpital. Je glisse la main dans mes cheveux comme si ce simple geste suffirait à me calmer. Les paumes à plat sur mon visage, je réalise que j'ai encore pas mal de sciure collée dans ma barbe. En me voyant dans le rétroviseur, je me fais presque flipper.

Merde !

Je me frotte le visage et les yeux et inspire fortement en tentant de me calmer. J'avise rapidement les alentours et ne remarque aucune place de libre sur le parking. Ras-le-bol !

Je trouve une zone de livraison sur laquelle je n'ai pas l'autorisation de stationner et gare ma voiture, rien à foutre de l'amende, rien à carrer de la fourrière, tout ce qui compte, c'est elle.

Alors que je débarque dans les couloirs de l'hôpital, le même qui avait accueilli Pierre et Lara lors de leur accident, des souvenirs affluent. Moi dans l'ascenseur, elle qui courait vers moi. Pour quelles raisons suis-je tombé sous son charme après un simple regard ? Si au début j'ai pensé que c'était uniquement pour sa ressemblance physique frappante avec Lucie, j'ai vite compris qu'il s'agissait en réalité de bien plus. On parle très souvent d'âmes sœurs, ou tout un tas de bordel qui explique les raisons de l'attraction entre deux êtres. Je ne sais pas si ça nous concerne, mais ce que j'ai ressenti à ce moment-là était bien plus fort que tout ce que j'avais éprouvé auparavant.

J'appuie avec énergie sur le bouton de l'ascenseur, sans surprise il n'arrive pas. Ne tenant plus, le cœur battant à tout rompre, j'emprunte l'escalier. Je grimpe les marches deux par deux dans l'espoir de réduire la distance qui me mène à elle.

Une fois arrivé à destination, j'ai l'impression que ce chemin ne m'a jamais été aussi long… À bout de souffle, je découvre Lara et Pierre enlacés dans le couloir.

— Est-ce qu'on peut la voir ?

Je ne prends même pas la peine de leur dire bonjour et les brusque presque sur ton un peu trop sec, me surprenant moi-même.

— Ah Nathanaël… Tu es là…

Lara se détache de son mari et me regarde, peinée. Mon souffle se bloque. Je suffoque presque… Quelque chose dans sa manière de se tenir m'alerte et m'inquiète. Ne me dites pas qu'elle est partie… Par pitié.

— Qu'est-ce qu'il se passe, Lara ? Où est-elle ?

— Elle est dans sa chambre Nate, ne t'inquiète pas, elle va bien.

— Alors pourquoi tu me regardes comme ça ? Pourquoi n'êtes-vous pas avec elle ? Il ne faut pas laisser seule, on doit être à ses côtés.

— Écoute, Nate…

Je pète un câble et ne la laisse pas finir. J'en ai marre de ces questions sans réponses. J'ouvre la porte de la chambre et débarque à l'intérieur. Je reste bloqué sur le pas de la porte. Choqué…

Elle dort. Recroquevillée sur elle-même, elle paraît étrangement fragile. Durant son coma elle avait l'air sereine et plongée dans un profond sommeil, et là c'est différent. Je n'arrive plus à retenir mes larmes. Bouleversé. C'est un mélange entre la douleur et la joie, la tristesse et l'euphorie. Tout est complètement chamboulé à l'intérieur de mon être. Je m'avance tout doucement vers elle, de peur de la brusquer. Mon cœur se réveille, mon corps la réclame. Je n'ai qu'une envie, la serrer de toutes mes forces contre moi. Délicatement, j'attrape sa main que je prends dans la mienne, comme je le faisais quand elle était dans le coma. J'effleure du bout des doigts l'intérieur de sa paume, elle ne bouge pas et je réprime un sanglot de la voir de nouveau inanimée. Je me rapproche un peu plus, murmure près de son visage :

— Eh poupée, c'est moi…

Je sens sa paume se resserrer et ses yeux commencer à bouger sous ses paupières. Mon cœur explose en des milliers de particules. Brusquement, elle se redresse, manque de m'exploser la tête. Ses yeux rouges et cernés me fixent avec une intensité déconcertante. Elle tente de lire en moi et de récupérer sa main. Je ne saisis pas, la regarde avec incompréhension quand tout d'un coup la porte claque et me surprend.

— Qu'est-ce que tu fiches ici ?

Je me retourne, m'éloigne d'Emilie si rapidement que je manque de renverser le petit chariot qui était posé près de son lit. Cet enfoiré de Jonathan se trouve sur le pas de la porte et n'a pas l'air enchanté de me voir là. Il semble en colère et paraît presque mal à l'aise. Il passe une main dans ses cheveux et me toise. Mais qu'est-ce qu'il fout là, celui-là ?

— Je pourrais te poser la même question, m'énervé-je.

Je crains le pire. La tension, la peur, la colère se mêlent à l'angoisse qui prend soudainement possession de moi. Les poings serrés, j'alterne le regard entre Emilie et Jonathan. Je ferme les yeux et inspire profondément pour tenter de me contrôler. J'ai très envie de le cogner mais cette situation grotesque me chamboule. J'ai du mal à comprendre ce qu'il se passe sous mes yeux. Emilie a l'air soulagée de le voir dans la chambre et soudain tout s'embrouille dans mon esprit. Lara me l'a affirmé, elle l'a repoussé quand il l'a embrassée, elle lui a assuré ne plus rien ressentir pour lui et était persuadée qu'elle était amoureuse de moi. Mais si c'était le cas, pourquoi est-il ici ? C'est censé être ma place ! C'est moi qui étais là depuis l'accident, à son chevet.

— Chéri, qui est-ce ? demande-t-elle en fixant Jonathan.

Je recule comme si sa phrase était une balle venue se loger en plein dans ma poitrine. J'ai mal… Je souffre…

Mon attention se reporte sur Emilie, le crâne bandé, les yeux cernés, la mine sombre et des questions plein la tête. Jonathan s'approche d'elle rapidement, s'assoit sur le lit et écarte les bras. Elle ne demande pas son reste et se blottit contre lui comme si elle me craignait. À cet instant, mon cœur se brise de nouveau. Elle ne pourrait me faire plus de mal qu'avec cette phrase. Elle m'a réellement oublié ? Tout ce que nous avons vécu, tout ce que nous avons partagé… C'est impossible, c'était si fort entre nous… Je n'y crois pas…

— Emilie, c'est moi, Nathanaël…

Ma voix se brise, les larmes montent malgré moi au bord de mes cils. J'ai tellement rêvé cet instant, tellement attendu et à aucun moment je n'ai imaginé que ce connard puisse être là. Elle paraît confuse et la tristesse se lit dans son regard. Elle a l'air tout autant peinée que moi et pourtant à l'instant présent c'est mon cœur qui souffre.

— Écoute, Nathanaël, le médecin nous a demandé de ne pas la perturber, reviens demain.

Cet enfoiré sourit de toutes ses dents, il profite de l'occasion pour retourner la situation. Tout va très vite. Une rage folle se mêle à la tristesse et à la douleur que je ressens dans ma poitrine. Je m'avance et attrape ce connard par le col de sa chemise. Il geint, effrayé. Ses yeux lui sortent de la tête tant il craint ma colère.

— Ne me dis pas ce que je dois faire ! Ça fait des semaines que tu as disparu !

Alors que mon poing est sur le point de s'abattre contre sa gueule, je jette un coup d'œil à Emilie soudainement repliée sur elle-même. Mes pupilles s'agitent et s'alimentent de l'effroi d'Emilie. Son visage crispé, apeuré s'imprime dans mon esprit. Je relâche ma prise sur son ex tout d'un coup moi-même paniqué par ce que j'étais sur le point de faire devant elle.

— Ne lui faites pas de mal, s'il vous plaît.

Dérouté, je m'éloigne, le cœur saignant un peu plus.

— Excuse-moi, ma poupée…

Elle tique. Je suis certain que m'entendre l'appeler de cette manière a réveillé quelque chose mais pas assez pour me demander de rester. Non. Elle cale son visage contre le torse de Jonathan et me tourne le dos, m'éloignant par la même occasion un peu plus d'elle.

Alors que j'arrive dans le couloir, je retrouve Lara et mon meilleur ami. Ils ne me parlent pas et me prennent naturellement dans leurs bras. Épuisé, je dépose les armes et m'effondre dans leurs bras…

— Le médecin a dit que c'était temporaire, Nate, il y a de fortes chances que sa mémoire revienne sous peu.

— Dans ce cas, je vais lui laisser du temps, je ne supporterais pas de la voir avec cet homme. C'est trop difficile, Lara.

Une boule se forme dans ma gorge contre laquelle bute mes larmes.

Chapitre 47

Aujourd'hui, c'est le jour J ! Je sors enfin de l'hôpital et j'avoue être légèrement fébrile. Pas encore bien stable sur mes deux jambes, je me tiens au bras de Jonathan mais tente de rester tout de même à distance.

— Prête ? me demande-t-il.

J'ai une impression de déjà-vu. Je le regarde, surprise, pourtant ça ne colle pas. Mes sourcils se froncent, je cherche à comprendre… Les images qui s'impriment dans mon esprit, tel un flash qui apparaît devant mes yeux mais dont je n'arrive pas à décrypter le message, me laissant penser que j'ai déjà vécu ce moment, mais pas avec lui. Je ne saurais pas l'expliquer, c'est étrange.

Du coup, je réponds la seule chose qui me vient en tête :

— Non… je suis aussi stressée qu'un homard près d'une marmite d'eau bouillante.

Jonathan se marre et moi je ne comprends même pas d'où m'est venue cette phrase. J'ai la trouille de me retrouver seule avec lui et de reprendre ma vie là où je l'ai laissée. J'ai une absence de plusieurs semaines dans la tête. Des bribes de souvenirs ont refait surface, mais rien de bien net. Tout reste flou, comme ce que je ressens.

Ce qui me dérange le plus c'est cette relation étrange que j'entretiens avec Jonathan. Comme si durant mon sommeil quelque chose s'était brisé entre lui et moi. Quoi ? Je n'en sais rien car il a l'air encore plus amoureux que dans mes souvenirs. Peut-être le choc et la crainte de m'avoir perdue... je n'en sais trop rien.

Mais alors pourquoi ne puis-je m'empêcher de penser à cet homme qui était là le jour de mon réveil ? Celui-là même qui m'a surprise en me prenant la main alors que je dormais. Ce regard si sombre, si intense. Je n'ai pu me résigner à l'oublier. Je ne sais pas de qui il s'agit, j'ai simplement demandé à Jonathan, qui avait l'air de le connaître, et il m'a répondu qu'il s'agissait du témoin de Pierre avec lequel j'avais été très proche pour les préparatifs du mariage.

Ce mariage... Je suis tellement triste de ne pas m'en souvenir. J'ai d'ailleurs tenté d'obtenir les photos mais ni Lara ni Jonathan n'ont été en mesure de me les fournir. Si l'une me disait qu'elle n'avait pas pu les récupérer du photographe, le second se justifiait en utilisant les paroles du médecin : « Il faut que tu y ailles à ton rythme. »

Tu parles ! Moi, tout ce que je désire, c'est enfin savoir ce que j'ai loupé. C'est horrible d'avoir l'impression d'avoir vécu des choses sans en être persuadée. Ce qui me trouble le plus reste le comportement de Jonathan. Il ne me lâche pas, collé à moi comme une moule à son rocher. Si je réalise que je l'ai réclamé auprès du médecin dès mon réveil je me rends compte à présent qu'il me tape sur les nerfs. Je ne sais pas si ça vient de ce long sommeil dans lequel j'étais perdue dans mon inconscient, mais c'est comme si tous les sentiments que j'avais éprouvés pour lui avaient disparu. Sa manière de se tenir, ses potins de bureaux, tout m'exaspère.

En y repensant, depuis que je suis « de retour », j'ai l'impression d'être une nouvelle personne. La seule chose qui n'a pas changé, c'est l'amour que je ressens pour ma meilleure amie. D'ailleurs elle me manque terriblement. Étrangement, je ne l'ai pas revue depuis mon réveil et j'avoue que je ne comprends pas pourquoi.

*

Je commence peu à peu à reprendre mon rythme. Passer chez ma mère le soir, aller lui faire ses courses, il ne me manquait plus qu'une chose : retourner travailler. Jonathan a bien tenté de me garder au chaud à la maison mais je ne le supporte plus. Faire le ménage, préparer à manger et le retrouver le soir alors que je ne rêve que d'une chose, qu'il ne soit pas là. Il fallait que je m'aère l'esprit ! Il est là de plus en plus souvent et je crains qu'il ne s'installe à la maison. Et dire qu'il y a encore quelques mois je ne rêvais que de ça et maintenant je l'appréhende. Pourquoi suis-je si étrange depuis mon réveil ? Je ne me reconnais plus.

Du coup, me voilà assise sur mon siège derrière mon bureau. Un regard circulaire rapide autour de moi me plonge de nouveau dans mon univers. De nombreux plans sont apposés aux murs blanc immaculé. Un planning y est accroché avec un code couleur pour chaque tâche. Il remonte au mois de novembre et je suis heureuse de pouvoir remettre un peu d'ordre dans tout ce qu'il s'est passé avant l'accident.

Visite des caves et du domaine.

Mince, ça ne me dit rien, et pourtant je suis persuadée d'y avoir passé un bon moment. Étrange… Un nom s'inscrit souvent sur ce même planning. Dupré… S'agit-il d'un client ou bien de cet homme que j'ai croisé à l'hôpital ? Alors que je fouille dans mes dossiers à la recherche d'autres indices, je sursaute en entendant la porte de mon bureau s'ouvrir. Je tente de reprendre une stature professionnelle. Dos droit, mains à plat, j'avise d'un œil sérieux l'homme qui se trouve face à moi. Séduisant, la quarantaine à tout casser…

— Oh mademoiselle Moreno ! Que je suis heureux de vous revoir sur pied !

Hum… Pour que le plaisir soit partagé, il faudrait au moins que je sois capable de savoir de qui il s'agit.

— Euh bonjour à vous, monsieur…

Je beugue, impossible de mettre un nom sur son visage. Il doit comprendre mon trouble ou bien du moins connaître les raisons de mon état car il reprend :

— Dupré… Je suis Xavier Dupré, votre client, il est vrai qu'on m'avait prévenu de votre état, pardonnez-moi, me dit-il, gêné.

C'est donc lui…

— Je suis vraiment désolée…

Je suis confuse, je me sens terriblement mal à l'aise de ne pas me rappeler. Comme pour masquer mon trouble je remets droit les dossiers qui se trouvent face à moi. J'en perds même mes bonnes manières et ne pense pas à l'inviter à s'asseoir. Un grand sourire aux lèvres, il me regarde avec bienveillance tandis qu'il s'assoit. Il est vraiment très beau, ses cheveux bruns sont parsemés de quelques petites mèches grises, faisant son charme, et ses yeux bleus me rappellent ceux de Bradley Cooper… *Ouais, lui, je ne l'ai pas oublié !* pensé-je.

— Non, ne vous excusez pas, c'est moi. Je voulais vous féliciter pour tout le travail que vous avez fait avec votre collaborateur et vous remercier en personne. Malgré votre accident, vous avez honoré l'intégralité du projet et tout ça dans le délai imparti. Je dois vous dire que j'ai été heureux de recevoir la dernière pièce du mobilier la semaine dernière.

— Hum… C'était avec plaisir, tenté-je avec humilité.

C'est horrible. Me faire complimenter pour une chose dont je ne suis même pas sûre d'être à l'origine. Et puis d'abord, c'est qui ce collaborateur dont il parle ? Je n'ai jamais travaillé avec qui que ce soit auparavant. D'ailleurs j'ai tout simplement horreur de ça, j'aime pouvoir contrôler ce que je fais et déléguer signifierait surveiller le travail de l'autre et encore pire : lui faire confiance !

— Je sais que vous venez seulement de reprendre et si vous refusez je le comprendrais, mais j'aurais encore besoin de vous.

Il marque une pause, paraît gêné et détourne le regard avant de reprendre :

— Je souhaiterais aménager ma terrasse pour tenir une garden party cet été, le temps ne presse pas et, connaissant votre état, je me suis dit qu'il serait plus judicieux de m'y prendre tôt pour vous laisser du temps. Bien évidemment je comprendrais que vous ne puissiez pas.

— Non, je me ferais un plaisir de pouvoir vous satisfaire, si vous me le permettez j'aimerais juste revoir les lieux car je vous avoue que tout est un peu flou pour moi.

— Bien sûr. Néanmoins j'ai une seule et petite exigence, j'aimerais que votre partenaire, Nathanaël Cardin, vous assiste. J'aime vraiment son style et les meubles qu'il m'a livrés sont vraiment exceptionnels.

Nathanaël… Je tique sur ce prénom et alors qu'il me parle de son nouveau projet je ne l'écoute plus. Est-ce le même homme qui se trouvait à l'hôpital ? Ce n'est pas forcément un prénom original et pourtant ça serait vraiment un exploit d'en avoir connu deux durant ma période d'absence et ne se souvenir d'aucun…

— C'est acté alors, je vous redonne ma carte. N'hésitez pas à m'appeler et à venir avec M. Cardin.

— Sans problème, je contacte mon… associé, dis-je sans vraiment comprendre, et je reviens vers vous.

— À la bonne heure ! Encore bravo, Emilie, c'est vraiment du bon boulot.

À peine seule, je saute sur mon téléphone portable. Apparemment l'ancien a été cassé durant l'accident et je n'ai même pas pu m'en servir pour tenter de remettre de l'ordre dans mon passé. Je compose le numéro de ma meilleure amie, ça au moins par miracle je m'en souviens et suis heureuse de l'entendre décrocher dès la première sonnerie.

— Milou, comment vas-tu, ma belle ?

— Qui est Nathanaël ?

Je ne prends pas de pincettes, j'en ai marre qu'on ne me dise rien. Mon ton est sec, limite cassant. Énervée, je me suis levée de mon siège et fais les cent pas dans mon bureau, dans l'attente d'une réponse honnête.

— Écoute, Milou, je ne sais pas si c'est une bonne idée, le médecin…

— Je m'en tape de ce qu'a dit le médecin, je n'en peux plus que tout le monde me préserve sous prétexte qu'il ne faut pas me brusquer. Je t'aime et je sais que tu m'aimes aussi mais je n'en peux plus !

Je suis à bout. Je sens les larmes affluer au bord de mes cils et réprime un sanglot formant une boule dans ma gorge.

— Calme-toi, Milou, qu'est-ce que tu veux savoir ?

— Qui est-il ?

— Jonathan te l'a dit, il ne s'agit que du témoin de Pierre.

— Arrête de me mentir, je suis persuadée qu'il y a autre chose…

— Tu te souviens ?

— Donc il y a bien quelque chose… Bon écoute, j'ai un client qui est venu me voir, M. Dupré.

— Putain, il n'a pas tardé celui-là… Je lui ai envoyé un message la semaine dernière et le voilà déjà qui rapplique.

Je ne relève pas et reprends :

— Il veut que je bosse avec ce Nathanaël Machinchose sur un nouveau projet et je ne sais pas qui est cet homme.

— Bien… Je vois… Dans ce cas, je vais contacter Nate et voir avec lui directement.

— NON !

Je crie. J'explose au bout du fil. Je veux le voir, j'ai besoin de le voir. Je ne sais pas ce qu'il s'est passé avec cet homme mais j'aimerais qu'enfin on n'interfère pas pour que je me fasse ma propre idée.

— OK. OK… Calme-toi, Emilie.

— Donne-moi son adresse Lara, je t'en supplie…

— OK, tu as de quoi noter ? Mais s'il te plaît, Emilie, n'en parle pas à Jonathan…

Qu'est-ce que Jonathan vient faire là-dedans ?

Chapitre 48

J'arrive devant un grand entrepôt dans une zone industrielle. Je vérifie par deux fois l'adresse que Lara m'a donnée et celle qu'indique mon GPS. C'est bien là, il n'y a aucun doute. Je stationne ma voiture près d'une porte en métal et regarde autour de moi avant d'en sortir. Pour ça aussi j'ai dû batailler auprès de Jonathan, selon lui j'étais encore trop faible pour conduire de nouveau…

Stressée, je danse d'un pied sur l'autre devant cette porte. J'hésite. Et si finalement c'était une mauvaise idée ? Un rapide coup d'œil à gauche, puis à droite… Bordel, ce lieu est limite flippant. La nuit a commencé à tomber et il n'y a presque aucune lumière qui éclaire les environs.

Bordel, Lara m'a envoyée dans un coupe-gorge ?

Oh mon Dieu !

Un animal vient de se faufiler entre mes jambes. Un chat peut-être… Non trop petit… *Oh my God !* Si ça se trouve, c'était un rat ? !

Je panique, mais cette fois-ci pour des raisons différentes. Je tambourine comme une folle sur ce morceau de métal qui ne bouge pas et regarde à mes pieds dans la crainte de revoir cette chose.

— Hé ho, il y a quelqu'un ? crié-je.

Rien, aucune réponse, seul le silence de la zone me revient en pleine face. Je frappe donc encore plus fort. Par pitié, ne me dites pas qu'il est sorti !

Alors qu'il règne un silence de plomb, j'ai l'impression que les battements de mon cœur font écho à mon angoisse. Deuxième coup d'œil à gauche, puis à droite, et j'entends au loin une sorte de cri.

Oh bordel ! Elle voulait vraiment ma peau, Lara !

J'appuie sur la poignée et la porte me cède. Je manque de me retrouver le nez par terre en loupant la marche qui se situe à l'entrée. Je ne prends même pas la peine de regarder où je mets les pieds et claque la porte derrière moi en me laissant tomber contre le zinc. Je ferme les yeux l'espace d'un instant et inspire une profonde goulée d'air. À bout de souffle, je tente de me calmer.

Mais depuis quand suis-je devenue si flipette ?

Alors que mes yeux s'acclimatent rapidement à la forte luminosité de l'entrepôt, je marche sans vraiment trop savoir où je vais.

Ouais finalement pas si flipette !!! Enfin un petit peu tout de même.

Je ne suis pas du tout rassurée mais rester sur le seuil ne me mènera nulle part et certainement pas jusqu'à la raison de ma présence dans ces lieux. En plus, si la porte était déverrouillée, c'est bien qu'il doit être là, non ? Mon rythme cardiaque n'a pas diminué, bien au contraire, mon cœur pulse jusque dans mes tympans tandis que mes pieds avancent.

Mais où est-ce que je suis ?

C'est immense. Je regarde autour de moi, lève la tête. La hauteur sous plafond est impressionnante, au point de m'en faire mal à la nuque. De nombreux spots lumineux éclairent la pièce et des morceaux de bois de tailles considérables sont posés à même le sol. Je progresse sans trouver âme qui vive et pourtant j'ai l'impression d'être au bon endroit.

Alors que je dépasse des planches entassées formant une cloison, je m'arrête d'un coup. À quelques pas de moi se trouve un mec en train de travailler. Je m'appuie contre le bois et l'observe de loin. C'est lui. Cet homme qui me tenait la main à mon réveil. Ce fameux « associé ». Il ne me remarque pas, affairé sur un meuble. Je suis assez éloignée pour rester discrète mais assez proche pour le détailler. Ses cheveux bruns sont plus longs que dans mon souvenir et lui retombent sur le front.

Mes souvenirs… les plus récents…

Il porte une barbe de quelques jours qui lui assombrit le visage. Il a l'air concentré et je remarque la présence d'écouteurs dans ses oreilles. Ceci explique cela, voilà la raison pour laquelle il ne m'a pas entendue.

Je reste là quelques minutes, peut-être même plus, je n'en sais rien. Il est un véritable spectacle à lui tout seul et je me perds dans sa contemplation. Chaque mouvement, chaque expression de son visage m'intrigue. En le regardant, c'est comme si quelque part je réussissais à mettre de l'ordre dans mes idées. Pourtant, je suis incapable de savoir ce qu'il s'est passé, mais tout en lui me paraît familier… bien trop familier.

Son T-shirt gris est trempé, son front aussi. Il s'essuie à l'aide de son avant-bras et retourne à sa tâche. Mes yeux suivent chacun de ses gestes ; je me nourris de lui.

Punaise, comment je peux trouver ça sexy ? Il est tout dégueu, tout trempé de sueur et moi. Eh bien, je baverais presque… J'ai quand même dit *presque*…

Il a l'air connecté à son meuble, ses mains caressent le bois et tout d'un coup je l'entends fredonner la musique qu'il écoute probablement.

Ce son… Cette mélodie… Je m'en souviens.

Tout se fige en moi et je perds presque l'équilibre. Je suis forcée de me retenir à la paroi pour ne pas tomber.

Nathanaël a dû percevoir du mouvement car il se tourne, surpris, et retire ses écouteurs de ses oreilles.

— Emilie ?

Mince, je ne sais plus où me mettre. Je sursaute dès l'instant où ses deux billes sombres rencontrent les miennes. Tel un coup de tonnerre qui viendrait me frapper au-dessus de la tête, je me redresse, droite comme un piquet, alors que quelques instants plus tôt j'étais vautrée comme une baleine échouée contre les talus en bois.

Il s'approche de moi, rompt la distance qui nous sépare. J'ai l'impression de manquer d'air, de suffoquer. Bordel, pourquoi me fait-il cet effet-là ? Il est pas mal, c'est vrai… Bon OK carrément canon mais de là à hyperventiler, faut pas abuser non plus !

— Qu'est-ce que tu fais là ? me demande-t-il.

Mouais, pour la joie des retrouvailles, on repassera…

Oh Emilie, ça fait si longtemps qu'on ne s'est pas vus… Viens, on se fait un câlin…

Mais après tout, qu'est-ce que j'espérais ? C'est pas comme s'il m'attendait comme la venue du Messie…

— Je tenais à te remercier en personne… Apparemment tu serais mon collaborateur.

— Qui t'a dit ça ?

— Ça n'a pas d'importance, tu as honoré mes contrats et grâce à toi je ne suis pas passée pour une incompétente.

— Je n'ai pas fait grand-chose, tu avais déjà tout prévu.

Son ton est froid, détaché. J'ai l'impression que nos échanges étaient auparavant plus cordiaux et surtout plus fun ! Je cherche dans mon sac le chèque que j'avais préparé avant de partir du bureau et le lui tends.

— Tu es trop modeste, tiens c'est un chèque pour te rémunérer sur le travail accompli, c'est tout à fait normal d'autant que M. Dupré souhaite que nous collaborions ensemble sur un autre projet. Si ça ne te dérange pas, j'aimerais gérer seule, donc si tu pouvais appeler le client et lui dire que tu te retires, ça m'arrangerait.

Je suscite son intérêt. J'avoue que j'ai vraiment très envie de le connaître et surtout me rappeler ce qu'il s'est passé durant les semaines qui ont précédé mon coma, mais c'est hors de question que je travaille avec quelqu'un. Mon boulot, c'est tout ce qu'il me reste. Ma vie sentimentale est complètement bancale avec Jonathan et ma mère n'en parlons même pas, elle est toujours autant désorientée. Je ne dois pas mélanger ma vie privée avec ma vie professionnelle. Travailler avec lui sur ce projet serait une mauvaise idée, ça serait faire une bouillie des deux, zéro chance de réussite !

Surpris, il arque un sourcil dans ma direction puis regarde le chèque que je lui tends. Il l'attrape. Nos doigts se frôlent. Je ressens une sensation étrange alors que nos peaux se touchent. Agréable, intense, très intense… Je retire mes doigts très rapidement, pas vraiment certaine de comprendre ce qu'il se passe. Même si nos relations sont assez houleuses, je suis tout de même en couple !

Nathanaël, lui, fixe le chèque avec attention, rigole puis le déchire avant de reporter son attention sur moi.

— T'es sérieuse là ?

Hum… Pas sûr de comprendre là où il veut en venir.

— Tu comptes vraiment me payer pour m'évincer ? Pour ton information, M. Dupré m'a déjà contacté juste après t'avoir vue et j'ai accepté. Désolé, poupée, mais tu vas devoir me supporter.

Je tique. Aussi bien pour son arrogance en m'appelant « poupée » que par les sensations que ce surnom fait naître en moi. Est-ce qu'il m'appelait comme ça ? Est-ce que j'aimais ça ? Non, mon côté féministe ne l'aurait jamais toléré, c'est impossible !

— Je pourrais te faire un plus gros chèque dans ce cas.

— Écoute, poupée, c'est impossible. M. Dupré a des moyens que tu n'as pas en ta possession. L'argent qu'il me propose est nettement supérieur à ton chèque car il souhaite un mobilier écologique avec du bois recyclable. Donc je suis désolé mais je vais honorer ce contrat, donc soit on bosse ensemble soit c'est toi qui t'effaces.

Oh bordel ! Ce petit con a en réalité fait tout ça juste dans l'unique but de me piquer mon client. Je vois à présent clair dans son jeu ! Il me gonfle, je me retourne, furax, prête à me barrer. Mais mes pieds s'emmêlent dans des câbles par terre et je manque de m'exploser la tête la première. Une main… SA main… me retient de justesse. Sa prise est si ferme, si vive, que je me retrouve projetée contre lui. Les paumes à plats contre son torse, je ferme un instant les yeux et savoure cette proximité. J'inspire fortement, son parfum qui m'enivre totalement. Des réminiscences me reviennent à l'esprit. Pas de réels souvenirs, juste des sensations d'avoir déjà vécu ce moment, d'avoir déjà été assez proche pour sentir cette odeur.

— Tu verras, poupée, tu vas adorer bosser avec moi.

Argh ! Il a le don pour tout gâcher !

Du plat de la main, je l'éloigne de moi. Son torse tout trempé sous mes paumes me gêne. Je me retourne d'un pas décidé et cette fois-ci je regarde bien où je mets les pieds.

— Au fait poupée, demain j'ai rendez-vous chez Dupré à 14 heures, tu me rejoins ? Ou je lui dis que tu n'es plus intéressée ?

— J'y serai ! Et arrête de m'appeler poupée.

— Hum… Comme un air de déjà vu… À demain ! me nargue-t-il.

Pauvre con…

Chapitre 49

Alors que je suis en train de préparer le repas de ce soir en attendant que Jonathan rentre, une chose m'interpelle. La boîte de maïs que je tiens dans la main droite attire mon attention. Ce grand bonhomme vert qui me regarde un sourire aux lèvres me rappelle quelqu'un. Qui ? Je n'en sais rien.

C'est agaçant !

— Chérie, c'est moi.

Une porte se claque et rapidement Jonathan débarque dans le salon. Je tente de lui sourire, même si sa présence me pèse de plus en plus.

— Comment s'est passée ta journée ? lui demandé-je, mal à l'aise.

— Bien, nous avions plein de dossiers à gérer et heureusement Caroline a bien voulu s'en charger.

— Ton assistante, c'est bien ça ?

Je me souviens d'elle, j'ai même l'impression de l'avoir déjà rencontrée. Pourquoi la simple évocation de son prénom suffit-elle à m'agacer.

— Oui, tout à fait. Et toi ?

Alors qu'il se place dans mon dos et pose ses mains sur mes épaules, je me tends. Il dépose un baiser délicat dans mon cou, ses doigts commencent à effectuer des mouvements circulaires.

— Tu es tendue ma chérie, j'ai une bonne idée pour dénouer tout ça.

Je me dégage de sa prise et me retourne. Prenant ça pour une invitation, il m'attrape par la taille et soude ses lèvres aux miennes. Je n'éprouve rien, aucune sensation. Seulement l'envie de m'éloigner le plus possible de lui. Les mains à plat sur son torse, je mets toute ma force pour l'écarter.

— Il y a quelque chose qui ne va pas ?

Ses sourcils se froncent, il a l'air agacé.

— Écoute, j'ai encore besoin d'un peu de temps et là il est l'heure de manger.

— Merde, Emilie, on s'en tape qu'il soit l'heure de manger. T'as failli crever et toi la seule chose qui t'intéresse c'est la température du plat quand on passera à table.

Il s'énerve, je le remarque immédiatement. Il se pince l'arête du nez et commence à tourner en rond dans la pièce, en pleine réflexion. Mais qu'est-ce qui lui prend, bon sang ?

Aussitôt, une sorte de flash me revient en mémoire. Tous les deux assis à une table d'un restaurant, et ses paroles blessantes.

« Tu notes tout, Em', tu définis ta vie selon ta petite liste sans laisser place à l'imprévu et je n'en peux plus. J'avais besoin de fun dans cette vie trop bien rangée. »

Je suis certaine qu'il me manque le début et la fin de cette phrase. Qu'il n'a pas dit ça sans raison. Ou alors je délire.

— Excuse-moi, Jonathan, c'est juste qu'avec l'accident tout s'embrouille dans ma tête et j'ai besoin de temps.

— Et moi j'aimerais retrouver la femme que j'ai demandée en mariage.

— En mariage ?

Je reste sur le cul. Il n'aurait pas pu me choquer davantage.

— Oui en mariage et figure-toi que tu as dit oui.

Je regarde ma main où aucune bague n'apparaît, et il reprend :

— Ils ont été obligé de te la retirer pour l'opération et elle a malheureusement été égarée mais ne t'en fais pas, je t'en offrirais une encore plus belle.

Il rompt le peu de distance qu'il y a entre nous et ses mains se saisissent des miennes. Il plonge son regard qui devient soudainement humide et me fixe avec intensité. Pourquoi est-ce que je ne ressens rien ? C'est vrai que j'étais très amoureuse de lui avant et d'ailleurs j'ai du mal à concevoir l'éloignement que je nous impose. Ce mariage, c'est tout ce que je désirais mais à présent cette idée me paraît fade.

— Écoute, Jonathan, il faut que je passe rapidement chez ma mère, je n'en ai pas pour longtemps.

— Ta mère, toujours ta mère, t'en as pas marre à trente piges d'être toujours dans les jupons de ta mère ? Il y a encore cinq minutes tu t'inquiétais que le plat soit froid et voilà maintenant que tu te barres.

Je vois rouge et ma main s'abat contre sa joue. Choqué, il me fixe avec une haine palpable tandis que moi je suis effrayée de mon geste. Je perds complètement les pédales, il faut que je sorte…

— J'ai besoin d'air ! Tu comprends ? Besoin d'air ! m'énervé-je.

Je ne lui laisse pas le temps de réagir. Trop énervée, trop en colère. J'attrape mon sac, mon manteau et claque la porte derrière moi. Mais il en décide autrement et me rattrape dans l'escalier. Sa prise sur mon bras est si ferme que je manque de tomber. Je me retourne vivement et le fusille du regard.

— Écoute, chérie, excuse-moi, tu as raison.

— Je pense qu'on devrait faire une pause toi et moi, j'ai besoin de me retrouver. Je vais voir ma mère mais j'aimerais que tu ne sois pas là à mon retour.

— Mais…

— Il n'y a pas de « mais », Jonathan, je veux que tu me laisses.

Impuissant, il me lâche. J'ai l'impression d'étouffer dans mon propre appartement et toute cette situation me paraît de plus en plus malsaine. Il faut que je prenne l'air et que je m'éloigne de lui !

*

Sortir de chez moi me fait du bien. Mama étant occupé à nourrir les chats des voisines, je profite de cette excuse pour rendre visite à ma mère. Désormais, c'est Mama qui veille sur elle et les deux femmes entretiennent une colocation plutôt étonnante quand on connaît ma mère !

— Maman, c'est moi !

— Ah Emilie, tu tombes bien !

Bon elle se souvient de qui je suis, c'est déjà pas mal !

— Qu'est-ce qu'il y a ? Et c'est quoi tout ce bazar ?

Tous les vêtements de sa chambre sont éparpillés par terre. Je commence à attraper les premières fringues qui me tombent sous la main et à les plier.

Si Mama voit ça, elle va péter un câble et j'avoue que, moi-même, trouver tout ce désordre suffit à m'angoisser et à me donner envie de ranger.

— Je cherche mon pull, impossible de mettre la main dessus.

— Lequel, maman ? Tu en as tellement, dis-je alors que je continue de plier et de remettre les vêtements sur les étagères.

— Celui que ton fiancé m'a acheté, tu sais, le rose.

Il disait donc vrai… Jonathan m'a bien demandée en mariage. Si cette information m'a carrément surprise venant de lui tout à l'heure, je réalise à présent que toutes mes sensations, mes sentiments sont altérés et ce trouble qui m'anime n'est que le résultat des nombreuses semaines où j'étais inconsciente.

Il faut que je lui donne sa chance et que je reprenne le cours de ma vie. Si j'ai oublié, c'est peut-être pour une bonne raison, sûrement est-il préférable que je ne m'en souvienne pas.

Je suis heureuse de savoir que Jonathan est venu lui offrir un pull. Ça ne lui ressemble pas, il n'a croisé ma mère que quelques fois sans jamais prendre la peine d'apprendre à la connaître. Bien que nous n'ayons jamais abordé sa maladie, je pense qu'il a cerné le problème et du coup ça lui fait peur. Mais peut-être que tout est revenu dans l'ordre lors du mariage de Lara.

— Tu as plein de pulls roses, maman, et là franchement je ne vois pas, sois plus précise.

Alors qu'elle continue à s'agacer, je la regarde faire. Je ressens tellement d'amour pour ma mère que mon cœur se gonfle. Ça fait du bien d'être face à une femme presque normale. Sa maladie la change tellement et plus le temps passe, moins elle se rappelle. Pourtant aujourd'hui c'est l'inverse, c'est moi qui ai du mal à me souvenir et elle qui a l'air d'avoir les idées claires.

— Roh, celui avec les petits cœurs. Il doit passer ce soir et j'aimerais à tout prix lui montrer que sa petite attention m'a fait plaisir.

Attendez une minute... Jonathan a prévu de venir ? C'est étrange qu'il ne m'en ait pas parlé. Je ne comprends plus rien... Peut-être a-t-il décidé de me rejoindre suite à notre dispute ? Je m'en veux tout d'un coup. Je réalise que cette distance entre ma mère et Jonathan que j'ai mise en place un peu malgré moi me pesait et savoir qu'il s'est occupé d'elle durant mon coma suffit à réveiller en moi des sentiments que j'avais gardé bien trop longtemps enfouis en moi.

— Maman ?

— Cherche, au lieu de discuter, ma fille.

— Maman ?

— Oui ? souffle-t-elle en se retournant.

— Regarde ce que tu portes, c'est pas celui-là, ton pull ?

Elle baisse les yeux et hausse les épaules l'air dépité.

— Ah bah si ! Heureusement que tu es là !

Alors que je l'enlace avec tout mon affection, j'entends la sonnette de l'entrée retentir.

— Ah ça doit être lui !

Elle sautille comme une enfant et je ne peux m'empêcher d'être heureuse de la voir comme ça. Le sourire aux lèvres, je resserre ma queue-de-cheval bien haute sur ma tête avant d'ouvrir la porte. Un rapide coup d'œil dans le miroir et me voilà prête.

J'actionne la poignée, me tient droite, sourit de toutes mes dents et déchante aussitôt.

— Qu'est-ce que tu fais là ?

— Ce qu'il y a de bien, c'est que cette fois-ci on perd pas de temps avec le vouvoiement. Je viens voir ta mère, elle est là ?

Il m'ignore, me pousse presque pour entrer. Je m'insurge, prête à péter une durite. Mais pour qui se prend-il ?

Ma mère débarque et je sens le drame pointer le bout de son nez. Elle va paniquer, se demander de qui il s'agit et elle risque de retomber dans une phase d'oubli. Mon regard alterne entre eux et à mesure que leurs pas les portent l'un vers l'autre je sens les battements de mon cœur s'intensifier.

— Nathanaël ! Quel plaisir de te voir, mon grand ! Tu as vu, ton pull me va comme un gant.

Nathanaël se marre et s'empresse de prendre ma mère dans ses bras. Je reste statufiée face à la scène qui se joue devant mes yeux. Mais qu'est-ce que c'est que cette histoire encore ?

— Est-ce que quelqu'un peut m'expliquer un peu ce qu'il se passe ?

Les bras croisés sous la poitrine, je les regarde avec sévérité. J'ai l'impression d'être face à deux gamins qui viennent de faire une bêtise.

— Madame Moreno, je repasserai demain, il faut que je parle avec Emilie.

Il a l'air si doux, si gentil. Loin de l'homme un peu prétentieux que j'ai vu à l'entrepôt tout à l'heure. Il s'est changé. Il est toujours aussi beau, si ce n'est plus. Ses cheveux bruns sont ébouriffés tandis que sa peau légèrement hâlée est mise en valeur par une chemise blanche déboutonnée au col. Pour casser le style trop sérieux, il porte un jean brut et son côté mauvais garçon est amplifié grâce à une veste en cuir noir qui rend le tout terriblement sexy. Pour être aussi canon, il a probablement rencard ensuite !

Pourquoi cette idée me dérange presque… Je ne suis vraiment pas nette !

Il se tourne vers moi, offrant son dos musclé à ma mère qui ne rate pas une miette du spectacle, puis s'avance dans ma direction. Si quelques instants plus tôt il minaudait devant ma mère et souriait avec chaleur, le regard qu'il me lance n'a rien à voir. Il n'est pas méchant, juste terriblement intense. À la simple manière de me fixer je sens une myriade de sensations naître dans le creux de mon ventre. Ses deux billes sombres m'envoutent et je peine à déglutir alors qu'il arrive à ma hauteur.

Il m'attrape par le bras et adresse un dernier signe de la main à ma mère avant de me pousser vers la sortie.

Chapitre 50

Nous marchons l'un à côté de l'autre. Sans un mot. Le soleil s'est couché et l'ambiance est rythmée par le passage des voitures sur la route. Nous avançons, sans que je sache où il compte m'emmener. Des tonnes de questions se forment dans ma tête et pourtant, aucune d'elles ne franchit la barrière de mes lèvres.

Je suis fébrile, légèrement angoissée. Comme si je commençais à être malade. Je sens mon ventre se tordre d'une manière désagréable depuis le moment où je l'ai vu. Peut-être ai-je simplement mangé quelque chose qui ne me convenait pas aujourd'hui ? Ou bien est-ce dû au fait que je n'ai rien avalé ce soir ? Pourtant je n'ai pas faim.

Allez Emilie, lance-toi et prends des risques ! pensé-je.

— Pourquoi ma mère pense que tu es mon fiancé ? C'est avec Jonathan que je vais me marier.

— Depuis quand c'est le plan ?

— Jonathan m'a dit que j'avais accepté sa demande.

Il rit jaune. D'un coup de pied, il frappe contre une canette abandonnée qu'il envoie valser vers les canalisations. Il a l'air énervé mais aussi pensif. Il ne dit pas un mot, il les cherche peut-être. La tension est palpable, je la sens contre moi, ou bien est-ce la force qui émane de lui et qui m'attire irrémédiablement vers lui à la manière d'un aimant ?

— Et tu le crois ?

Son ton est sec, limite cassant. J'ai presque l'impression de déceler du jugement derrière sa question et ça m'agace ! J'aimerais être capable de juger par moi-même, de ne pas être forcée de croire qui que ce soit, mais ma mémoire me fait défaut, ne me laissant aucune chance d'y voir plus clair.

— Je ne sais plus qui croire, Nathanaël… avoué-je enfin.

Une brise d'air fraîche sur ma peau devenue brûlante près de lui me fait frémir. La température, bien que douce en journée, a baissé et comme pour me protéger du vent, je croise les bras autour de moi.

— Tu as froid ?

J'opine, n'ose pas parler. Nathanaël retire sa veste en cuir et m'oblige à la porter. Elle est lourde, les manches sont longues, le parfum qui en émane est très agréable. Elle sent lui…

— De quoi est-ce que tu te souviens, exactement ?

Il adopte un ton plus doux et je pense qu'il comprend enfin à quel point ça m'énerve d'être comme ça.

— Pas grand-chose, des bruits, des sensations. Quand je touche quelque chose par exemple, mais des trucs complètement bidon, telle qu'une boîte de conserve par exemple, j'ai l'impression qu'il y a un sens caché, mais impossible de savoir quoi.

Il rigole et tourne sa tête vers moi. Un rictus charmant s'étend de plus en plus sur ses lèvres au point qu'il part dans un rire franc et bruyant.

— Il y avait un bonhomme vert dessus ?

— Oui, mais comment tu sais ça ?

— Parce que c'est moi, rit-il de nouveau.

— Comment ça, c'est toi ?

— Géant Vert, c'est comme ça que tu t'amusais à m'appeler car selon toi j'avais un ego tellement surdimensionné que mes chevilles allaient finir par exploser et un jour tu as même dit « un grain de maïs à la place du cerveau et d'immenses troncs d'arbre à la place des chevilles ».

Je ne me rappelle pas du tout ça mais je rigole à mon tour. Si tout à l'heure notre échange était plutôt houleux, je me surprends à trouver cette balade agréable. Je suis très tendue, mais j'apprécie d'être à côté de lui.

— Et moi c'était « poupée », mon surnom ? Pourquoi utiliser quelque chose d'aussi machiste ?

— Ça n'a rien à voir. Si au début je t'appelais comme ça juste pour t'emmerder, je trouvais au fil du temps qu'il t'allait à ravir, à toi et tes magnifiques cheveux blonds.

Il s'arrête et je l'imite. Nathanaël se poste face à moi et attrape une mèche qui s'est envolée de ma queue-de-cheval. Il la glisse derrière mon oreille dans un geste doux et délicat. La sensation de ses doigts sur ma peau si sensible à cet endroit dépasse tout ce que j'aurais pu imaginer. Bien que Jonathan ait tenté des approches depuis mon retour à la maison, je n'ai à aucun moment éprouvé une attirance aussi forte que pour cet homme.

— Est-ce qu'il s'est passé quelque chose entre nous ?

Lui poser cette question est extrêmement gênante et mes joues me brûlent. Je baisse les yeux n'arrivant pas à soutenir son regard qui m'intimide et se fait de plus en plus intense.

— Qu'est-ce que tu ressens, Emilie ?

D'un geste rapide et habile, il s'empare de mon élastique pour détacher ma tignasse blonde qui retombe en cascade dans mon dos. Sa main glisse dans mes cheveux et tient l'arrière de ma tête dans un signe puissant et possessif. Son souffle chaud caresse ma peau. Je ferme les yeux et m'abandonne à la douceur du contact de ses doigts dans mes cheveux. C'est si agréable, si différent…

— Parle-moi, Emilie…

Je me laisse porter par sa voix et me livre. Les yeux toujours fermés, je n'ose pas l'affronter, j'ai peur.

— J'ai la sensation d'avoir vécu quelque chose de fort avec toi, pourtant tout me porte à croire le contraire, même ton comportement. Tu t'es enfui à l'hôpital, je suis restée plusieurs jours sans nouvelles et quand j'ai réapparu aujourd'hui tu m'as carrément repoussée.

— C'est l'impression que je t'ai donné ? Ce n'était pas du tout le but.

Une larme roule le long de ma joue, ce qui m'encourage à continuer :

— J'ai une absence de plusieurs semaines, je ne me rappelle même pas notre rencontre et tout m'indique que je suis en couple avec Jonathan et que nous ne sommes que des amis.

— Et qu'est-ce qui te dérange dans cette supposition ?

— Ce que je ressens pour toi. Bien que tout à l'heure tu m'aies donné envie de te frapper…

— Ouais, ça arrive souvent, mais rassure-toi, tu n'en es jamais arrivée là, rigole-t-il.

— Dès que je suis près de toi, c'est comme si mes souvenirs tentaient de défoncer la porte de mon esprit pour se libérer. Ils butent, cognent de toutes leurs forces sans pour autant réussir à en sortir. Si tu savais comme c'est frustrant.

Nathanaël s'empare de mon visage et me force à l'affronter. Ses deux billes d'un bleu si profond plongent dans les miennes. Je suis obligée de cligner des yeux face à l'intensité de son regard, laissant couler une nouvelle larme le long de ma joue. J'aimerais me faire toute petite mais je n'y arrive pas. Sous la force de cette attraction, j'ai l'impression au contraire d'être encore plus importante que je ne le mérite.

Si proche, je sens son souffle chaud se mêler au mien. On se questionne sans se parler. Nos âmes le font à notre place. J'ai tellement envie de sentir ses lèvres se poser contre les miennes. J'ai la certitude que ça sera encore plus agréable que lorsque ses mains sont sur moi. La pression de sa paume sur l'arrière de mon crâne rompt les dernières barrières et il approche ma bouche de la sienne. Comme l'impact d'un missile nucléaire, il vient de tout terrasser à la simple force de son baiser. Il ne reste plus rien mis à part nous.

Rapidement je laisse ma bouche s'entrouvrir pour aller à la rencontre de sa langue. Embrasser c'est comme le vélo, ça ne s'oublie pas, et si je suis incapable de savoir s'il s'est réellement passé un truc avec cet homme, la seule chose dont je suis certaine, c'est que je le veux !

On reste là plusieurs minutes, debout en plein milieu du chemin, nos bouches l'une contre l'autre. Nos langues se cherchent, se trouvent, se caressent.

Ses mains suivent le chemin de mon dos et viennent se glisser sous son blouson pour me rapprocher de lui. C'est comme si une tempête me terrassait car entre ses bras j'oublie tout, et c'est agréable.

Alors que nous tentons de reprendre notre souffle, mes yeux s'ancrent dans ceux de Nathanaël. J'en veux plus et tant pis si c'est insensé. Ce que cet homme me fait ressentir est indéfinissable et si je suis incapable de me souvenir de lui, mon corps, lui, s'en rappelle. Les pulsations de mon cœur ne sont pas contrôlées et si tout s'emballe autant dans ma poitrine dès qu'il est près de moi, ce n'est sûrement pas pour rien.

— Nathanaël, ramène-moi chez toi.

— T'es sûre de toi ?

— Je n'ai jamais été aussi certaine de quelque chose depuis mon réveil.

*

Au bout de quelques minutes de voiture, nous arrivons enfin à destination. Sa main n'a pas quitté la mienne et même pour passer les vitesses il s'est débrouillé comme il pouvait avec sa seule et unique main. Comme s'il craignait de rompre ce lien que nous avons réussi à établir, Nathanaël me caresse la paume avec son pouce et resserre sa prise dès qu'il ressent une pointe d'angoisse.

— Emilie, je dois te prévenir avant de monter… dit-il, gêné.

— Quoi ? T'as une femme et trois gosses ? rigolé-je.

— Non rien de tout ça, mais il y a des souvenirs de toi dans cet appartement, de nous… je sais que les médecins ont conseillé de ne pas te brusquer, comme l'a dit Lara, mais voir ses photos me donnaient l'espoir qu'un jour ou l'autre tu me reviennes.

Bordel ! Mon cœur explose dans un immense boum. Il bat de plus en plus puissamment. Pour le rassurer je l'attire à moi et l'embrasse avant de descendre de la voiture. À mesure que mes pas me portent jusqu'à son appartement, le stress me gagne. J'ai peur de découvrir enfin des parties de ma vie que j'ai oublié.

— Prête ? me demande-t-il avant d'ouvrir la porte.

J'opine. Je prends une profonde inspiration et alors que Nathanaël pénètre dans l'appartement et allume les lumières je découvre des dizaines de photos. Si vous m'aviez montré ça il y a plusieurs semaines, j'aurais probablement pensé que c'était un sérial killer, et pourtant je ne pourrais me montrer plus émue.

Je ne le regarde plus, oublie presque sa présence et avance au fil des photos disposées sur un fil suspendu accroché en de nombreux points dans la pièce.

— Les photos sont classées par ordre chronologique.

Je les touche du doigt comme si j'étais capable de saisir mon passé entre mes mains. La première représente un restaurant, et allez savoir pourquoi Nathanaël a fait un montage avec robin des bois. Je rigole, pas encore certaine de comprendre. Puis j'avance et en découvre d'autres montrant notre complicité qui s'installe. L'une où on fait un selfie avec des oreilles de chat, puis une autre où on fait des grimaces. Je remarque une forte complicité, voire par moments de l'amour. Pas de moi, mais lui. Dans sa façon de me regarder ou de me sourire.

Puis viennent les photos du mariage et tout d'un coup tout s'enchaîne.

— Vous vous étiez séparés, toi et Jonathan, avant qu'on se rencontre et quand tu l'as vu au mariage tu étais trop gênée d'être seule, du coup on a joué au faux couple.

— Sauf que ce n'était pas faux… laché-je malgré moi.

Je nous vois heureux, je nous vois amoureux. Je n'ai aucune idée du déroulement des choses mais la force de mes sentiments pour lui refait surface. Je réalise en tournant le regard vers Nathanaël que je suis en larmes et qu'étrangement lui aussi. Tout est clair à présent, c'est lui que j'aime et personne d'autre. Des flashs refont peu à peu surface. Ça m'assaille comme si un marteau piqueur venait creuser des trous dans mon cerveau pour venir y incruster toutes ces images. Je me souviens, tout reste quand même flou mais je me souviens…

Nathanaël a l'air aussi ému que moi et il se jette sur mes lèvres.

— Je t'aime, Nathanaël, tout ça c'est juste magnifique et jamais quelqu'un avait fait quelque chose de si exceptionnel pour moi.

— Oh bordel, Emilie… moi aussi je t'aime… J'ai tellement rêvé ce moment, j'ai craint de ne pas avoir l'occasion de te le dire quand tu as eu ton accident. Je suis si heureux de te retrouver. Qu'est-ce que tu m'as manqué !

La force de sa déclaration me terrasse. Malgré le fait que mes souvenirs commencent à revenir petit à petit, je suis certaine qu'à aucun moment nous ne nous étions avoué nos sentiments. Sa bouche s'abat sur la mienne et la dévore. Il me porte dans ses bras. Il ouvre une porte et m'emmène jusqu'à une pièce sombre que je suppose être sa chambre. Alors que ses yeux plongent dans les miens, ses mains commencent à me déshabiller. Il se débarrasse de son cuir puis s'attaque à mon pull qu'il fait passer par-dessus ma tête. Le reste de mes vêtements les rejoins rapidement sur le sol, et je me retrouve en sous-vêtements. Sa bouche accompagne ses caresses, sa langue goûte ma peau et me rend fébrile.

— Allonge-toi, Emilie.

Je sens mes joues devenir de plus en plus brûlantes, j'ai horriblement chaud. Je ne savais pas que j'aimais les hommes autoritaires, mais à la manière dont mes cuisses se resserrent l'une contre l'autre et comment mon corps réagit, je comprends que ça me plaît. Je m'exécute. Les draps sont soyeux et doux mais le plus agréable reste son odeur qui imprègne le tissu. Nathanaël est debout devant moi alors que je suis à moitié nue, offerte à sa vue.

Je me sens à la fois faible et forte. Faible car il porte encore l'intégralité de ses vêtements, et moi non. Et forte car, quand je vois le poids de son regard et toute l'excitation qui en émane, je comprends que lui aussi a terriblement envie de moi et quelque part, j'ai l'impression de mener la danse. C'est moi qui lui fais cet effet et ce malgré la distance que j'ai instaurée entre nous. La force de ses sentiments n'a pas faibli, ce qui ne fait que renforcer les miens. Je n'en peux plus, je me lève et vais jusqu'à lui. Je déboutonne sa chemise, les doigts tremblants. Un bouton, puis un autre, je ne rêve que d'une chose : toucher enfin sa peau. Alors que le tissu de coton blanc s'échoue au sol, je redécouvre de nombreux tatouages qui recouvrent son corps.

— Je me rappelle, lui dis-je en caressant du bout des doigts le prénom de son ex tatoué sur son torse.

Dès l'instant où j'ai mis les pieds dans cet appartement, de vagues flashs de ce que nous avons vécu ont fait surface.

Je déboucle sa ceinture, déboutonne son jean et glisse une main dans la poche arrière touchant par la même occasion son cul en y découvrant un préservatif.

— Hum… Toujours prévoyant ?

Il rigole et j'avoue que ça me plaît.

Je me laisse glisser à genoux devant lui alors que son pantalon et son boxer m'accompagnent. Cette fois-ci, c'est moi qui ai le dessus, il est nu comme un ver et terriblement beau. Ses jambes sont musclées, son ventre est dessiné. Ma bouche se pose sur ses abdos alors que je déchire l'emballage plastique du préservatif. Je le sens se tendre, j'entends sa respiration s'accélérer. Alors que ma main empoigne son sexe pour le recouvrir de latex, Nathanaël gémit et m'attrape sous les bras.

— Bordel, Emilie, c'est peut-être un peu trop tôt, on devrait attendre, dit-il, fébrile.

— Je pense justement qu'on a bien trop attendu.

Il m'attrape sous les bras et me balance sur son lit avant de me rejoindre. Alors que je sens sa queue frôler mes cuisses nues, nos bouches comme aimantées reviennent irrémédiablement l'une vers l'autre dans des baisers de plus en plus torrides.

— J'ai envie de toi Nathanaël… gémis-je contre ses lèvres.

— Oh putain si tu savais comme j'en ai envie moi aussi…

J'ai à peine le temps de lui répondre que je sens son sexe à l'orée du mien. Je n'ai pas le temps de stresser qu'il me pénètre dans un mouvement souple, sans aucune hésitation. J'ai un hoquet de surprise en le sentant me remplir totalement. C'est étrange, nouveau, mais agréable. C'est si bon que je gémis contre sa bouche alors que ses lèvres viennent m'embrasser comme s'il souhaitait voler ma plainte. Ses mouvements sont fluides, rythmés, alors que ses mains me caressent, augmentant mon plaisir. Ses coups de reins sont de plus en plus rapides. Ils gagnent en amplitude et en intensité. C'est si bon que je m'accroche à lui. Le rythme passe de cadencé à effréné et nos gémissements se mêlent à nos baisers.

Alors que je suis aux portes de l'extase, j'ai l'impression de revivre également nos précédents ébats. Notre première fois ou bien la nuit du mariage de Lara. Comme les fois précédentes, une tension apparaît au creux de mon ventre. Elle m'envahit, m'enivre, me fait perdre pied. Tout s'emballe en moi à mesure qu'il continue de venir contre ce point sensible à l'intérieur de moi. Il me connaît… Il sait ce qui me fait du bien et il s'applique à me donner du plaisir.

— Bordel, Emilie, geint-il.

Sa voix rauque et puissante signe ma perte. Je m'accroche à lui et explose. Je me noie dans une jouissance incroyable, si forte que j'ai peur de perdre connaissance et d'oublier encore. Mais Nathanaël me rejoint très vite et m'embrasse d'une manière si torride que je sens ses gémissements contre ma bouche.

— Je t'aime, Emilie, je ne veux plus passer une minute sans toi.

Mon cœur se gonfle de bonheur et mon sourire s'élargit en l'entendant. Je me redresse sur mes coudes. Le regard plongé dans le sien, je réalise que je ne souhaiterais être nulle part ailleurs que dans ses bras.

— Moi aussi je t'aime. Par contre, je te préviens d'une chose.

— Quoi ? dit-il soudain inquiet.

— Au boulot, c'est moi qui décide !

— Mouais… Tu peux toujours rêver !

Chapitre 51

Six mois plus tard…

J'ai chaud, j'ai mal aux pieds et j'ai envie de faire pipi !

— Lara ! hurlé-je.

Ma meilleure amie, magnifique dans sa robe bleu nuit, déboule dans la pièce. Ses joues sont pourpres et son rouge à lèvres a bavé. Mince, ne me dites pas que…

— Oui, Milou, je suis là, qu'est-ce qu'il y a ?

— Non mais t'étais où ? Ne me dis pas que tu étais avec Pierre ?

— Roh, ça va hein ! J'ai encore le droit de faire un rapide bisou à mon époux.

— Mouais, à d'autres, hein !

— Bon qu'est-ce que tu voulais ?

— J'ai trop envie de faire pipi, je n'en peux plus.

Mon amie se marre alors que je dois tirer une tête de dix mètres de long. Elle dépose un baiser sonore sur ma joue et attrape le bas de ma robe pour m'accompagner aux toilettes. Punaise, c'est vraiment pas pratique ce genre de trucs, pourquoi me suis-je laissé convaincre de porter une robe aussi volumineuse ?

— Tu vois, Milou, les mariages en automne c'est quand même vachement plus pratique ! On ne meurt pas de chaud, le maquillage ne coule pas et aucun souci pour obtenir des dates.

— Ouais bah tu diras ça à l'autre imbécile qui ne voulait pas attendre six mois de plus !

Alors que je peine à avancer avec les kilos que je porte sur moi et mon ventre qui se fait de plus en plus encombrant, Lara me suit jusqu'aux W.-C.

— Bordel, Emilie, on aura jamais été aussi proches qu'à cet instant ! rigole-t-elle.

— Ouais, j'imaginais pas un jour que tu devrais m'accompagner pour aller faire pipi.

Je suis d'une humeur exécrable. Je ne suis pas capable de savoir si ça vient de l'angoisse du mariage imminent ou bien de ma fille qui pèse sur ma vessie et me force à aller aux toilettes toutes les cinq minutes.

Punaise ! Pourquoi ne pouvait-il pas attendre encore quelques mois que j'aie accouché ? Avec l'accident, ma pilule n'était plus aussi efficace suite à l'arrêt des comprimés durant mon coma et bien que nous nous soyons protégés, la capote n'est pas fiable à cent pour cent, et me voilà donc six mois plus tard en cloque avec une bonne dizaine de kilos en trop. Vive la rétention d'eau !

Rien que d'y penser, je sens les larmes affluer au coin de mes yeux.

Ne pleure pas, sinon tu vas ressembler à un panda…

— Oh Milou, qu'est-ce qu'il t'arrive ? s'alarme Lara.

— Et si finalement il changeait d'avis ? Regarde, je suis hideuse, je ressemble à un sumo.

— N'importe quoi, toi au moins tu portes une robe et non pas un mawashi.

— Un quoi ? Enfin, peu importe. Franchement tout a été trop vite entre nous, c'est peut-être une mauvaise idée !

— Toi, tu nous fais une crise d'angoisse. Allez, respire avec moi.

Je l'imite et tente de retrouver mon calme. J'ai l'impression d'être à mon cours de préparation à l'accouchement. Pa-thé-tique !

— Bon allez, t'es prête, ma poule ? Ça va être l'heure d'y aller et de constater par toi-même que ton futur époux t'attend.

— Et s'il ne m'attend pas ?

— Oh ! Tu me gonfles ! Allez zou, bouge-toi le fion !

Poussée par mon amie, je sors de la maison qu'elle vient d'acheter avec Pierre et rejoint la magnifique berline louée pour l'occasion. Il ne faut que quelques minutes pour rejoindre la mairie et je sens mon stress augmenter à mesure que nous approchons.

Tout a été très vite ; après avoir retrouvé la majeure partie de mes souvenirs, Nathanaël est resté collé à moi comme une moule sur son rocher. Il avait trop peur qu'une fois de plus Jonathan me retourne le crâne. D'ailleurs, mon idiot de futur mari a tenu à se venger. Avec son côté immature qui m'a aussi séduit, je dois l'avouer, il avait concocté un petit plan pour envoyer bouler Jonathan dans les formes. Si au début ça ne me paraissait pas très gentil, je me suis laissé séduire en me souvenant des paroles blessantes que mon abruti d'ex avait pu me sortir.

J'ai invité Jonathan au Select… Et oui, ce lieu restera mythique dans toute cette histoire. Sauf que cette fois-ci alors que lui-même était prêt à faire sa demande en mariage, c'est moi qui l'ai plaqué. Mon Dieu ! Il était rouge de honte et je mentirais si je disais ne pas avoir savouré cette victoire. Nathanaël m'a rejointe quelques secondes plus tard à table et c'est à cet instant qu'il m'a annoncé vouloir emménager avec moi. Le week-end d'après, l'intégralité de ses affaires était chez moi.

Ce qui m'a le plus touchée, c'est que je n'ai pas eu besoin de négocier sur le lieu de résidence que nous aurions, pour lui, il était totalement logique qu'on soit près de ma mère.

— Allez, prête, Milou ?

— Non…

— Toi aussi, t'es aussi stressée qu'un homard près d'une marmite d'eau bouillante ?

Je ne peux m'empêcher de rire. Cette phrase m'avait marquée au point que je m'en souvienne. Je prends mon courage à deux mains et sors de la voiture. Pierre, qui est venu m'ouvrir la portière, m'aide à sortir.

Punaise, c'est vraiment pas facile !

Il me tend son bras et c'est à son côté que j'entre dans la mairie. Alors que j'arrive à l'entrée de la salle, je le vois. Il est beau. Il porte un smoking bleu marine qui se marie parfaitement à la couleur de ses yeux. Dès l'instant où il me remarque, son visage s'illumine. J'inspire profondément, l'air me manque, et ça n'a rien à voir avec le haut de ma robe qui comprime ma poitrine douloureuse ! J'avance. Un pas, puis un autre. Alors que je progresse dans l'allée, je repère des têtes familières. Les pestes de cousines, qui se sont montrées très aimables après mon accident – eh oui, les miracles existent ! –, les deux collègues de Pierre qui ont finalement trouvés chaussures à leurs pieds avec Lise et Chloé, ma mère toujours accompagnée de Mama Sabourin et M. Dupré qui a contribué à ma réconciliation avec Géant Vert, et enfin des amis et nos familles.

Je sens mon cœur battre si fort que j'ai peur qu'il s'arrête à tout moment. Je me sens fébrile, je tremble, et alors que j'arrive à sa hauteur, Nathanaël ne peut se retenir et me glisse discrètement à l'oreille :

— Putain, t'es sublime ! On expédie ça vite fait pour que je puisse aller faire l'amour à ma femme ?

— Ah bon, tu l'as invitée ?

Un clin d'œil coquin, un sourire complice, et nous voilà prêts pour débuter la cérémonie et surtout notre nouvelle vie à trois.

FIN

Remerciements

Si écrire un livre est une tâche compliquée, écrire les remerciements l'est d'autant plus ! Cette étape ultime qui vient clôturer une nouvelle aventure livresque, où on craint toujours d'oublier quelqu'un !

En premier lieu, je tiens à dire à mon amour à quel point je l'aime même si bien souvent il me sort par les yeux ! Vous voyez un peu Nathanaël, eh bien il lui ressemble beaucoup ! Attention, ne commencez pas à visualiser les scènes un peu hot, pensez plutôt à ses côtés insupportables mais extrêmement drôles ! Merci, mon chéri, de me soutenir dans mes aventures, de me seconder quand je passe des heures à écrire et m'occulte au point de faire cramer le repas, quand je passe plus de temps avec mon ordinateur qu'avec toi au lit. Enfin merci d'être toi et ce malgré ta chiantise (oui, Loraline, j'ai encore inventé un mot).

La deuxième personne que je tiens à remercier n'est autre que la personne citée précédemment et qui m'a aidée à rendre ce livre beau, à me le faire aimer, car je vous avoue que je n'y croyais plus du tout. Je suis navrée pour les heures de sommeil que Nathanaël t'a volées, mais j'espère qu'il s'est finalement fait pardonner. Merci d'être toi, maladroite sur les bords, parfois sur une autre planète mais d'une générosité et d'une gentillesse sans pareilles. Grâce à BMR j'ai rencontré une auteure méga extra qui est finalement devenue une véritable alliée !

Sena, encore et toujours tu es là, présente dans ces remerciements. Je vais me répéter, et on va croire que je radote tout comme la mère d'Emilie, mais merci de m'avoir poussée à me faire publier, de m'avoir encouragée à continuer d'écrire quand je baissais les bras et surtout d'être toujours mon œil de lynx !

Sur ce, je ne peux m'empêcher d'associer remerciements avec BMR Café, mes copines, ma famille livresque. Merci, les filles, de m'avoir soutenue à la sortie d'*Effet Miroir*, d'avoir bien souvent joué le rôle de grandes sœurs et d'être toujours présentes pour moi !

Je pense aussi à mes escalopes, avec lesquelles je partage plus qu'une simple amitié, je vous aime, les meufs !

Aussi, je tenais à remercier ces filles qui m'ont lancé un défi, des mots à placer dans le roman par exemple. Ces filles si présentes au quotidien, qui me disputent pour que j'aille chez le médecin, mais qui essuient également mes larmes quand ça ne va pas. Lise, Caro et Laure, je n'ai qu'une chose à vous dire : Na Zdrowie et Kocham Cie.

Merci également à tous mes amis, je ne les citerai pas mais ils se reconnaîtront, de m'encourager, d'avoir acheté mon roman juste pour l'exposer dans leur salon, d'avoir fait parler de moi auprès de leur entourage et de me pousser vers le haut encore et toujours.

Enfin, je n'ai pas les mots pour exprimer toute la gratitude que je ressens envers mes lectrices et chroniqueuses, je ne citerai que quelques noms de peur d'en oublier, mais j'ai été extrêmement touché par certaines personnes : Elodie, Céline et San Lit. Merci, les filles, d'être présentes pour moi et de m'encourager à aller plus loin !

Je tiens également à remercier Chloé et Patricia. Merci, les filles, de m'avoir fait une place auprès de vous, de votre famille. Le binôme de témoin s'est finalement transformé en trinôme pour mon plus grand bonheur ! Nos délires, nos fous rires, j'ai tenté de les retranscrire, car cette histoire c'est aussi un peu la vôtre.

Et comme on dit, le meilleur pour la fin ! Je remercie Audrey et Laura. Ce livre ne serait pas là sans vous. C'est grâce à ce rôle important de témoin pour l'une et demoiselle d'honneur pour l'autre, que j'ai été inspirée pour créer cette histoire. Même si je suis loin de ressembler à Emilie car j'ai horreur des préparatifs. Je pense qu'elle vous ressemble par bien des côtés. J'ai été honorée de pouvoir être à vos côtés pour l'un des jours les plus importants de votre vie. Audrey, ma sœur de cœur, merci d'être toujours cette épaule attentive sur laquelle je peux me reposer, de m'encourager quand je baisse les bras et d'être là pour moi depuis toujours ! Laura, merci d'être ce rayon de soleil qui égaie ma vie, d'être cette dose d'amour et d'humour qui m'empêche de sombrer quand ça ne va pas.

hachette s'engage pour l'environnement en réduisant l'empreinte carbone de ses livres. Celle de cet exemplaire est de :
500 g éq. CO_2
Rendez-vous sur www.hachette-durable.fr

PAPIER À BASE DE FIBRES CERTIFIÉES

« Pour l'éditeur, le principe est d'utiliser des papiers composés de fibres naturelles, renouvelables, recyclables et fabriquées à partir de bois issus de forêts qui adoptent un système d'aménagement durable. En outre, l'éditeur attend de ses fournisseurs de papier qu'ils s'inscrivent dans une démarche de certification environnementale reconnue. »

Édité par Hachette livre dans la collection Ito
(58, rue Jean-Bleuzen, 92170 Vanves)

Composition : Nord Compo
Achevé d'imprimer en Espagne par Blackprint
Dépôt légal 1re publication : juin 2024
74-7630-3 – ISBN : 978-2-01-727299-1
Dépôt légal : juin 2024